U0165591

即選即用
銀行郵局金融
英文單字

增訂
四版

楊曜檜・著

五南圖書出版公司 印行

新版序

　　《即選即用銀行郵局金融英文單字》原書名為《即選即用銀行英語字彙》，自 2013 年上市後，好評不斷，中間也不斷修訂，不但成了銀行員應付外國客戶的好幫手，也成了準備公股銀行、郵局招考的必備考試攻略秘笈。因此筆者再次增補更新，除了之前新增的「郵政英文單字加強版」和「銀行郵政日語加強版」之外，這次在改版修訂時，也針對外匯部門銀行員常碰到的「信用狀英文」做了比較詳盡的整理，以及收錄不少 Bank 3.0 和「行動支付」相關的英文用語，讓銀行員跟上最新潮流；並為了幫考生拿高分，針對英文科克漏字題型，有特別整理「克漏字必考轉承語」。

　　根據新聞報導，為了配合政府要在 2030 年打造臺灣成為雙語國家的政策，金管會將推動「雙語分行」的政策，也就是要銀行推動雙語服務，包括金融機構要提升員工英文能力，及打造友善雙語金融服務環境，以符合臺灣國際化、外國人來臺觀光旅遊、新移民日多的需求，因此本書為響應政府的雙語分行政策，將銀行英文實務常用到的「關鍵英文單詞」做了很多收錄和介紹，方便銀行員和老外用英文溝通無障礙，足以適任雙語櫃檯的工作需求。

　　本書除了收錄實務上銀行員會用到的實務英單，也收錄公股銀行和郵局考試英文科的常考金融詞彙，讓想要捧金飯碗的考生能成功攻克英文科，順利通過金研院的筆試。金融研訓院所出的英文試題中，一定會考詞彙測驗，但詞彙測驗除了考一般普通的單字外，往往也會考金融專業英文單字，特別是臺銀、土銀、兆豐、華南、第一等公股銀行。例如 mature 在學校教的是「

熟」的意思，但在金融英語，卻是指定存、保單「到期、滿期」之意。又像我們平常熟知的 CD 在銀行英文中，不是指播放音樂的「CD 唱片」而是指「定存」或「存單」之意，也就是 certificate of deposit 的簡稱。而 bounce 在學校英文老師教的是球的「彈跳」，但在銀行英文中，卻是指支票的「跳票」，所以考生若只知道這些單字的一般字義，卻不懂金融專業英文裡的含義，考試時就會大量失分！因此只背高中 7000 英文單字是絕對不夠應付公股銀行或郵政考試的英文科目，一定要再搭配這本金融英文祕笈才能取得高分！

　　最後，《即選即用銀行郵局金融英文單字》畢竟是以「單字」為主軸，如果想要進一步和來銀行辦事的老外流利地用英文溝通，建議一定要搭配《即選即用銀行英語會話》這本書。《即選即用銀行英語會話》是以「常用對話和句型」為主軸，讓銀行員遇到老外時，能開口說出道地的金融英語會話。因為光懂單字，不一定能溝通，還要知道這個單字在對話中的上下文如何使用才行。因此，建議讀者一定要搭配本書的姊妹作《即選即用銀行英語會話》一起研讀才能修成正果。

初版序

　　本書以介紹銀行、郵局等金融機構實務工作經驗常碰到的常用英文單字為主。特別針對三大對象加以設計編寫：

　　一、本書適合準備金研院舉辦的公股銀行和郵政招考的考生。每年的金研院的英文科試題，多少會考一些金融銀行或郵政的相關英文單詞，這些金融單字往往不在大考中心公布的 7000 英文單字裡面，因此除了基本單字之外，考生也要熟背本書獨家整理的英文單詞才有機會高分上榜。

　　二、在銀行、郵局、信用合作社、農會、漁會等金融機構上班的行員因工作所需必須掌握實務中常用到的金融英語專業辭彙，故本書適用作為各大金控、銀行、郵局員工教育訓練的基本教材。

　　三、出國旅遊或留學民眾。在國外旅遊或觀光，常需到當地的銀行辦理兌換外幣或是兌現旅行支票；而留學生更是常需與國外當地的銀行往來，辦理開戶或是換匯等。但金融英語是屬較專業英語，一般人也不知道如何以日常生活英語來表達金融專業辭彙，因此如能掌握本書所介紹的金融英語單字以及精選的金融常用會話，到了國外也不用擔心和當地銀行打交道了。

　　事實上，筆者當初會想著作一本銀行英語單字方面的書籍也是其來有自。在 2008 年金融海嘯時，因緣際會下筆者進入民營金控上班。在銀行工作期間，常有外國人前來辦理業務，有時櫃員碰到不會講的英文，就來跟筆者求教。但問題是，隔行如隔山。有些銀行專業用語連我也不會，這時候同行同事就會說：「你不是英文系畢業的嗎？」但筆者在大學以及碩士班的

程中老師也沒有教授過「銀行英語」，因此在實務中碰到，筆者才發現到自己在金融英語專業的不足。舉例來說，「定存中途解約」、「支票託收」、「跨行匯款」、「存款／提款／匯款單」怎麼用英文表達呢？雖然這些用語在銀行很常見，但一般行員大都是商科畢業，對這些專業的英語也往往不曉得；而市面上也鮮有這類著作可供參閱。筆者當時到各大書局或圖書館想找一本關於銀行英文用語方面的專書，卻一無所獲，即使有，筆者也一眼看出這些作者沒有在銀行工作的實務經驗，因為書中講述內容和實務脫節。像是有坊間的書把 receipt 單單只有譯成「收據」，卻忽略在銀行英語中，receipt 還有 ATM 的「明細表」的意思。而目前在市面上流通的商務英文所介紹的單字多以經濟學理論為主，而在實務中常用到的用語卻沒有收錄進來，可能有介紹到「purchasing power parity 購買力平價」這種經濟學艱深的詞條，卻沒有介紹「抽號碼牌」、「補發金融卡」、「定存續存」等銀行實務中常碰到的英文用語。於是筆者最後決定自己來編寫介紹銀行英語用語的書。筆者力求嚴謹，歷經兩、三年的時間把實務中常用到的銀行英語單字詞條加以搜集、整理和編寫；更為了能深入了解各銀行，到二十多家的本國銀行和外商銀行進行開戶，成為客戶以實際了解各家銀行的服務，並親自拜訪及訪問數家不同銀行的行員來使相關資料更完整，最後終於整理出一本詳盡實用的銀行英文用語方面的書籍。有次筆者到某銀行辦事，把本書的草稿出示給櫃員看後，該行員看後驚為天人，因為他有時碰到外國人，常常有某些金融用語的英文說法不會講，讓他只能對著老外比手劃腳個半天，非常需要有一本銀行英語方面的書籍供他參考學習。結果他的同事和主管也爭相跑過來跟筆者借看此草稿。以後我再去那間銀行辦事時，行員都會不斷催問這本介紹銀行英語單字的書何時出版？

　　其實，筆者還在銀行上班時，不少同事就會問我說：「要怎麼樣才學好銀行英語？」筆者認為，學銀行英語一定要先從背好銀行英文單字

開始。大部分的行員覺得背英文單字很難，這是因為大部分的人是以「死記」來「死背」。所以背了又忘，背前面忘後面。學英文應以「活背」代替「死背」才能有效把英文單字背起來。舉例來說，「餘額」的英文怎麼講？是「remaining money」嗎？不對，這是中式英文！正確的答案應該是 balance，有人也許會說，balance 的意思不是「平衡」嗎？答案是，balance 也有「平衡」之意，但也有「餘額」的意思。但以傳統的死背方法，大部分的人都是把 balance 在紙上寫個十幾遍，然後邊寫邊唸「餘額」兩個字，這樣很容易就忘記。但如果了解為什麼 balance 有「平衡」和「餘額」的意思的話，就不容易忘記了。在本書中，筆者就會告訴您，「平衡」和「餘額」都是 balance 的「引申義」，balance 的原義是「天平上的兩個圓盤」，也就是「秤」上放東西來秤重量的那兩個圓盤。如果右邊盤子上的東西比較重，那天平就會往右邊沉下去。反之亦然。讀者不妨想一想，一本存摺內頁不都是有「支出」和「存入」這兩個項目嗎？就像秤上的兩個盤子一樣！而銀行帳戶上的「餘額」不就是存入扣掉支出所剩下的「餘額」嗎？所以「餘額」就叫作 balance。再請讀者接下來想一下，天平上的兩個盤子，在沒放上任何東西時，應該是位在同樣的水平位置，保持著「平衡」的狀態。所以 balance 也有「平衡」的意思。這樣想，就很容易把 balance 有「餘額」「平衡」的意思給記起來。因此筆者在本書中，不光只是收錄銀行英語單字的詞條，而且更提供該詞條的「相關說明」來幫助讀者聯想記憶。

此外，不同於一般坊間的英文單字書，僅提供詞條和例句。本書還提供了單字的「搭配用語」和對該單字的額外知識的提供。例如說，在 check（支票）的詞條上，不少行員因為用中文思維來想，以為「開支票」是講 open a check，而造成搭配用語的誤用。其實「開支票」的正確表達法可講 draw / write a check 或 cut a check，甚至也可以說 make a check。並且筆者也認為，不應只是知道該單字的中文意思，也應了解該單字的內容和

載點。因此本書在不少單字上都提供額外的知識補充說明，是坊間一般金融書籍所欠缺的。

此外，筆者更提供一些常用資訊，如各金融機構的英文譯名、銀行口語常用轉承語、各銀行的 0800 免付費電話以及在實務工作中常需用到的銀行英語會話每日一句來嘉惠讀者。以銀行英語每日一句來說，是依照筆者實務工作經驗中，把最常聽到的三百多句翻成道地的英文來供各銀行行員在實務上應用。因為有時光知道英文單字還不夠，必須能活用在會話當中。但一般金融從業人員平常上班忙碌，往往沒有額外時間專門用在學習較複雜的長篇英語會話，故筆者幫讀者整理好簡單好記的每日一句，只要利用每天通勤時間來把當天的每日一句背下來，一年就可以背完 365 句並加以活用，成為一位銀行英語達人。

最後，因各金控、銀行等金融機構的相關法令、規定或相關活動經常變更、修改，故若本書介紹的各銀行以及產品內容，如與各銀行、金融機構的公開揭露資訊有不一致之處，請依各銀行、金融機構的公布資料為準。本書雖經多次編輯校對，但仍恐有疏失之處，尚祈各界前輩先進不吝指正。

目 錄

新版序 ·· I

初版序 ·· II

01 一般交易篇 ·· 0

02 自動化銀行業務篇 ·· 8

03 外匯業務篇 ·· 11

04 支票業務篇 ·· 14

05 信用卡業務篇 ··· 15

06 保險業務篇 ·· 18

07 放款和理財業務篇 ·· 20

附錄一：克漏字必考轉承語 ··· 23

附錄二：銀行各部門和重要機構 ··································· 26

附錄三：各銀行客服電話 ———————————— 267

附錄四：銀行每日一句 ———————————— 269

附錄五：郵政英文單字加強版 ———————————— 296

附錄六：銀行郵政日語加強版 ———————————— 299

一般交易篇
General Transaction

PART **01**

account [əˋkaʊnt] *n.* (銀行) 帳戶；戶頭

「帳戶」的日文寫作「口座 (こうざ)」，又作「銀行口座 (ぎんこうこうざ)」或「預金口座 (よきんこうざ)」。在某銀行開戶的日文就可以說「銀行に預金口座を開く」。account 簡寫為 a/c。可分解成 ad + count。count 也是一個單字，就是「數有多少；計算…」的意思。因為 ad- 後面碰到 c 要轉換成 ac-，所以就變成 account。字首 ad 表示「to 去 (做什麼)」的意思，所以 account 從字根分析是「去計算」之意，引申為「戶頭」，而 accounting 就是「會計；會計學」的意思。而 accounts [əˋkaʊnts] 是「財務報表」之意，等同於 financial statements。

搭配用語

♦ general agreement for account opening 開戶總約定書

♦ to open [ˋopən] an account with some bank 在某家銀行開戶
= to set up an account with some bank
= to start an account with some bank

♦ to close [kloz] an account 結清；關戶；銷戶
= to close [kloz] out an account
= to clear [klɪr] an account
= to clear [klɪr] up an account
= to cancel [ˋkænsḷ] an account
= to terminate [ˋtɝməˏnet] an account

♦ to have / hold an account with Cathay United Bank 在國泰世華銀行有戶頭

實用例句

♦ Most banks require their customers to make an initial deposit into the **account** when customers opening an **account**.
大部分的銀行會要求他們的客戶在開戶時先存入一筆錢到戶頭裡。

account opening [əˋkaʊnt ˋopənɪŋ] *n.* 開戶

現在要去銀行開戶很難。關於開戶，有幾點要注意。第一點，銀行會要求「雙證件」。雙證件就是指「身分證」和「健保卡」(健保卡也可以用駕照代替)。大部分銀行的服務臺還具備「紫光燈」和放大鏡來驗身分證。第二點，現在開戶必須拍照留存。

第三點，銀行還會要求「地緣性」。地緣性一般以「戶籍地」為主，例如你住在臺北市的北投區，就不能到士林區開戶。但有些銀行也要求「戶籍地」和「通訊地址」都要符合才可以。有些銀行會比較寬鬆，如果戶籍地在別的地方，但租屋或是就學的學校在附近，就會改要求「租賃證明」或是「學生證」來查核也行。另外銀行還會查詢聯徵中心「Z21 國民身分證領補換資料查詢驗證」和「Z22 通報案件紀錄及補充註記資訊」。如果聯徵顯示已列為「警示戶」，那就一定開不成。但即使沒有被列為警示戶，而是在三個月內開了「二家以上的帳戶」也往往會被拒絕，因為這在開戶檢核表內，有一項為「短期間（含申請當日）於金融聯合徵信中心開戶查詢次數異常或頻繁者」。因此建議開戶前最好先符合該銀行規定，再到銀行開戶比較好。

account closing [əˋkaunt ˏklozɪŋ] *n.* 關戶；銷戶

關戶較開戶容易得多了。只要本人帶身分證、原留印鑑和存摺去銀行辦理就行了。不過要注意的是，不少銀行要求關戶是要到原開戶行才能辦理，例如是在天母分行開的帳戶，就不能到北投分行辦理銷戶。開戶則比關戶難很多，因為銀行已實施用「屬地主義」來決定開戶與否，開戶時只要檢驗身分證背後的戶籍是否同區，不同區的住戶就不能在此區的分行開戶，因此就算有出示雙證件，只要戶籍不是同區，銀行就可以合理拒絕。

account opening bank [əˋkaunt ˋopənɪŋ ˏbæŋk] *n.* 開戶行

開戶行就是開立該帳戶的銀行。民眾有需求到銀行開戶，銀行通常不會拒絕。但現在因為人頭戶泛濫，不少銀行對開戶都非常小心，往往拒絕民眾開戶。金管會也有「銀行業對疑似不法或顯屬異常交易之存款帳戶管理辦法」的相關規定，裡面記載銀行不受理客戶開戶申請的六種情況：一、當事人用「假名、人頭、虛設行號法人團體」開戶；二、當事人持偽變造身分證明或影本的身分證明文件；三、當事人提供資料可疑、模糊不清或不願提供其他資料；四、客戶不尋常拖延應提供的文件；五、客戶開立其他存款帳戶為警示帳戶尚未解除者；六、受理開戶時有其他異常情形。如果民眾想要避免開戶被拒，有一方法是去證券行說要開證券帳戶，因不少金控都在衝刺證券戶的占有率，所以就會盡量給方便，但要注意的是，證券戶的利率比一般活儲戶的利率來得低。

account number [əˋkaʊnt ˋnʌmbə] *n.* 帳號

「帳號」的日文漢字寫法是「口座番号（こうざばんごう）」。

【實用例句】

♦ If you need to transfer money to your bank account, you will need some information such as the bank name, your account name, your **account number**, your full name and branch name.
如果您需要轉帳到您的銀行戶頭，您需要一些資訊，像是銀行名稱、您的戶名、您的帳號和您的全名以及分行名稱。

virtual account number [ˋvɝtʃʊəl əˋkaʊnt ˋnʌmbə] *n.* 虛擬帳號

「虛擬帳號」是銀行提供企業收款的一種機制，企業為了要辨別轉帳付款人，可以透過虛擬帳號大量產生帳號供每個買家專用，每個付款人都可以分配一個專屬的帳號，也就是說，企業提供網購客戶透過 ATM 轉帳付款時，每個客戶可以獲得一組專屬的帳號來付款，但這個帳號並不是企業開在銀行公司戶的實體帳號，而只是由電腦產生的虛擬帳號。

designated account number [ˋdɛzɪɡˏnetɪd əˋkaʊnt ˋnʌmbə] *n.* 約定帳號
= registered / linked account number [ˋrɛdʒɪstəd / lɪŋkt əˋkaʊnt ˋnʌmbə]

辦理約定帳號需要本人親自拿身分證明文件及原留印鑑到銀行才能辦理，這是因為如果帳戶設定了「約定帳號」以後，金融卡轉帳不限單日最高三萬元轉出的限額，而往往可提高到二百萬。並已約定的帳號也可以透過網路銀行來轉帳，正因為約定帳號可提高轉帳的金額和風險，因此必須本人親自到銀行的各分行辦理。

non-designated account number
[nɑnˋdɛzɪɡˏnetɪd əˋkaʊnt ˋnʌmbə] *n.* 非約定帳號

account holder's name *n.* 戶名

principal account [`prɪnsəpl ə`kaʊnt] *n.* 主要帳戶

sub-account [ˌsəb ə`kaʊnt] *n.* 子帳戶

有些銀行，如 HSBC Direct 和玉山銀行之前推出的 Sh@re 帳戶 (家庭帳戶) 提供可以在母帳戶底下再加增多組子帳戶的服務。例如 Sh@re 帳戶最多可以在主帳戶之下加開 5 個子帳戶，來作區分管理的運用，子帳戶的錢可專門用來基金的定時定額扣款。開設子帳戶非常簡單，直接在網銀上操作增開。本來 Sh@re 帳戶構想是讓「一個家庭」使用的，所以又稱為「家庭帳戶」。雖然能增設子帳戶，但只有「一本存摺」，並且只有主帳戶的交易明細。比較特別的是，Sh@re 子帳戶也可以向銀行申請新的金融卡，最多可以申請五張。另外，HSBC Direct 臺幣帳戶也有加開虛擬子帳戶功能，可以在主帳戶之下最多加開 9 個子帳戶。

corporate account [`kɔrpərɪt ə`kaʊnt] *n.* 公司戶

「公司戶」的日文講法是「法人口座 (ほうじんこうざ)」；corporate 就是「公司的」之意，作形容詞來用，像 corporate culture 就是指「公司文化」。

trust account [`trʌst ə`kaʊnt] *n.* 信託戶
= account in trust

搭配用語

◆ annuity trust account 年金信託帳戶
◆ segregated trust account 獨立信託帳戶

watch-listed account [ˋwɑtʃˏlɪstɪd əˋkaunt] *n.* 警示帳戶

「警示帳戶」是指法院、檢察署或警察機關因偵辦刑事案件而通報原開戶銀行或郵局、農會、信用合作社等金融機構，將當事人的存款帳戶列為警示帳戶，銀行收到通報後，會立即將此帳戶通報給聯徵中心，並且會在聯徵上揭露兩年。警示戶被通報後，不能藉由自動化設備操作任何金融交易，也不能收匯款，所以警示帳戶持有者只能臨櫃辦理，而只要一臨櫃電腦系統會立即對行員發出警示，這時候行員就會馬上通報警察局來帶走警示帳戶持有者。另外要注意的是，被列為警示帳戶後，必須由本人主動提出，如果被判刑，還要服完刑期或繳完罰金後才能向判刑的法院。聲請「結案證明書」，再拿該證明書向原通報「警示戶」的警察分局請求解除，申請通過後再由警察局發「解除警示帳戶」公文給銀行。解除後，才能再向銀行申請開戶。

derivative watch-listed account
[dəˋrɪvətɪv ˋwɑtʃˏlɪstɪd əˋkaunt] *n.* 衍生管制帳戶

除了「警示帳戶」之外，還有所謂的「衍生管制帳戶」，意思就是說警示帳戶的開戶人在其他銀行開立的帳戶就叫作「衍生管制帳戶」。「衍生管制帳戶」和警示戶一樣，不能使用自動化設備，目地就是為了防範警示帳戶的開戶人到其他家銀行或分行再去開戶。

custodial account [kʌsˋtodɪəl əˋkaunt] *n.* 監護人帳戶

「監管人帳戶」簡單講就是指美國的監護人 (如父母、祖父母等) 幫未成年子女所開立的帳戶，但如果監護人放置的金額超過法律規定的上限的話，是會被扣贈與稅的。美國父母會幫子女開這種帳戶往往是為了節稅。因為放在父母的帳戶裡面的存款所被課的利息或投資所得的稅率較高。臺灣目前沒有這種帳戶。

custodian account [kʌsˋtodɪən əˋkaunt] *n.* 保管帳戶；託管帳戶

custodian account (保管帳戶) 和 custodial account (監護人帳戶) 雖然看起來很

像，但它們是不同的概念。「保管帳戶」是指政府怕企業掏空，而指定某企業要把一定的金額存到保管銀行的「保管帳戶」。例如潤成併南山人壽案，金管會就要求潤成要把三百億元存在金管會認可的保管帳戶才行。「保管帳戶」也可以指某募集基金的金融機構於基金保管機構的集保公司保管劃撥帳戶下所開立的「保管帳戶」。

dishonored account [dɪsˋɑnəd əˋkaʊnt] *n.* 拒絕往來戶

dishonored account 比較口語的說法是 bad account。支存戶因為戶頭的錢不夠，而有三次 (包含) 以上的跳票紀錄，銀行就會列為拒絕往來戶，甚至可能背上刑責。

overdraft account [ˋovəˏdræft əˋkaʊnt] *n.* 透支帳戶

一般銀行是存戶把錢存在銀行，由銀行來支付利息。但透支帳戶剛好相反，銀行給存戶一個透支額度，讓存戶即使帳戶沒有錢，也可以動用負餘額，但要反過來支付銀行利息。不少精明的商人常利用房貸還款的透支帳戶，房貸已還款的部分，還可以再從透支帳戶借出來，但借款利率是以房貸的利率來計息，並且每年只需另支付房屋火險的保費，就可以省下以信貸來借款的龐大的利息支出。

dedicated account [ˋdɛdəˏketɪd əˋkaʊnt] *n.* 專戶

dedicated account 在美國常指美國政府為殘障的小孩提供的社會福利金補助的專戶。在這社會福利金專戶裡的存款，其父母不能把其他的存款存入這個專戶來混用，這個專戶只能用來每月接受社會福利金的匯款，專戶裡面的存款父母也不能隨便動用，必須用在殘障兒童的福利上，例如醫療支出、學費、職能訓練或是幫助小孩克服殘障的器具 (如助聽器) 等方面。

dedicated account of political donations *n.* 政治獻金專戶
= campaign contribution account [kæmˋpen ˏkɑntrəˋbjuʃən əˋkaʊnt]

offshore account [ˋɔfˋʃor əˋkaʊnt] *n.* 海外帳戶

checking account [ˋtʃɛkɪŋ əˋkaʊnt] *n.* 支存戶（支票存款帳戶）；甲存戶
= current account [ˋkɝənt əˋkaʊnt]（英式英語）

在臺灣所開立的支存戶和美國以及歐洲國家的支存戶的定義以及服務內容是大不相同的。在臺灣所開立的支存帳戶並無存摺或金融卡，所以無法透過臨櫃直接提現，僅可用於開立支票(須載明必要記載事項)。此外，因為臺灣的法令和金管比較嚴格，開立支存戶前，銀行將透過聯合徵信中心查詢申請人信用或向當地票據交換所查詢有無退票或拒絕往來紀錄，並且在開立支存戶之前，銀行會依據客戶所開立的活存帳戶的存款之往來情形及存款平均餘額等來決定受理與否。各家銀行對支存戶的開立的條件並不相同。如永豐銀行需往來三個月的活存帳戶的平均餘額達到十五萬以上，且信用良好，才可以提出申請開立支存戶。不少銀行甚至要往來六個月的活存帳戶超過五十萬以上才有條件申請開立支存戶。

current account [ˋkɝənt əˋkaʊnt] *n.* 支存戶；甲存戶（英式英語）

在美國，不同於臺灣，一開始就可以直接要求開立 checking account（支存戶），但他們的 checking account 的功能實際上包含了臺灣所謂的「活儲戶」，因此可以僅開立支存戶而不用另外開活儲戶(savings account)，而且支存戶也可以申請直接從帳戶刷卡消費扣款的金融卡，並且直接臨櫃或透過 ATM 提現，跟臺灣的支存戶大不相同，只是多加了一個開支票的功能而已。國外有的銀行甚至會在開支存戶的當下，並贈送支票簿給客戶。只是國外的支存戶的利息大都較低，甚至沒有配息，有的銀行有分有配息和無配息的支存戶。但申請有配息的支存戶的存款要達到該行的最低標準，不然要收帳管費。在英國，支存戶不叫作 checking account，而稱作 current account，不少人翻譯為「活期帳戶」，實際上並不正確。因為 current account 就等於 checking account，只是因為歐美的支存戶的定義與功能和臺灣的並不相同，因此有些譯者誤會，往往將 current account 也譯作「活儲帳戶」。

current deposit [`kɜənt dɪ`pɑzɪt] *n.* 支存；甲存

外國銀行的支票存款和臺灣不一樣，大部分的老外去銀行開戶都有開立「支存戶」
(checking account)，卻沒有開「活儲帳戶」(savings account)，因為他們的支存
戶就包含了活儲的功能，領錢、提款等，又可以開支票，難怪不需再開「活儲帳戶」
(savings account) 了。在臺灣，支存戶是附屬在活儲戶的一個帳戶，你不能只開支
存戶而不開活儲戶。

demand deposit [dɪ`mænd dɪ`pɑzɪt] *n.* 甲、乙種活期性存款
= sight deposit [`saɪt dɪ`pɑzɪt]

之所以稱作 demand deposit 是因為這種帳戶的 deposit (存款) can be withdrawn
on demand (一經要求即可提款)。 在美國，demand account 可以泛指 savings
account 或是 checking account，因為都具有隨時提領存款的特性。在臺灣，「活
期性存款」可分為「甲種活期存款」(支票存款) 和「乙種活期存款」(或稱為活期
存款)。也就是說，活期性存款 (demand account) 涵蓋支票存款、活期存款、綜合
存款以及活期儲蓄存款等，是一個泛稱。

搭配用語

- ◆ inter-bank demand deposit 銀行同業活期存款
- ◆ interest-bearing demand deposit 計息即期存款

savings account [`sevɪŋz ə`kaunt] *n.* 儲蓄帳戶

「儲蓄帳戶」 的日文說法是「セービング口座 (セービングこうざ)」。要注意的是
savings 後面一定要有 s，不然就是錯的。因為 saving 是 save *v.* (拯救) 的現在分
詞當形容詞用，意思是「拯救的；救助的；節省的」。saving account 翻成中文就
變成「拯救帳戶」，聽起來就很怪！而 savings 是「儲金」或「存款」的意思。因
此一定要說成 savings account。在臺灣，savings account 可翻成「活期儲款帳戶」
(活儲) 或是「活期存款帳戶」(活存)。「活儲戶」是自然人或是非營利法人，才可
以開立，公司行號不能開立「活儲戶」，只能開立「活存戶」。「活儲戶」和「活存戶」

最大的不同點就在於活儲的利息較高，而活存較低。舉國泰世華商業銀行在 2011 年 6 月 4 日的牌告利率為例，活儲利率是 0.27%，但活存利息只有 0.16%。

savings [`sevɪŋz] *n.* 存款；儲金；儲蓄

實用例句

◆ All her savings are gone because she squandered all her **savings** on shopping.
她的存款都花完了因為她把存款浪費在購物上。

◆ The banks were prohibited from speculating with depositor's **savings**.
銀行以前被禁止用存戶的存款來投機投資。

demand savings account [dɪ`mænd `sevɪŋz ə`kaunt]
n. 活期儲蓄帳戶
= **passbook savings account** [`pæs͵buk `sevɪŋz ə`kaunt]

paperless account [`pepəlɪs ə`kaunt] *n.* 無摺戶
= **savings account without a passbook**
= **non-physical account**

「無摺戶」(paperless account 或作 non-physical account) 顧名思義就是沒有存摺，只有金融卡的帳戶。這些無摺戶到銀行辦理交易的時候是無法享有櫃檯服務的 (或是臨櫃要收取服務費)，只能採用自動化設備服務，如 ATM、電話銀行或網路銀行等，也沒有實體對帳單，而改以電子對帳單給客戶，而銀行就可以因此而節省下櫃檯服務的人力成本。最有名的無摺戶就是 HSBC 所開創出來的「沒有存摺的自動化帳戶」，稱作「Direct」帳戶。HSBC 的無摺戶享有一些優惠，但禁止臨櫃，其他像台北富邦、渣打銀行也有推出類似的無摺戶。

無摺戶各家銀行優惠

各銀行無摺方案	渣打銀行 e-S@ver	匯豐銀行 Direct	遠東銀 FE Direct	台北富邦 V-Banking	國泰世華「自動化帳戶」	永豐銀行
跨行提款優惠	有	有	無	有	無	有(與跨轉合計)
跨行轉帳優惠	有	有(與跨提合計)	無	有	無	有(與跨提合計)
起息金額	1萬元	0元	0元	1萬元	5,000元	1萬元
給息方式	每月	每月	每月	半年	半年	每月
臨櫃交易	禁止臨櫃	禁止臨櫃	臨櫃要加收服務費	臨櫃要加收服務費	臨櫃要加收服務費	可臨櫃,免手續費
實體存摺	無	無	無	無	有	無

postal savings [`postl `seviŋz] *n.* 郵政儲金

FOREX (FX) account [`forɛks ə`kaunt] *n.* 外幣戶
= **foreign currency account** [`fɔrɪn `kɝənsɪ ə`kaunt]
= **foreign exchange account** [`fɔrɪn ɪks`tʃendʒ ə`kaunt]

forex 是由 foreign 和 exchange 兩字合體而成,而 forex 又可以簡寫為 FX。外幣戶又有 foreign currency savings account (外幣活儲帳戶)、foreign currency time deposit account (外幣定存帳戶) 和 multi-currency savings account (多幣活儲帳戶) 等。

11

preferential interest deposit
[ˌprɛfəˋrɛnʃəl ˋɪntərɪst dɪˋpɑzɪt] *n.* 優惠存款

優惠存款通常是銀行為了吸收民眾存款而推出的短期存款優惠活動，另外有些銀行也會給行儲優惠存款利率，如一些銀行的行員有 13% 四十八萬的額度，每月可以領五千多元的利息。

individual retirement account (IRA)
[ˌɪndəˋvɪdʒuəl rɪˋtaɪrmənt əˋkaunt] *n.* 個人退休帳戶

依照美國稅法的特別基金帳戶，美國公司每年可撥特定金額到個人退休帳戶作為員工的退休金，而員工在這退休金帳戶的存款可享部分免稅優惠，但有期限限制。

joint account (J/A) [ˋdʒɔɪnt əˋkaunt] *n.* 聯名戶

「聯名戶」的日文講法是「共同名義口座」。在臺灣，僅合作金庫、聯邦銀行、新光銀行等少數銀行業者才有提供聯名戶的服務，因為大部分銀行並不歡迎開設聯名戶。聯名戶臨櫃取款時，必須備齊存摺及雙方印鑑，若想申請金融卡，客戶必須簽下切結書，而且銀行只發一張金融卡，有些銀行甚至不發金融卡。甚至聯名戶的網銀功能也受限，如聯邦銀行禁止聯名戶的網銀約定轉帳的功能，就是怕其中一人私自把錢轉走而引來糾紛。

inactive account [ɪnˋæktɪv əˋkaunt] *n.* 靜止戶；久未往來戶
= **dormant account** [ˋdɔrmənt əˋkaunt]
= **inoperative account** [ɪnˋɑpərətɪv əˋkaunt]
= **unclaimed account** [ʌnˋklemd əˋkaunt]

dormant 的意思是「冬眠的」；inactive 是「靜止的」之意，而 inoperative 的意思是「不活動的」。至於 unclaimed 是「無人認領的」，靜止戶放在那邊沒有動，就像「無人認領」的一樣。靜止戶的日文叫作「睡眠口座 (すいみんこうざ)」。當

一個帳戶超過一定的期間，如一年、一年半或兩年都沒有交易紀錄以及存款沒有達到最低餘額標準，銀行會將該帳戶以「靜止戶」來處理，帳戶的交易就會暫時被凍結，即使有匯款進來也無法領取，如果要重新啟用 (reactivate)，就必須本人帶雙證件到銀行親自臨櫃辦理，手續和開戶相同，行員還要再查詢聯徵一次，原因是很多靜止戶重新啟用高達八成都是人頭戶所為。但靜止戶已在 2014 年 3 月底前全面取消。

實用例句

◆ No interest will be payable on an **inactive account**.
靜止戶不計息。

◆ Banks are required to inform their customers of the banks' treatment of **inoperative accounts**.
銀行應該通知他們的客戶對於靜止戶的處理方式。

nominee account [ˌnɑməˋni əˋkaʊnt] *n.* 代理人帳戶

dummy account [ˋdʌmɪ əˋkaʊnt] *n.* 人頭戶

「人頭戶」的英文怎麼說？是 human's head account 嗎？當然不是，其實人頭戶的英文正確講法是「dummy account」。當然也可以講 dummy bank account。因為 dummy 作形容詞的意思就是「掛名的；名義上的」。是從 dummy 名詞的意義「假人」引申過來的。「人頭戶」大致可分成三種，第一種，是利用外洩的個資而偽造證件來開戶。第二種，雖然是用真的證件，但是對方往往是遊民或是缺錢玩樂的學生或是負債的民眾，為求把帳戶變現而來開人頭戶。第三種，就是不法集團成員用自己真的證件開戶。而其中偽造證件開戶的比例最低，不到一成。有些銀行如果在開戶懷疑你是人頭戶，就會加碼開戶金額，如永豐銀行。而有的銀行的作法則是對「高風險群」提出 3 個月才發給客戶金融卡來使人頭自討沒趣而放棄。

dummy company [ˋdʌmɪ ˋkʌmpənɪ] *n.* 空殼公司

non-interest account [ˌnɑnˋɪntərɪst əˋkaʊnt] *n.* 不計息帳戶

「不計息帳戶」的英文也可以拼寫為 non-interest-bearing account，是指像「黃金存摺」或是「支存戶」等沒有配息和計息的帳戶。

payroll account [ˋpeˌrol əˋkaʊnt] *n.* 薪資戶

現在很少老闆發薪水直接發現鈔，而大都是透過銀行的匯款直接入戶頭，因此在一份新工作的報到時，大都會要求新進員工準備好特定銀行的戶頭來作為薪資轉帳戶。例如筆者在從軍報效國家時，軍方就指定以郵局戶頭作為薪資戶。

inter-branch account [ˌɪntəˋbræntʃ əˋkaʊnt] *n.* 聯行戶

confidential account [ˌkɑnfəˋdɛnʃəl əˋkaʊnt] *n.* 祕密戶；保密戶

「祕密戶」基本上和一般帳戶沒有太多差異，都可以承做活儲、辦理定存、買賣基金、投資各項金融商品。祕密戶的特別之處在於對帳戶上的進出資金以及帳務資料特別向銀行要求不要寄發任何對帳單到家裡或公司，算是一種不寄發對帳單的帳戶 (non-statement account)。舉例來說，如已被銀行註記為祕密戶，即使定存到期，行員也不會電話通知，甚至帳戶存款的扣繳憑單以及各種對帳單都不會寄發。部分銀行的祕密戶的帳務資料甚至限制查詢的權限，一般小行員無權查詢，要銀行裏理或是副理以上的層級，才有查詢的權限。而臺灣彩券公司也統計，有九成以上的億萬樂透中獎人都選擇開「祕密戶」，以防家人得知中獎。其實，行員的行儲戶也是屬於一種「祕密戶」，因為銀行大都實施「祕薪制」，一個行員要在銀行開兩個戶頭，每月按不同比例匯入薪水到這兩個戶頭，其中一個戶頭，在系統上，別的行員沒有權限去查別的行員的明細，以防行員彼此之間比較薪水。另外有些銀行，如中國信託和台北富邦等銀行不稱作「祕密戶」，而用「保密戶」來稱之。

non-statement account [ˌnɑnˈstɛtmənt əˈkaʊnt]
n. 不寄發對帳單的帳戶

omnibus account [ˈɑmnɪbəs əˈkaʊnt] *n.* 綜合存款帳戶；綜存戶
= integrated account [ˈɪntəˌgrɛtɪd əˈkaʊnt]
= all-in-one account [ˈɔlɪnˌwʌn əˈkaʊnt]
= deposit combined account [dɪˈpɑzɪt kəmˈbaɪnd əˈkaʊnt]
= general service account [ˈdʒɛnərəl ˈsɝvɪs əˈkaʊnt]

「綜合存款」簡稱「綜存」，是一種將活期存款、定期存款和定存質借等帳戶綜合於同一本存摺裡面，並可透過綜存把裡面的活存隨時以定存質押借款。綜存戶也可以直接把定存做在存摺內頁並在最前頁或最後頁顯示出來，不需再開實體的定存單的綜合存款，幾乎大部分的銀行都已提供這種 all in one 的綜合存款服務了。缺點是如果設定「質借」的話，可以透過金融卡直接透過質借動用到定存的錢，並且要付銀行利息。之前發生高中生被詐騙而把母親的存款透過金融卡轉帳而動用到定存質借而把定存的錢也都轉給詐騙集團的事件。另外綜存還有一個功能就是存款人可以透過事先和銀行約定，將活期存款帳戶內的存款每月自動轉存到定存，就不用再親自跑銀行做定存了。

margin account [ˈmɑrdʒɪn əˈkaʊnt] *n.* 融資帳戶；保證金帳戶

「保證金帳戶」日文稱作「証拠金勘定 (しょうこきん かんじょう)」。

margin trading [ˈmɑrdʒɪn ˈtredɪŋ] *n.* 保證金交易

designated payment account [`dɛzɪgˌnetɪd `pemənt əˈkaʊnt]
n. 指定扣款帳戶
= designated debit account [`dɛzɪgˌnetɪd `debɪt əˈkaʊnt]

有些客戶為了不想每個月都要拿信用卡帳單跑到銀行繳費，可以事先和銀行申請約定「指定扣繳帳戶」，授權銀行每月的卡費直接從指定帳戶「直接扣款」(direct debit 或作 pre-authorized debit)，而不用再自親跑銀行了。這就是一種「銀行自動扣款」服務 (automatic bank debit)。除了繳卡費之外，定時定額買基金或是繳水電等費用也可以指定扣款帳戶，免除自己還要親自跑一趟。

blocked account [`blɑkt əˈkaʊnt] *n.* 凍結帳戶
= frozen account [`frozn̩ əˈkaʊnt]

警方或是政府可以對於一些洗錢或是罪犯的帳戶加以凍結，而使帳戶持有人無法動用帳戶裡面的資金。

securities account [sɪˈkjʊrətɪz əˈkaʊnt] *n.* 證券戶

「證券戶」的日文是「有価証券勘定 (ゆうかしょうけんかんじょう)」。

brokerage account [`brokərɪdʒ əˈkaʊnt] *n.* 證券交易帳戶

safekeeping account [`sef`kipɪŋ əˈkaʊnt] *n.* 集保戶

slip [slɪp] *n.* 單據；(存、取、匯款) 條

slip-free service [`slɪpˌfri `sɝvɪs] *n.* 免填單據的服務

「免填單據的服務」簡單來說，就是指某些銀行為方便客戶，推出臨櫃不用自己填寫存款、提款的日期、帳號以及金額等單據，只要直接告知櫃員要辦的事項，櫃員直接用電腦打印方式把要填寫的內容印在存款單或取款單上，再請客戶確認細項，客戶檢視無誤後，再蓋上印章或是簽名就完成交易，有銀行又稱作「用講嘛ㄟ通」。不同於傳統的方式，要先自己填好單據，再交由櫃員辦理，因此對文盲或是老人家眼睛看不清的族群來說，真的相當方便。目前一些銀行，如台新、國泰世華已有此服務。

fill out [`fɪl ˌaut] *phr.* 填寫（申請書）
= fill in

實用例句

♦ Please **fill in** the withdrawal slip.
= Please **fill out** the withdrawal slip.
請填寫這張取款條。

alter [`ɔltɚ] *v.* 塗改；變造；竄改

alter「變造」和forge「偽造」不同，「變造」是指「在真的事物，如真鈔上面動手腳，讓其東西在外觀、性質、用途等方面稍作改變」。例如本來是一張九萬元的真支票，在「變造」後，就變成九百萬的假支票。forge「偽造」則是指整張支票一開始就是假的。

rectification [ˌrɛktəfəˈkeʃən] *n.* 更正

搭配用語

♦ make rectification 作更正

開戶申請書 (account opening application form)

the name of applicant
[`æpləkənt] *n.* 申請人姓名
= customer name [`kʌstəmɚ ˏnem]

surname
[`sɝˏnem] *n.* 姓
= last name

first name
[`fɝst nem] *n.* 名字
= given name

ID number
[`aɪ `di `nʌmbɚ] *n.* 身分證字號

date of birth
[bɝθ] *n.* 出生日期

sex
[sɛks] *n.* 性別

nationality
[ˏnæʃə`næləti] *n.* 國籍

passport number
[`pæsˏpɔrt `nʌmbɚ] *n.* 護照號碼

marital status
[`mærətl̩ `stetʌs] *n.* 婚姻狀況

telephone number
[`tɛləˏfon `nʌmbɚ] *n.* 電話號碼

cellphone number
[`sɛlˏfon `nʌmbɚ] *n.* 手機號碼

fax hotline
[`fæks `hɑtlaɪn] *n.* 傳真號碼
= fax number [`fæks `nʌmbɚ]

registered address
[`rɛdʒɪstɚd `ædrɛs] *n.* 戶籍地址
= permanent address [`pɝmənənt ə`drɛs]

correspondence address
[ˏkɔrə`spɑndəns ə`drɛs] *n.* 通訊地址
= mailing address [melɪŋ ə`drɛs]

zip code
[`zɪp ˏcod] *n.* 郵遞區號

Business License
[`bɪznɪs `laɪsəns] *n.* 營業執照

Registered Certificate Number
[`rɛdʒɪstɚd sə`tɪfəkɪt `nʌmbɚ] *n.*
登記證號碼

education attainment
[ˏɛdʒə`keʃən ə`tenmənt] *n.* 教育程度

gross monthly income
[`gros `mʌnθlɪ `ɪnˏkʌm] *n.* 每月總收入

annual salary
[`ænjʊəl `sælərɪ] *n.* 年收入

person to contact (PTC)
[`pɝsn̩ tu `kɑntækt] *n.* 聯絡人

picture [`pɪktʃə] *n.* 相片
= photograph [`fotə͵græf] (可簡稱為 photo)

到銀行開戶現在往往要拍照存證，但一般人誤以為臨櫃取款時，櫃員系統還會秀出該帳戶的照片好來比對是否為本人。其實並非如此，開戶所拍的照片通常只供再開「第二戶」時用來比對是否為同一人外，不會用於臨櫃取款、匯款的比對，因為銀行是「認章不認人」，即使非本人，但只要原留印鑑無誤，也可以辦理交易。

搭配用語

- ♦ taking / getting a picture 拍照；照相
  = taking / getting a photo
- ♦ to enlarge photos 把照片放大
- ♦ digital photograph 數位相片
- ♦ to develop photographs 沖洗相片
- ♦ to have one's photo taken 拍照

實用例句

- ♦ Can I have my **photo** taken with you?
  我可以跟你合照嗎？

amount [ə`maunt] *n.* 金額

principal [`prɪnsəpḷ] *n.* 本金

實用例句

- ♦ Plenty of senior men and women just live off the interest and plan to keep the **principal** intact.
  很多老人家只靠利息生活並計畫不動用到本金。

interest [`ɪntərɪst] *n.* 利息

定存支付給存戶的利息是分行的一個很大的支出。因此不少銀行並不歡迎客戶來承作長期的定存，像是壓低利率，尤其是大額存款利率，讓客戶到別家利率比較高的銀行去存。或是降低大額存款的定義，如金融海嘯前，不少銀行本來規定五百萬以上才算大額，但後來變成三百萬就算大額，而且一些銀行只要是同一天存的都總歸在一起來認定，例如早上存一百萬，下午再存兩百萬，因為是同一天存的，還是算成三百萬大額，適合大額的牌告利率。還有些銀行開始跟客戶收起帳管費，企圖迫使客戶不要把錢存在他們家，再不然就是調高起息的金額，以前是五千元就計息，現在調高到一萬元才計息。

搭配用語

- ♦ annual interest 年息
- ♦ monthly interest 月息
- ♦ to bear interest [`bɛr `ɪntərɪst] 生息；配息
  = to yield interest [`jild `ɪntərɪst]
  = to accrue interest [ə`kru `ɪntərɪst]
- ♦ to receive interest 得到利息
- ♦ to pay interest 支付利息
- ♦ to charge interest 索取利息

實用例句

- ♦ **Interest** shall be calculated on the basis of a year of 365 days for New Taiwan Dollar deposits.
  新臺幣存款之利息，依一年 365 天為基礎來計息。

interest rate [`ɪntərɪst ˌret] *n.* 利率

「調降」利率的英文可以用 cut、lower 或 reduce。央行調降利率都是以「碼」(point) 為單位，一碼是 0.25 個百分點，半碼為 0.125 個百分點。

搭配用語

- ◆ prime interest rate 基準利率；優惠利率
  = preferential interest rate
  = favorable interest rate
- ◆ high interest rate 高利率
- ◆ low interest rate 低利率
- ◆ to cut the interest rate 降息
  = to lower the interest rate
  = to reduce the interest rate
  = to slash the interest rate
- ◆ to raise interest rates 升息
  = to increase interest rates
- ◆ the time savings deposit interest rate 定存利率
- ◆ the demand deposit interest rate 活存利率
- ◆ interbank offered (interest) rate 銀行同業拆放利率

實用例句

- ◆ US Federal Reserve cut its key **interest rate** by half a point.
  美聯準會降息半碼。

- ◆ Sometimes **interest rates** rise and sometimes **interest rates** fall. It is hard to predict.
  有時利率升，有時利率下降，這很難預測。

- ◆ Jezebel took out a loan with an **interest rate** of 2%.
  耶洗別申請到利率 2% 的貸款。

interest rate spread [`ɪntərɪst ˌret `sprɛd] *n.* 利差

simple interest [`sɪmpḷ `ɪntərɪst] *n.* 單利

「單利」是指本金所生的利息不會再加回本金一起再生利息，也就是原來的本金固定不變。

compound interest [`kɑmpaʊnd `ɪntərɪst] *n.* 複利
= compounding [kɑm`paʊndɪŋ]

「複利」則是本金所生的利息再加回本金而造成錢滾錢的效應，原始本金會不斷增加。

interest-earning [`ɪntərɪst `ɜnɪŋ] *n.* 利息所得

value date [`vælju ˌdet] *n.* 起息日

per annum [pɚ `ænəm] *adv.* 每年
= every year

annual percentage rate (APR) [`ænjʊəl pɚ`sɛntɪdʒ ˌret] *n.* 年利率

discount rate [`dɪskaʊnt ˌret] *n.* 貼現率
= bank rate

「貼現」是一種融資的工具，當企業需要借款時，除了向銀行貸款，也可以利用票據來貼現。企業利用近期到期的票據 (本票、支票、匯票等) 經由背書後，再把該票據轉賣給銀行，但銀行會先依現行利率，也就是所謂的貼現率，扣掉應得的利息之後再把錢交給該公司。而銀行需要向央行借款週轉時，也可以利用這種模式，稱為「重貼現」。

interest return [`ɪntərɪst rɪ`tɜn] *n.* 利息收益

low-interest [lo`ɪntərɪst] *adj.* 低利率的

deposit [dɪ`pɑzɪt] *n.* 存款；訂金；*v.* 存（款）

「存款」的日文說法是「振込み (ふりこみ)」，也可以講成「預かり入れ（あずかりいれ）」；而日文動詞的說法是「振込む (ふりこむ)」或說「貯金する (ちょきんする)」，也可以說成「預金する (よきんする)」。

搭配用語

♦ to make a deposit 存款
♦ to conduct the deposit 辦理存款
♦ to deposit money to one's account. 把錢存到某人帳戶。
♦ to put down the deposit 支付訂金

實用例句

♦ To open an account with most banks in Taiwan, you need to make a minimum **deposit** of 1,000 NT dollars.
在臺灣大部分的銀行開戶，你需要至少存一千元新臺幣。

♦ Joseph plans to **deposit** 10% now and pay the rest one month later.
約瑟打算現在先支付 10% 的訂金，並在一個月後付清其他的款項。

♦ A fixed **deposit**, also called a time deposit or Certificate of Deposit (CD), is a kind of deposit with a definite or fixed length of maturity.
定期存款，也稱為定存或定期存單，是存期固定的一種存款。

♦ The check was just **deposited** the day before yesterday; therefore, it has not been cleared.
這張支票前天才剛存入，因此，還沒有被兌現。

deposit into [dɪ`pɑzɪt `ɪntu] *phr.* 將（錢）存入（戶頭）
= **put into**
= **pay into**

♦ Joseph **deposited** NT50,000 dollars **into** his account.
= Joseph **put** NT50,000 dollars **into** his account.
= Joseph **paid** NT50,000 dollars **into** his account.
約瑟把五萬元存到他的帳戶。

credit [`krɛdɪt] v. 入帳；n. 信用

「信用」就是個人的「還款能力」或是金融機構允許的「欠債額度」。信用卡其實也就是欠債卡。因為消費者刷的每一筆錢，說穿了都是銀行先代墊的，因此每刷一筆就是多欠銀行一筆。只可惜在現今的「大債時代」，有多少人真正領悟這個道理？

搭配用語

♦ to credit one's account with NT$1,000 在某人的帳戶入帳臺幣一千元
♦ credit association 信用社
♦ credit cooperation 信用合作社
♦ credit card 信用卡
♦ credit checking 信用調查
♦ credit control 信貸管制
♦ credit line 信用額度
♦ credit market 信貸市場
♦ credit review 信用審核
♦ micro-credit 微型信貸

實用例句

♦ The bank **credited** the church with 70,000 NT dollars.
銀行給這間教會七萬元新臺幣。

♦ Although she is rich, she has a bad **credit** rating.
雖然她很有錢，但她的信用等級很差。

credit report [`krɛdɪt rɪ`port] *n.* 信用報告

在臺灣，當民眾想要申請移民、或向銀行辦房貸、信貸，常被要求申請「個人信用報告」。想要查詢個人的「信用報告」可以到聯徵中心，位於台北市重慶南路一段 2 號 16 樓，要攜帶雙證件和查詢費 (目前為一百元)。但好消息是，從 2011 年的 7 月開始，部分郵局也提供民眾信用報告的代收服務，讓民眾多一個辦信用報告的地點選擇。

large deposit [`lardʒ dɪ`pazɪt] *n.* 大額存款
= large-lots savings

fixed deposit [`fɪkst dɪ`pazɪt] *n.* 定存
= term deposit [`tɜm dɪ`pazɪt]
= time deposit [`taɪm dɪ`pazɪt]

「定存」的日文作「定期預金 (ていきよきん)」。fixed deposit 之所以又被稱作 time deposit 是因為這種存款要 after a specified period of time (在特定的期間之後) 才能取款。之前因為金融海嘯導致公股銀行的存款過多，而發生不少分行拒收一年期以上的定存，但央行和金管會都申明「吸收社會大眾存款係銀行依銀行法辦理之業務項目之一，不得拒絕民眾辦理定存。況且，銀行牌告存款利率屬要約行為，民眾依牌告利率辦理存款，銀行更不得拒絕。」定存也可以簡稱為 CD。

實用例句
♦ If a bank declines to accept **time deposit** transactions, the depositor can report to the authorities concerned.
如果銀行拒絕接受定存，存戶可以向有關單位檢舉。

time savings deposit [`taɪm `sevɪŋz dɪ`pazɪt] *n.* 定期儲蓄存款

「定期儲蓄存款」(簡稱「定儲」) 只有自然人及非營利事業法人機構才能辦理，存款天期分成一年期、二年期以及三年期，而利率較定期存款來得高。簡單講，一般

個人戶的民眾可以選擇利率較高的定儲，而公司戶只能選擇利率較低的「定期存款」（簡稱『定存』）。

time deposit pledge [ˋtaɪm dɪˋpɑzɪt ˌplɛdʒ] *n.* 定存質借

「定存質借」就是以存戶的定存作為擔保品向銀行貸款，而不用將定存解約的一種貸款方案。定存質借最多可借出原定存金額的八到九成。多數銀行採存款利率再加1.5% 左右為定存質借利率。部分銀行在開戶時，是預設不啟用定存質借，需要主動申請才會啟用此功能，但也有些銀行，一開始就預設好啟用定存質借，需要主動向銀行申請取消才行。因為不少人在開戶時，往往忽略開戶總約定書的細項，但一般銀行都會在「定存質借」的功能上註記「未勾選視為同意」，而造成民眾不知情之下而同意帳戶可以動用透支的功能。

fixed rate [ˋfɪkst ˌret] *n.* 固定利率

實用例句

◆ The certificate of deposit has a 1-year maturity and a 6 percent **fixed rate** of interest.
這張定存單一年到期並有 6% 的固定利率。

floating rate [ˋflotɪŋ ˌret] *n.* 機動利率
= **flexible rate** [ˋflɛksəbl ˌret]
= **variable rate** [ˋvɛrɪəbl ˌret]

variable-rate time deposit [ˋvɛrɪəblˌret ˋtaɪm dɪˋpɑzɪt]
n. 機動利率定存

variable [ˋvɛrɪəbl] *adj.* 多變的

fixed rate time deposit [ˋfɪkst ˏret ˋtaɪm dɪˋpɑzɪt] *n.* 固定利率定存

定存的種類

- lump-sum deposit and withdrawal 整存整付
  = lump deposit and drawing
  ☞ 『整存整付』是指在本金存入帳戶後不需再每月存入新的本金，每月的利息直接滾入本金，成為下一個月本金的一部分，採複利計息，到期一次領回本金加利息。

- lump sum [lʌmp sʌm] 一次付清；一次付清的款項
- fixed deposit by installments [ɪnˋstɔlmənts] 零存整付
  = odd deposit and lump drawing
  ☞ 『零存整付』是指每個月皆需存入固定金額的本金，再將本月的本金以及利息滾入下個月的本金來生息，採複利計息，到期一次領回本金加利息。

- renewal and interest drawing 存本取息
  = principal-receiving and interest withdrawing time depoist
  ☞ 『存本取息』是存入一筆本金後，按期領取利息，但利息採單利計算，各月領回利息，到期後再領回本金。

- lump-sum saving for small withdrawal 整存零付
  ☞ 『整存零付』是存戶向銀行約定好定存期限，一次存入本金，存滿一個月後，按月領取本金和利息。

deposit protection [dɪˋpɑzɪt prəˋtɛkʃən] *n.* 存款保障

臺灣由「中央存款保險公司」來負責存款保障的業務，在金融海嘯期間，政府為穩定民心不致造成中小型民營銀行的擠兌和官股老行庫的存款資金過多難以消化，曾推出全額保障的措施，到了民國 100 年，改為最高保額 300 萬。

deposit slot [dɪˋpɑzɪt ˏslɑt] *n.* (存款機的) 存款口；出鈔口

deposit envelope [dɪˋpɑzɪt ɪnˋvɛləp] *n.* 存款信封

一些銀行早期推出 ATM 存款的服務時，不是直接把現鈔存入機器裡，而是先裝進專屬的存款信封再存入 ATM，之後再由行員點數才正式存入。

deposit tenor [dɪˋpɑzɪt ˏtɛnə] *n.* 存期；存款期（常以複數形出現）
= deposit term

實用例句

♦ **Deposit tenors** range from one month to twenty four months.
存期有從一個月到兩年。

♦ The teller told me that only three to six month **deposit tenor** is available for my choices, but actually she did not want to tell me that I can also choose one year **deposit tenor**.
櫃員告訴我只有三到六個月的存期可以選，但事實上她不想告訴我也可以選擇一年的存期。

depositor [dɪˋpɑzɪtə] *n.* 存戶

實用例句

♦ An angry **depositor** yelled at the teller after the bank had frozen his account.
一名生氣的存戶在銀行凍結他的帳戶後，對行員大吼大叫。

♦ The government reassured **depositors** that all the national banks were in no danger of going bankrupt.
政府向存戶保證所有國營銀行都沒有倒閉的危機。

♦ The government should not allow banks to make risky investments with **depositors'** money.
政府不應允許銀行用存戶的錢來做高風險的投資。

submit [səb`mɪt] *v.* 呈交；交 …
= tender

実用例句

◆ If you want to find a job at a bank, you can **submit** your resume to the bank.
假如你想在銀行找一份工作，你可以把你的履歷交給那間銀行。

◆ After you filled out your withdrawl slip, then **submit** it to the teller.
在你填完你的取款條後，把它交給櫃員。

form [fɔrm] *n.* 表格；單據

実用例句

◆ If you would like to open an account at this bank, we kindly ask you to fill out the **form**.
如果你想在這間銀行開戶的話，我們將請您填寫這份申請表單。

deposit slip [dɪ`pɑzɪt ˌslɪp] *n.* 存款條；存款單
= **deposit form** [dɪ`pɑzɪt ˌfɔrm]
= **deposit request form** [dɪ`pɑzɪt rɪ`kwɛst ˌfɔrm]
= **deposit ticket** [dɪ`pɑzɪt `tɪkɪt]
= **paying-in slip** [`peɪŋ-ɪn ˌslɪp]（英式英語）

request [rɪ`kwɛst] 是「要求」的意思，是動詞也可作為名詞。而 deposit request form 中的 request 可省略。另外，deposit form 是強調紙張比較硬有點像卡紙材質的存款單，例如兆豐銀行的存款單就是屬於這種；而 deposit slip 是指通常要一張一張撕下來的存款條，紙張比較薄，觸覺比較像是道林紙或是聖經紙。至於 paying-in slip 則是英式英語「存款條」的講法，如果到英國的銀行存款，就要用 paying-in slip，是從 to pay money into a bank account 轉來的複合名詞。

29

deposit receipt [dɪ`pɑzɪt rɪ`sit] *n.* 存款收據；存根聯
= **paying-in stub** [`peɪŋˏɪn ˏstʌb]

duplicate [`djupləkɪt] *n.* 副本；第二聯； *adj.* 副本的

duplicate deposit slip [`djupləkɪt dɪ`pɑzɪt ˏslɪp]
n. 無摺存款單；兩聯式存款單
= **deposit slip with a receipt** [rɪ`sit]

receipt 是「收據」，有附收據的存款單就是「無摺存款單」，通常供民眾忘記帶存摺時也可以有收據可以留存，或是把錢存給別人時可以自己留底。

withdraw [wɪθ`drɔ] *v.* 取 (款)；提 (錢)
= **draw** [drɔ] (較口語的說法)
= **take out** (較口語的說法)

注意 withdraw 的過去式是 withdrew 而過去分詞是 withdrawn，為不規則變化。

搭配用語

◆ to withdraw a large sum of money from one's account
從某人的帳戶提領鉅款。

實用例句

◆ This bank allows you to **withdraw** up to NT$100,000 a day from ATM
during Lunar New Year holiday.
這間銀行讓你在春節期間每天最高可提領十萬元。

◆ Jeremy **withdrew** a large sum of money from his account.
傑瑞米從他的帳戶提領鉅款。

◆ Elaine **withdrew** a lot of money from Bank of Taiwan.
= Elaine **took out** a lot of money from Bank of Taiwan.
伊蓮從臺灣銀行提領鉅款。

withdrawal [wɪðˋdrɔəl] *n.* 取款；提錢

「提款」的日文講法是「引き出し（ひきだし）」。

搭配用語

♦ to make a withdrawal 提款
♦ to make withdrawals 提款
♦ to withdraw money 提款

實用例句

♦ The bank teller became suspicious after a lot of large **withdrawals** were made from the old man's account in a single day.
這行員在這老人家的戶頭一天內就有多次的鉅額提款後，開始懷疑起來。

♦ During Lunar New Year holiday, most banks set the daily **withdrawal** limit between NT$100,000 and NT$150,000.
在春節期間，大部分的銀行設定每天最高提領額在十萬到十五萬之間。

cash withdrawal [ˋkæʃ wɪðˋdrɔəl] *n.* 現金取款

實用例句

♦ **Cash withdrawals** and deposits can be made through ATMs.
現金取款和存款都可以透過 ATM 來做。

♦ What is the daily **cash withdrawal** limit at the ATM?
每天最多可以從一臺自動櫃員機提多少錢？

international withdrawal [͵ɪntəˋnæʃənḷ wɪðˋdrɔəl]
n. 國際提款；國外提款

withdrawal slip [wɪðˋdrɔəl ˏslɪp] *n.* 提款條；取款單
= **withdrawal form** [wɪðˋdrɔəl ˏfɔrm]
= **withdrawal ticket** [wɪðˋdrɔəl ˋtɪkɪt]
= **withdrawal request form** [wɪðˋdrɔəl rɪˋkwɛst ˏfɔrm]

a withdrawal request form 中的 request 可省略。日文叫作「 払出伝票 (はらいだしでんぴょう)」。另外，盡量避免講成 withdrawal request slip，因為雖然符合文法，但老外不這樣講。

實用例句

♦ If you want to withdraw money from your account, you just need to bring your passbook, fill in a **withdrawal slip** and go to a teller.
如果你要從你的戶頭提款，你只要帶你的存摺，填好提款單，找櫃員辦就好了

overdraw [ˋovəˋdrɔ] *v.* 透支 (名詞形是 overdraft)

實用例句

♦ You should avoid **overdrawing** your account or your check.
你應避免戶頭透支或支票透支。

♦ Paul was **overdrawn** by seven thousand NT dollars.
保羅透支新臺幣七仟元。

overdraft [ˋovəˏdræft] *n.* 透支；透支額度

搭配用語

♦ to excced an overdraft 超過透支額度

♦ to run up an overdraft 積欠透支

♦ to increase an overdraft 增加透支

♦ to reduce an overdraft 減少透支

♦ to apply for an overdraft 申請透支

♦ to pay off an overdraft 清還透支

♦ She helped her prodigal son pay off his **overdraft**.
她幫她的不肖子把透支清償了。

♦ A negative balance means that the account holder is in **overdraft**.
負餘額代表戶頭持有人透支了。

♦ The teller informed the customer that the savings account had no
overdraft facility.
這行員告知客戶該活儲帳戶沒有透支功能。

♦ This firm has a seven million NT dollars **overdraft** with Bank of
Taiwan.
這家公司在臺銀有七百萬元的透支。

♦ The pretty young girl exceeded her **overdraft** by one million NT dol-
lars so she had a huge **overdraft** to pay off.
這正妹有超過一百萬元的透支，所以她有鉅額的透支要償還。

♦ Don't take out an **overdraft** to buy any luxury.
不要動用透支來買任何奢侈品。

overdraft line [`ovə‚dræft ‚laɪn] *n.* 透支額度
= **overdraft amount** [`ovə‚dræft ə`maʊnt]

♦ This vainglorious woman exceeded her **overdraft line** by 7,000 NT
dollars.
這虛榮的女人超過她的透支額度七千元新臺幣。

overdraft protection [`ovə‚dræft prə`tɛkʃən] *n.* 允許透支保障功能
= **bounce protection** [`baʊns prə`tɛkʃən]

所謂的「overdraft protection」就是國外支存戶可以去銀行設定允許帳戶可以透支
的功能，如果帳戶餘額不足，銀行就會借錢給你，使開出到期的支票不致跳票，但
相對的，銀行會跟存戶收取利息和手續費。

remittance [rɪˋmɪtn̩s] *n.* 匯款
= **transfer** [ˋtrænsfɝ]

「匯款」的日文是「振り替え（ふりかえ）」也可以講「送金（そうきん）」。在實務上，通常匯款轉到錯誤的帳號，只要客戶能舉證的確有把錢匯給對方，如果對方也是同家銀行的客戶，行員會通知「拿到不該拿的錢」的客戶，解釋有人匯錯款，請對方退還。通常大部分的客戶也會配合。但是要曉得銀行不會透露帳戶多拿到的錢的客戶資料給匯錯帳戶的人，反之亦然。之前筆者在銀行有碰到過一名女子收到一筆莫名奇妙的匯款，想要知道是誰匯給他的。銀行限於個資法，是不會將對方的資料給這名女子的。另外，之前也有發生過匯錯的帳號的戶頭持有人偏偏已經過世，這時候就很難追回，要知道銀行是沒有權限隨便把已匯入的錢再匯回去。

搭配用語

◆ to make a remittance 匯款
  = to make remittances

◆ to receive a remittance 收到匯款

◆ rejected remittance 退匯

◆ a remittance by check 支票匯款

◆ a remittance by draft 匯票匯款

實用例句

◆ How long does it take for the **remittance** to arrive there?
  匯款到那裡需要多少時間？

◆ David sends a large **remittance** home to his mother every month.
  大衛每月都匯一大筆錢回家給媽媽。

remittance slip [rɪˋmɪtn̩s ˏslɪp] *n.* 匯款單；匯款條
= **remittance** [rɪˋmɪtn̩s]
= **remittance form** [rɪˋmɪtn̩s ˏfɔrm]
= **remittance request form** [rɪˋmɪtn̩s rɪˋkwɛst ˏfɔrm]
= **remittance bill** [rɪˋmɪtn̩s ˏbɪl]

remittance 本身就具有「匯款條」的意思。

bulk payment [bʌlk `pemənt] *n.* 批次轉帳
= bulk fund transfer [bʌlk fʌnd træns`fɝ]

◆ Besides single remittance, remittance can be made in batches. We call the service "**bulk payment**".
除了單次匯款，匯款也能成批處理，我們稱作「批次轉帳」。

foreign remittance [`fɔrɪn rɪ`mɪtn̩s] *n.* 國外匯款

remittance advice [rɪ`mɪtn̩s əd`vaɪs] *n.* 匯款通知

remittance charge [rɪ`mɪtn̩s ˌtʃɑrdʒ] *n.* 匯款手續費

remitter [rɪ`mɪtɚ] *n.* 匯款人
= remittor

remittee [rɪ`mɪti] *n.* 收款人
= beneficiary [ˌbɛnə`fɪʃərɪ] (最常用)
= payee [pe`i]

實用例句

◆ At the request of a remitter, the remitting bank sent the required funds to a **remittee** by means of T/T.
在匯款人的要求之下，匯款行把要求的資金以電匯的方式匯給受款人。

beneficiary name [ˌbɛnə`fɪʃərɪ ˌnem] *n.* (匯款的) 收款人姓名

beneficiary bank [ˌbɛnəˈfɪʃərɪ ˌbæŋk] *n.* 收款行

paying bank [ˈpeɪŋ ˌbæŋk] *n.* 解付行；匯入行

remitting bank [rɪˈmɪtɪŋ ˌbæŋk] *n.* 匯出行

interbank funds transfer [ˌɪntɚˈbæŋk ˌfʌndz trænsˈfɝ] *n.* 跨行匯款

如果要強調是「國內跨行匯款」就說 local interbank funds transfer，另外 interbank (跨行的) 也有人拼成 inter-bank，其實這就跟英文的演進有關。一開始「複合字」往往是分開的兩個不同的字，如 well known (著名的)，但隨著愈來愈多人把這個當作固定的用語，不少人就把兩個字拼成一個「複合字」，變成 well-known，甚至未來有天可能中間的「連字號」也會消失，變成一個完整的字。同理，像 international 也是由 inter-national 演化而來的。因此「跨行的」一開始是 inter bank，後來變成 inter-bank 最後再變成 interbank，視拼字的人是否把它視為同一個字或是複合字還是兩個不同的字。

intra-bank funds transfer [ˌɪntrəˈbæŋk ˌfʌndz trænsˈfɝ]
n. 聯行轉帳
= **inter-branch funds transfer** [ˌɪntɚˈbræntʃ fʌndz trænsˈfɝ]

intra-bank funds transfer (聯行轉帳)，是指轉帳到同一家銀行但也許是同家分行的不同帳號或是別的分行帳號，例如從臺銀天母分行匯到臺銀北投分行就叫「聯行轉帳」。而 interbank funds transfer (跨行匯款) 是指匯款到不同銀行的帳戶，例如從臺灣銀行匯錢到渣打銀行。通常跨行匯款臨櫃的手續費都相當高，如果是直接從存摺轉出去，二百萬元以下每筆收三十元手續費；而二百萬元以上每一級距則多收十元，但如果是以臨櫃現金匯款，至少要一百元起跳。這是為了誘使客戶轉向使用自動化設備來匯款，以減少櫃檯人力成本，但臨櫃匯款的好處在於沒有最高金額的限制。

transfer [træns`fɝ] *v.* 匯款；寄錢；過戶； *n.* 匯款
= **remit** [rɪ`mɪt]
= **send** [sɛnd]
= **wire** [waɪr]

搭配用語

♦ John wanted to **transfer** money to Korea.
= John wanted to **remit** money to Korea.
= John wanted to **send** money to Korea.
= John wanted to **wire** money to Korea.
約翰想匯錢到韓國。

實用例句

♦ You must **remit** me the money.
= You must **remit** the money to me.
你必須把錢匯給我。

♦ Payment will be **remitted** to the seller in full.
支付給賣家的款項將會全額匯款。

♦ Peter **remitted** money to Bank of Taiwan by cable.
彼得以電匯方式匯錢給臺銀。

daily maximum [`mæksəməm] **transfer out limit**
每日最高轉出限額

electronic funds transfer (EFT) [ɪ.lɛk`trɑnɪk ˌfʌndz træns`fɝ]
n. 電子金融轉帳

scheduled funds transfer [`skɛdʒuld ˌfʌndz træns`fɝ] *n.* 預約轉帳
= **pre-arranged funds transfer**

♦ If a **scheduled funds transfer** happens to fall upon a non-processing day, the transfer will occur on the following business day.
如果預約轉帳剛好落在非處理交易日,該轉帳會在隔天的工作日處理。

scheduled recurring transfer [`skɛdʒʊld rɪ`kɜɪŋ træns`fɝ]
n. 預約周期轉帳

sender-to-receiver information [ˌɪnfɚ`meʃən]
n. (匯款單上的) 備註;附言

銀行的匯款單或是兩聯式存款單通常提供客戶寫一個「備註」或是「附言」的地方,但有限字數,中文限制最多六個字,英文或數字為十二位數。

money order (M/O) [`mʌnɪ `ɔrdɚ] *n.* 匯票;郵政匯票
= postal order [`postl `ɔrdɚ]

在郵局賺買的匯票,於附件中要求第三人向郵局指定人士付款。簡單說就是匯款人先向金融機構,如郵局先購買 money order 再交寄給受款人,受款人收到之後,再把這張 money order 向郵局領取 money order 票面上所記載的金額。報社寄給投稿人的稿費就常常用這種方式。和支票的最大不同的地方在於,郵政匯票是見票即付,可當場取款,不像支票還要等到期或是要拿去清算。

mature [mə`tjʊr] *v.* (定存、支票、保單) 到期

mature 除了可以指一個人的身體或心智上的「成熟」之外,在商業英語也作「到期」之意。而水果的成熟則用 ripe。

♦ My time deposit will **mature** two weeks later.
我的定存兩週後到期。

matured check [mə`tjurd ˏtʃɛk] *n.* 到期支票

maturity [mə`tjurətɪ] *n.* (定存) 期滿；到期；滿期

支票、定存、保險的「到期」動詞用 mature，名詞用 maturity。假如還沒有到期就要把錢從定存提出來，利息就會被扣掉作為中途解約的處罰。如果行員要跟客戶說：「定存如果中途解約，利息會遭受損失。未滿一個月時，不予計息，超過一個月，利息打八折。」可以這樣說：「If you cancel the time deposit before the maturity date, you will suffer a loss in interest. For deposits canceled within one month, the bank will not pay any interest. For those canceled after one month, the interest will be discounted by 20%. 」

實用例句

♦ Interest is paid at **maturity**.
到期才付息。

♦ The **maturity** terms may be six months, or one year.
存期可以是六個月或是一年。

♦ Some financial experts point out that shorter **maturity** bonds are usually less price-sensitive to interest rate changes than long **maturity** bonds.
有些金融專家指出較短期債券通常對利率變動的反應較長期債券來得不敏感。

maturity date [mə`tjurətɪ ˏdet] *n.* 到期日；滿期日
= due date [`dju ˏdet]

實用例句

♦ You may not demand any payment of interest on the deposit amount prior to the **maturity date**.
在到期日之前，你不能要求任何存款的付息。

renew [rɪˋnju] v. (定存;保險) 展期;續存

renew 可用在定存的「續存」,但不可以用在存摺的「補摺」。筆者發現坊間的書籍有放 renew a passbook (補摺) 這種錯誤的用法。其實「補摺」應用 update 這個動詞才對。

實用例句

◆ I want to renew my time deposit.
我想要定存展期。

◆ You can choose to renew principal plus interest at prevailing rate for the same term or renew principal at prevailing rate, and credit interes to the same currency account.
你可以選擇把本金和利息以現行利率和同樣的條件續存,或是把本金以現行利率續存,並把利息轉移到同個活期帳戶。

renewal [rɪˋnjuəl] n. (定存;保單) 展期;續約

deposit renewal [dɪˋpɑzɪt rɪˋnjuəl] n. 續存

automatic renewal [͵ɔtəˋmætɪk rɪˋnjuəl] n. 自動展期

automatic principal renewal [͵ɔtəˋmætɪk ˋprɪnsəpḷ rɪˋnjuəl]
n. 本金自動展期

redeem [rɪˋdim] v. (定存到期) 解約並轉入活存兌現;(基金) 贖回

redeem 原本的字義和宗教有關,意思是「救贖」,源自於《聖經》耶穌基督下凡死在十字架並在三天後復活為要救贖人類,使信祂的人不致滅亡,反得永生,所以

老外常用 The Redeemer (救贖者) 來稱呼耶穌。而在銀行英語中，redeem 常被引申為「定存到期時，把錢從定存轉到活儲並取出現金的行為」或是作為「贖回」基金之意。另外，如果 redeem 後面接信用卡紅利點數 (bonus points)，還可以作「兌換 (紅利點數)」之意。

實用例句

◆ Jesus Christ died on the cross to **redeem** mankind and save us from our sins, because God loves us.
耶穌基督死在十字架上為了救贖人類，救我們脫離我們的罪惡，因為祂愛我們。

◆ Do you want to **redeem** your CD or renew it?
您想要將定存轉入活存取現還是展期呢？

◆ I want to **redeem** my mutual funds.
我想要贖回我的共同基金。

redemption [rɪˋdɛmpʃən] *n.* 贖回；兌換

實用例句

◆ You should know that there is some fee for early **redemption**.
你應知道中途贖回要收一些費用。

balance [ˋbæləns] *n.* (存款) 餘額；平衡

餘額的日文是「差引残高（さしひきざんだか）」，記住不可直譯成 remaining money，而要用 balance。balance 原義是天平的兩個圓盤，象徵支出和存入。而一本存摺內頁，不都是有「支出」和「存入」這兩個項目嗎？就像秤上的兩個盤子一樣。銀行帳戶上的「餘額」不就是存入扣掉支出剩下的錢嗎？因此 balance 引申成帳戶的「餘額」。接下來想一下，天平上的兩個盤子，在沒有放上任何東西時，應該是保持著同樣的水平位置，也就是保持著「平衡」的狀態。所以 balance 也引申出「平衡」的意思。另外 balance sheet 就是「資產負債表」的意思，也就是有記載著資產、負債和股東權益的財務報表。

實用例句

♦ Allison has a **balance** of NT 50,000 dollars in her account.
艾莉森有五萬元在她的帳戶。

♦ A **balance** of NT 10,000 dollars must be maintained in order to earn interest.
必須維持一萬元的餘額才有計息。

♦ With cellphone banking, you can check your available **balances**, view account activity, pay all kinds of bills, make transfers between accounts and locate the nearest branch.
有了行動銀行，你可以查詢你剩下的餘額、檢視帳戶活動、付各式帳單、在帳戶之間轉帳以及找到離你最近的分行。

available balance [ə`veləbḷ `bæləns] *n.* 可動用餘額

account balance [ə`kaʊnt `bæləns] *n.* 帳戶餘額

minimum balance [`mɪnəməm `bæləns] *n.* 最低餘額

實用例句

♦ Is there any **minimum balance** required?
有沒有要求最低帳戶餘額？

balance check [`bæləns ˌtʃɛk] *n.* 餘額查詢
= **balance inquiry** [`bæləns ɪn`kwaɪrɪ]
= **balance enquiry** [`bæləns ɪn`kwaɪrɪ] (英式英語)

「餘額查詢」的日文為「残高照会 (ざんだかしょうかい)」。

favorable balance [`fevərəbḷ `bæləns] *n.* 順差

adverse balance [æd`vɝs `bæləns] *n.* 逆差

debit balance [`dɛbɪt `bæləns] *n.* 負餘額

debit [`dɛbɪt] *n.* 借方；*v.* 扣除

debit 當動詞是表示「扣除」，和 credit「入帳」的意思相反。民眾如發現帳戶遭銀行不明扣款的情形，應立即反應，免得自身權益被銀行侵害。之前新聞曾報導一案例，一名客戶存在上海商銀的數萬元存款，突然有天被銀行自動扣光光，這名客戶向銀行申訴，一開始處理的專員還推說是「系統的問題」後來經調查才發現是處理專員自己扣錯。另外有些外商銀，如匯豐、花旗銀行都有收帳管費，如存在帳戶的金額達不到最低存放金額的標準，每月帳戶會自動扣款五百到一千不等的帳管費用。

實用例句

♦ My credit card payments are directly **debited** from my account every month.
我的信用卡費用每月直接從我的戶頭扣款。

♦ The bank **debited** 500 dollars against / from my account.
= The bank **debited** my account with 500 dollars.
銀行從我的帳戶扣款五百元。

♦ Your account is 10,000 in **debit**.
你的帳戶透支一萬元。

♦ The total **debits** on your account were 10,000 dollars last week.
上週你的帳戶一共扣款一萬元。

direct debit [də`rɛkt `dɛbɪt] *n.* 直接扣繳；自動扣款

實用例句

♦ Payments are made by **direct debit**.
付款由自動扣款來支付。

certificate of deposit (CD) [sə`tɪfəkɪt av dɪ`pɑzɪt] *n.* 定存單

從字面的意思來看，certificate of deposit 是「存款證明書」，但其實就是我們所講的「定存單」，可簡稱為 CD。日文的「定存單」講法是「定期預金口座（ていきよきんこうざ）」。除了指「定存單」之外，也引申為「定存」的儲蓄方式。在臺灣，開立定存單是比較麻煩的方式，因為有些銀行，像老行庫或一些民營銀行，開立實體的定存單必須回到「原開戶分行」才可以承做，而且解約或是定存到期的話，也必須回到原開戶分行。反觀之，現在許多銀行所推出的「綜合存款」可以到任一分行承做，定存到期也可以到任一分行辦理，加上定存單有遺失的風險，因此現在大部分為中老年人才會要求開立定存單。

實用例句

♦ Your **CD (Certificate of Deposit)** matured today. Would you like to renew the certificate?
你的定存今天到期，你要展期續存嗎？

♦ My parents' **CD** came to maturity.
= My parents' **CD** reached maturity.
我父母的定存到期了。

electronic certificate of deposit
[ɪˌlɛk`trɑnɪk sə`tɪfəkɪt av dɪ`pɑzɪt] *n.* 電子存單
= **online certificate of deposit** [`ɑnˌlaɪn sə`tɪfəkɪt av dɪ`pɑzɪt]

所謂的「電子存單」就是利用自動化設備，如網銀或是自動櫃員機所辦理的定存交易，不同於傳統分行開立的實體定存單，「電子存單」是虛擬的。國內大部分的銀行都可以透過網銀來做定存，但只有少數銀行還能透過 ATM 來辦理「電子存單」，但大部分的銀行都不行，只能選擇「綜存」和「開實體存單」的方式。經過筆者的實地調查訪問，國泰世華、中國信託、兆豐銀、元大銀和台新銀行都能在 ATM 辦理電子存單。不過中國信託銀行只能「做電子定存」，但不能使用 ATM「解約」電子存單，要定存中途解約還是只能透過臨櫃。

certificate [səˋtɪfəkɪt] *n.* 證明書；證照

「證照」除了用 certificate 之外，有時也可以用 license。想要去銀行上班的話，手上最好至少要三張證照，否則連面試的機會都沒有。如果是想當櫃檯行員的話，一些基本的證照，如初階授信、初階外匯、人身 / 產物保險以及投資型保險等最好在畢業前就先取得。如果是想當理專的話，則至少要考取五張證照，像是信託業務員、投信投顧業務員、財產保險業務員、人身保險業務員、投資型保險業務員等。

household certificate [ˋhaʊsˏhold səˋtɪfəkɪt] *n.* 戶口名簿

household certificate transcript
[ˋhaʊsˏhold səˋtɪfəkɪt ˋtrænskrɪpt] *n.* 戶籍謄本

death certificate [ˋdɛθ səˋtɪfəkɪt] *n.* 死亡證明書

birth certificate [ˋbɝθ səˋtɪfəkɪt] *n.* 出生證明書

certificate of bank balance [səˋtɪfəkɪt ɑv ˏbæŋk ˋbæləns]
n. 銀行存款證明

注意不要拼成 certification of bank balance。

balance certificate [ˋbæləns səˋtɪfəkɪt] *n.* 存款證明

time certificate of deposit [`taɪm sə`tɪfəkɪt ɑv dɪ`pazɪt]
n. 定存存單
= term certificate of deposit [`tɜm sə`tɪfəkɪt ɑv dɪ`pazɪt]
= fixed certificate of deposit [`fɪkst sə`tɪfəkɪt ɑv dɪ`pazɪt]

negotiable certificate of deposit (NCD)
[nɪ`goʃəbḷ sə`tɪfɪkɪt ɑv dɪ`pazɪt] *n.* 可轉讓定存單

「可轉讓定存單」的面額較大，不像一般定存單一萬元就可以開戶。可轉讓定期存單面額通常最低十萬元起跳，再乘以倍數，例如一百萬、五百萬、一千萬等；存期通常有一月、三月、六個月以及一年、兩年、三年等可以選擇。一般為公司戶或是 VIP 大戶才有資格向銀行開立此類存單。

terminate [`tɜmə,net] *v.* 中止；(定存、保單的)解約

實用例句

♦ If you **terminate** your time deposit before maturity, you will forfeit the promised interest.
如果你把定存中途解約，你會喪失約定好的到期利息。

♦ If a time deposit is **terminated** prior to its scheduled maturity date, the interest payable on such deposit shall be calculated at a rate of 80% of the actual deposit tenors.
如果定存中途解約，應付利息將以實際的存期打八折計算。

terminate ... before maturity [`tɜmə,net bɪ`for mə`tjʊrətɪ]
phr. 中途解(約)
= terminate ... before the maturity date
= cancel ... before maturity
= cancel ... before the maturity date
= redeem ... before maturity

有些商務英文相關的學習書上面寫可以用 release the time deposit before maturity 來表示「定存中途解約」，但實際上老外表達「解約」時，完全不會考慮 release 這個字，而是用 cancel 或 terminate。事實上，「release the time deposit before maturity」是「中式英語」，只有一些非母語人士寫的銀行英語用書才會出現這種用法，尤其是中國大陸的英語教材大量濫用此中式英語，但卻是不正確的。因此，定存解約要說 cancel a CD。

early termination [`ɜlɪ ˌtɜmə`neʃən] *n.* 中途解約
= **early redemption** [`ɜlɪ rɪ`dɛmpʃən]

搭配用語

♦ early termination of a fixed deposit 定存中途解約
= early termination of a term deposit
= early termination of a time deposit

實用例句

♦ If the withdrawal results in an **early termination** of a time deposit, the customer will be subject to substantial interest penalties required by law.
假如取款導致定存中途解約的話，客戶就必須受規定的實質利息損失處罰。

♦ I asked for an **early termination** of the time deposit / CD.
我要把我的定存中途解約。

early withdrawal penalty [`ɜlɪ wɪð`drɔəl `pɛnltɪ]
n.（定存）中途解約處罰

實用例句

♦ There will be an **early withdrawal penalty** if you withdraw money before the agreed-upon maturity date.
如果你在還沒有到期前就提款，就會有中途解約處罰。

cancel [`kænsl] *v.*（定存、保單等的）解約；取消

◆ If you plan to **cancel** the fixed deposit prematurely, then the interest paid on premature withdrawal of term deposits will be less.
假如你打算提前定存解約，那提前解約的利息就會比較少。

cancellation [ˌkænsəˋlɛʃən] *n.* （定存、保單等的）解約；取消

receipt [rɪˋsit] *n.* （ATM 的）明細表；收據

注意 receipt 的 p 不發音，另外，「收據」的日文是「領収証（りょうしゅうしょ）」。

interbranch deposit [ˌɪntəˋbræntʃ dɪˋpɑzɪt] *n.* 通儲

interbranch withdrawal [ˌɪntəˋbræntʃ wɪðˋdrɔəl] *n.* 通提

document [ˋdɑkjəmənt] *n.* 文件

◆ You must use a paper shredder to dispose of the confidential **document**
你必須使用碎紙機來處理這些機密文件。

◆ A letter of credit [An L/C] is a **document** issued by a bank.
信用狀是銀行發行的一種文件。

agreement [əˋgrimənt] *n.* 同意書；契約

◆ The **agreement** you filled out in the bank will be legally binding.
你在銀行填寫的同意書在法律上是有效的。

◆ This **agreement** is null and void.
這份同意書無效。

application form [ˌæpləˋkeʃən ˌfɔrm] *n.* 申請書
= form [fɔrm]

application [ˌæpləˋkeʃən] *n.* 申請

實用例句

◆ Your **application** for the credit card was rejected.
你申請辦卡已被拒絕了。

void [ˋvɔɪd] *v.* 使 … 作廢；*adj.* 無效的
= make something void

實用例句

◆ Since you have altered the amount in words on the deposit slip, I have
to make the deposit slip **void**.
因為你塗改了大寫數字的金額，所以我必須作廢這張存款單。

◆ The bank declared the contract null and **void**.
銀行宣稱此合約無效。

authorization [ˌɔθərəˋzeʃən] *n.* 授權；放行

實用例句

◆ The transaction was carried out without the **authorization** of the bank
manager.
這項交易沒有經過銀行經理的授權就放行。

authority [əˋθɔrətɪ] *n.* 權力；權限；權威；權柄

實用例句

◆ The branch does not have **authority** to approve any loans.
分行沒有權限來核准任何貸款。

delegate [`dɛlə.get] *v.* 委任；委派

實用例句

◆ A supervisor needs to know how to **delegate** work.
主管需知道如何委派工作。

letter of proxy [`lɛtə ɑv `prɑksɪ] *n.* 委託書
= **mandate** [`mændet]
= **power of attorney (POA)** [`pauə ɑv ə`tɜnɪ]

principal [`prɪnsəpḷ] *n.* 委託人；授權人
= **grantor** [`græntə] **(of the power)**
= **donor** [`donə] **(of the power)**

agent [`edʒənt] *n.* 受託人；被授權人

inquiry [ɪn`kwaɪrɪ] *n.* 照會；查詢
= **enquiry** [ɪn`kwaɪrɪ] **(英式英語)**

enquiry 是 inquiry 的英式英語，如果銀行為英商或民眾到英國使用銀行服務，例如使用 HSBC 的 ATM，它們的 ATM 上面顯示的「餘額查詢」就是用 balance enquiry。

Alien Resident Certificate (ARC)
[`elɪən `rɛzədənt sə`tɪfəkɪt] *n.* 居留證

因為老外來臺灣的銀行開戶沒有身分證或是健保卡，所以他們的第一證件是護照，第二證件就是居留證 (ARC)，有些老外因為長期待在臺灣，甚至和當地人結婚，待滿了一定的年限，就有「永久居留證」，英文的說法是 Alien Permanent Resident Certificate (簡稱 APRC)。

Alien Permanent Resident Certificate (APRC)
[`elɪən `pɝmənənt `rɛzədənt sə`tɪfəkɪt] *n.* 永久居留證

alien [`elɪən] *n.* 外國人；*adj.* 外國人的

resident [`rɛzədənt] *n.* 居民

banknote [`bæŋknot] *n.* 鈔票；紙鈔
= note [`not]
= bill [bɪl]

banknote 的日文講法是「銀行紙幣 (ぎんこうしへい)」。bill 的意思比較多，除了作「鈔票」解釋外，還有「帳單；法案；票據；匯票」之意。鈔票雖然人人喜歡，但你知道嗎？根據消基會的調查，在市面上流通的鈔票竟然比馬桶蓋髒 780 倍。而在菜市場或攤販林立附近的銀行，櫃員更是常收到沾有牲肉血水或魚鱗、菜屑的怪味鈔票，因此鈔票成了細菌繁殖的溫床，之前新聞也報導，一位行員手上有傷口，在處理鈔票後，就被鈔票上的細菌感染，後來造成蜂窩性組織炎！另名行員也是因觸碰不乾淨的鈔票，而導致手上臉上陸續長了紅疹，看醫生才知道得了「扁平疣」。

搭配用語

◆ defaced bill 破損的紙鈔
= damaged bill

greenback [`grin‚bæk] *n.* 美鈔；一元美鈔 (俚語)
= buck [bʌk]

「綠幣」的起源來自南北戰爭時，當時的林肯總統為解決貨幣問題，發行了沒有黃金儲備支持並綠色墨水印刷的紙幣，叫作「綠幣」，綠幣的特色在於它背後沒有黃金做支撐。幸虧綠幣的發行，使得林肯的北方政府克服政府沒有金錢的劣勢，避免

向國際銀行家大額舉債來應付戰爭支出，並有效控制通膨，而最終能擊跨南方政府。因此，美金也可以稱為 greenback 就是源自於美國偉大的林肯總統所發行的綠幣。甚至有些史學家猜測，正是林肯自行發行綠幣而使國際金融家少發了一筆戰爭橫財，而忿而策畫暗殺林肯總統。在俚語中，greenback 也作「一元美鈔」之意。注意 greenback 跟 money 一樣是不可數名詞喔。

實用例句

♦ I found a wallet full of **greenback** on the street.
我在街上發現一個裝滿美金的皮包。

counterfeit note [`kaʊntəˏfɪt ˏnot] *n.* 假鈔
= **bogus note** [`bogəs ˏnot]
= **false note** [`fɔls ˏnot]
= **spurious note** [`spjʊrɪəs ˏnot]
= **forged bill** [`fɔrdʒd ˏbɪl]
= **phony bill** [`fonɪ ˏbɪl]

counterfeit coin [`kaʊntəˏfɪt ˏkɔɪn] *n.* 偽幣
= **bogus coin** [`bogəs ˏkɔɪn]
= **spurious coin** [`spjʊrɪəs ˏkɔɪn]
= **forged coin** [`fɔrdʒd ˏkɔɪn]
= **phony coin** [`fonɪ ˏkɔɪn]

confiscate [`kɑnfɪsˏket] *v.* 沒收

實用例句

♦ If a bank teller finds that bills are counterfeit, he / she will **confiscate** the forged bills.
如果銀行行員認為鈔票是假的，就會沒收。

anti-counterfeiting mark [ˌæntɪˋkaʊntəˌfɪtɪŋ ˌmɑrk] *n.* 暗記

每個國家的鈔票或是護照等都有暗記，以防假鈔，像新臺幣上面就有特殊防偽螢光纖維絲。美鈔的防偽暗記則包括紅外線暗記、安全線、浮水印、紫外線暗記等。

commemorative coin [kəˋmɛmərətɪv ˌkɔɪn] *n.* 紀念幣

commemorative banknote [kəˋmɛmərətɪv ˋbæŋknot] *n.* 紀念鈔

change [tʃendʒ] *n.* 零錢（不可數名詞）；*v.* 換（錢）
= small change
= loose change

「零錢」的日文講法是「小錢（こぜに）」或「おつり」或「硬貨（こうか）」。

實用例句

♦ Here is your **change**.
這是您的找零。

pocket money [ˋpɑkɪt ˋmʌnɪ] *n.* 零用錢

coin [kɔɪn] *n.* 銅板；硬幣（有可數和不可數用法）

搭配用語

♦ commemorative coin 紀念幣

♦ copper coin 銅幣

♦ silver coin 銀幣

♦ gold coin 金幣

實用例句

◆ I would like to change this NT 1,000 dollars note into **coins**.
我想把臺幣一千元的紙鈔換成銅板。

◆ Our bank does not deal in **coins**.
我們銀行不承兌買賣硬幣。

◆ The bank only exchanges foreign bills, but it cannot exchange foreign **coins**.
銀行只兌換國外紙鈔，但不兌換外幣銅板。

◆ I have a ten-dollar **coin**.
我有十元硬幣。

◆ Jeremy put some **coins** into the insertion slot to activate the machine.
傑瑞米投了一些硬幣到投幣口裡面，以啟動這機器。

◆ I would like to change a one-thousand banknote for **coins**.
我想要把一千元紙鈔換成硬幣。

◆ This kind of **coin** is not in circulation any more.
這種硬幣已不再流通了。

◆ There are plenty of altered or forged **coins** in ciruculation in Taiwan.
在臺灣有很多變造或偽造的硬幣流通中。

bait money [`bet `mʌnɪ] *n.* 餌鈔

餌鈔的日文叫「おとり金」。一些銀行、農會或信用合作社在櫃檯會預放一些做了記號或是只有第一張和最後一張是真鈔，中間是空白紙券的餌鈔來應付被搶劫的狀況以便降低損失。但人算不如天算，之前爆發出有行員利用「餌鈔」來代替真鈔，從金庫裡乾坤大挪移了大批現鈔。再加上總行來查的稽核人員通常只會清點鈔票的綑數，而不會把每綑的鈔票一一翻查確認真假，所以造成漏洞讓不肖行員上下其手。

cash drawer [`kæʃ `drɔɚ] *n.* 現鈔箱

櫃員早上在金庫打開後，會從裡面拿取現鈔箱並裝滿一定金額的現金放在裡面作為今天營業用。等到三點半之後，就開始結帳，並數算現鈔箱的現金和電腦系統的帳是否一致，如果一致，在主管下令之後，行員就會把現鈔箱的現金存放到金庫裡，直到第二天早上開庫後再取出。

chargeback [`tʃɑrdʒ͵bæk] *n.* 回沖（到信用卡帳戶）

seal [sil] *n.* 印章 ；*v.* 蓋印章
= **Chinese seal** [tʃɑrˋniz ͵sil] *n.* 印章
= **personal seal** [`pɜsənḷ ͵sil]
= **name chop** [`nem ͵tʃɑp]

一般華人區或是日本、韓國等使用「漢字」的區域習慣使用「印章」來作為銀行戶頭取用的憑證，但在歐美以個人的「簽名」(signature) 來作為和銀行往來的授權憑證。因此華人在銀行使用的「印章」概念確實讓老外比較不了解，也因此也難較有確切的翻譯，外面的一些商用書籍都寫「印章」的英文是 chop，但我詢問一位在臺教了二、三十年的美籍大學副教授，他以 native speaker 的角度來看，因歐美沒有用私章的習慣，故雖沒有正式的英譯，但用 seal 是比較讓老外理解的講法，並且建議使用 personal seal 來表示「私章」更加清楚，這位老外副教授也指出 chop 並不太正確，但如果真的要用 chop，最好使用 name chop 比較讓人較易理解，並在前面也加上 personal。

搭配用語

- ◆ bank seal *n.* 銀行印章
- ◆ company seal *n.* 公司章
- ◆ set one's hand and seal *phr.* 簽名加蓋章

實用例句

- ◆ The greedy teller forged his customer's **personal seal** to withdraw money from his account.
  這名貪婪的行員偽造他客戶的私章來從他的戶頭提款。

stamp [stæmp] *n.* （公司戶的）大章，（公司或用來收發的）印章 ； *v.* 蓋章於⋯

stamp 這字一般人比較曉得的意思是「郵票」，不過 stamp 也有「印章」之意，但不是指一般存戶用來提款辦交易的私章，而是指一般用來收發的大印章，例如像海關蓋在護照上的章就屬這種。

affix [ə`fɪks] v. 蓋（章）；簽上（簽名）

常以 affix seal / signature to 的形式出現。

[搭配用語]

- ◆ affix seal to 蓋章
- ◆ affix signature to 簽名

[實用例句]

- ◆ Please **affix** your personal seal to the application form.
  請在這份申請書蓋上您的印章。
- ◆ Please **affix** your signature to the application form.
  請在這份申請書上簽名。

loss reporting [`lɔs rɪ`portɪŋ] n. 掛失

loss reporting 是從「to report the loss」的動詞片語作名詞來用。

[搭配用語]

- ◆ to report the loss of something 掛失
  = to report something lost

[實用例句]

- ◆ I would like to **report the loss of** my credit card / personal seal / passbook / CD.
  =I'd like to **report** my credit card / personal seal / passbook / CD **lost**
  我要掛失我的信用卡 / 印鑑 / 存摺 / 存單。

original specimen seal [ə`rɪdʒən! `spɛsəmən ˌsil] n. 原留印鑑樣式

銀行是「認章不認人」，所以今天如果即使非存戶本人來銀行提款，只要「原留印鑑」的真實性校驗無誤 (verify the authenticity)，銀行就會同意提款。因此比較保險的作法是，開戶約定的印鑑樣式要「二憑二」，也就是「簽名加蓋章」，而不要

只是「二憑一」，「簽名或蓋章」皆可。當然，行員一般都希望客戶的「印鑑樣式」為「簽名或蓋章 (二憑一) 」，因為往往客戶忘記帶印章，就用簽名也可以，或是客戶有事不能前來，可以把印章交給家人或朋友來代辦也可以。對客戶和行員來說，最麻煩的就是「二憑二」，因為除了簽名，還要加蓋章才行。當然印鑑樣式也可以只選擇「蓋章」或只選擇「簽名」的一憑一樣式，甚至也可以選擇三憑三，兩顆不同的章再加上簽名。只是一般人不曉得印鑑樣式有這麼多元。

specimen signature [ˋspɛsəmən ˋsɪgnətʃɚ] *n.* (原留簽名的) 印鑑

實用例句

◆ Please use the **specimen signature** recorded with Bank of Taiwan.
請使用留存於臺灣銀行開設帳戶之簽名。

specimen signature card [ˋspɛsəmən ˋsɪgnətʃɚ ˏkɑrd] *n.* 印鑑卡

不論印鑑的樣式是「簽名」或「蓋章」都可稱作 specimen signature card。而「印鑑樣式」可以稱作 specimen signature and / or seal。另外，一些坊間的書往往將 specimen signature card 譯成「簽名樣本卡」或是「印章樣本卡」，這就是錯誤的翻譯，實際上行員道地的講法是「印鑑卡」。再來，中國大陸的銀行官網的英文版常將「印鑑卡」誤組合成 signature specimen card，久而久之不少人就跟著一直錯下去，但其實正確的美語還是要講成「specimen signature card」。

specimen [ˋspɛsəmən] *n.* 樣本

company stamp [ˋkʌmpənɪ ˏstæmp] *n.* 公司章

original Chinese seal [ə`rɪdʒənl tʃaɪ`niz ˌsil] *n.* 原留印章

sign [saɪn] *v.* 簽名

實用例句

◆ Please **sign** on the dotted line.
請在虛線處簽名。

signature [`sɪgnətʃɚ] *n.* 簽名

簽名的英文名詞就是 signature，動詞是 sign 。發音不一樣，要注意。signature 可以記成 sig + nature。nature 就是「大自然」的意思。有一次有位客戶走進來跟我說：「我要一張《塞奶球》卡的 DM。」我在想，他是不是在跟我說臺語？雖然我臺語不好，但我至少還知道「塞」是「大便」的意思。難道…她是跟我要一張「大便相關的信用卡」DM 嗎？不會吧？突然我靈機一動，想到她應該是在講 signature [`sɪgnətʃɚ ] 才對。signature card 就是臺灣所謂的「御璽卡」，因為金卡和白金卡都被玩爛了，所以銀行又推出更頂級的卡片。但那個客人發音唸錯了，她誤以為 signature 是唸成 [ `saɪnətʃə] (塞奶球)。但其實 signature 和 sign 前面的發音是不一樣的。開戶時，萬一碰到老外，要做印鑑卡時，就可以用 signature or seal 來問他要簽名還是蓋印章？

verify [`vɛrəˌfaɪ] *v.* 覆核；核對；驗 (章、簽名)

一般銀行核對提款單上的印章是靠行員的人工比對。若有疑問，往往會調出該名客戶在開戶時存留的印鑑卡來核對。如果該客戶是聯行戶，就會打電話到該分行請求協助把客戶的印鑑卡調出並傳真過來。而土地銀行和國泰世華銀行因自動化方面已大有進展，靠一種印鑑比對機可電腦比對印鑑是否符合。但簽名的部分，還是要靠行員的眼力。

實用例句

◆ His signature was **verified** by the teller.
他的簽名已經被行員核對過了。

verification [ˌvɛrəfə`keʃən] *n.* 確認；核對

signature verification [`sɪgnətʃə ˌvɛrəfə`keʃən] *n.* 核對簽名

certify [`sɝtə͵faɪ] *v.* 對保；擔保；保證

實用例句

♦ You must find a witness to **certify** this check.
你必須找一位見證人來對這張支票擔保。

identify [aɪ`dɛntə͵faɪ] *v.* 鑑定；識別

搭配用語

♦ to identify the signature 鑑定簽名

實用例句

♦ The bank teller is so good that she can **identify** any suspicious signature.
這櫃員真行，她能鑑定任何可疑的簽名。

identification (ID) [aɪ͵dɛntəfə`keʃən] *n.* 身分證件

銀行現在為防止「身分詐騙」(identity theft)，對開戶審查比過去嚴格許多，除了要身分證作為第一證件之外，還要求出示第二證件 (如健保卡或是駕照)。如果是外籍人士，則要求有效期限之內的護照和居留證。銀行並且會對身分證進行檢驗，以紫光燈具 (fluorescent lamp) 照出的紫光燈 (black light) 來照射證件以確定真偽，因為在紫光燈的照射下，男性的身分證背面有黃色螢光中正紀念堂，而女性的身分證背面有粉色螢光中正紀念堂。紫光燈也可以用來驗鈔、辨識信用卡以及有價證券。

personal identification card
[`pɜsənḷ aɪ͵dɛntəfə`keʃən ͵kɑrd] *n.* 身分證
= personal ID card

primary identification [`praɪ͵mɛrɪ aɪ͵dɛntəfə`keʃən]
n. 主要證件；第一證件

primary [`praɪ͵mɛrɪ] *adj.* 主要的

secondary identification [`sɛkən͵dɛrɪ aɪ͵dɛntəfə`keʃən] *n.* 第二證件

一般銀行所謂的「第二證件」就是指健保卡、駕照或護照等。身分證則被視為第一證件。現在銀行為防範人頭戶，到銀行辦理開戶或解除靜止戶，都需要帶雙證件才能辦理。筆者前不久到手機行欲辦理手機，結果門市服務人員也是請筆者出示雙證件才能辦理，只有身分證單一證件的話，是不受理的。

secondary [`sɛkən͵dɛrɪ] *adj.* 第二的

valid passport [`vælɪd `pæs͵pɔrt] *n.* 有效的護照

實用例句

♦ Please hand over your **valid passport**.
請把你的有效護照遞給我。

Health IC card [`hɛlθ `aɪ`si ͵kɑrd] *n.* 健保卡

driver's license [`draɪvəz `laɪsəns] *n.* 駕照

business license [`bɪznɪs `laɪsəns] *n.* 營利事業登記證

business tax payment certificate [sə`tɪfəkɪt] *n.* 營業稅繳納證明

consistent [kən`sɪstənt] *adj.* 一致的；符合的

consistent 這個形容詞一般常和 with 搭配。

實用例句

◆ Your signature on the withdrawal slip is not **consistent** with the specimen signature card at the bank.
你在提款單上的簽名和你在銀行留存的印鑑樣式並不一致。

inconsistent [ˌɪnkən`sɪstənt] *adj.* 不一致的

date [det] *v.* 填上日期；寫上日期

一般人都不知道 date 除了有名詞的用法外，也可以作動詞，就是「寫上日期」之意。通常到銀行寫存、提、匯款單都要寫上日期，這時候就可以用 date 這動詞來提醒客戶寫上日期。

實用例句

◆ Please **date** the withdrawal slip.
請在提款單上填上日期。

print [prɪnt] *v.* (中文字) 以正楷書寫；(英文字母) 以印刷體書寫

之前有一位行員問筆者一個問題，就是常有外國人來兌現支票，但支票要兌現前一定要「背書」，也就是簽名。但老外常用書寫體簽得很亂也很草，難以辨識，因此她問我要怎麼樣用英文叫老外簽英文的印刷體？因為如果只單單說 Please sign your name 的話，sign (簽名) 這個動詞並沒有叫對方簽印刷體的含意，當然老外就以為隨便簽就可以了。所以要請老外簽印刷體一定要用 print 這個字。

實用例句

◆ Please **print** your name.
   請以印刷體簽您的大名。

figure [`fɪgjɚ] *n.* (金額數字的) 小寫

「小寫金額」可以說「amount in figures」。

實用例句

◆ Please write down the amount in **figures**.
   請用小寫數字寫下金額。

word [wɝd] *n.* (金額數字的) 大寫

word 可以指填寫存、提款單時，上面金額的「大寫數字」，也就是以漢字來表示「壹、貳、參、肆」等數字，而不是寫成阿拉伯數字 (figures) 的 1、2、3、4 等，大寫金額就可以講「amount in words」。但其實更正確地用英文表示「漢字」應該用 Chinese character，因為 word 一般是指拼音文字，如英文或是法文。

實用例句

◆ Please write down the amount in **words**.
   請用大寫數字寫下金額。

capital [`kapətḷ] *n.* (英文) 大寫字母；資金

◆ Please fill out the form in **capitals**.
請以大寫字母來填這表單。

---

ink pad [`ɪnk ˌpæd] *n.* 印臺

---

ink paste [`ɪnk ˌpest] *n.* 印泥
= **seal paste** [`sil ˌpest]

---

person-in-charge [`pɝsn̩ ɪn ˌtʃɑrdʒ] *n.* 經辦

銀行有許多經辦，也就是專門負責哪一區塊的負責行員，像是定存經辦、外匯經辦
以及 ATM 經辦等，往往由櫃員或是服務臺行員兼任。

---

passbook [`pæsˌbuk] *n.* 存摺
= **bankbook** [`bæŋkˌbuk] 或 **bank book**
= **deposit book** [dɪ`pɑzɪt ˌbuk]
= **account book** [ə`kaunt ˌbuk]

「存摺」的日文寫法是「通帳 (つうちょう)」。

---

securities passbook [sɪ`kjurətɪz `pæsˌbuk] *n.* 證券存摺

---

gold passbook [`gold `pæsˌbuk] *n.* 黃金存摺
= **gold bankbook** [`gold `bæŋkˌbuk]

黃金存摺就跟一般的存摺帳戶一樣，專門記錄你買進、賣出黃金的克數與價格。大
陸人把「黃金存摺」稱作「紙黃金」，因為所有的黃金買賣靠一張紙就能完成。有

些銀行的黃金存摺，不但可選擇新臺幣計價，也能選擇以美金計價。甚至有些銀行提供客戶除了可以一次單筆買進，也可以用定期定額投資法，設定要購買的克數，以及每月轉帳的日期，電腦就會每月幫你固定扣帳。另外值得一提的是，和臺幣帳戶不同的是，黃金存摺並不計息，黃金存摺的獲利或虧損，完全是來自於買賣黃金的差價，因此黃金存摺算是一種「不計息帳戶」(Non-Interest Account)。不過要注意的是，一旦客戶從臺灣銀行的黃金存摺選擇提領出「實體的黃金」後，那以後就不能再把這些實體的黃金存回你的「黃金存摺」裡，而只能賣給銀樓了。

gold investment [ˋgold ɪnˋvɛstmənt] *n.* 黃金投資

黃金投資有好幾種方法，像臺銀也有推出「黃金撲滿」(the Gold Piggy Bank) 這種金融商品。雖然也是定期定額的投資概念，但還是和定期定額有所不同。簡單說，黃金撲滿的成本是以「每月平均價格」為準，而非以每月的某一天或少數幾天價格為準。而臺銀的另一個黃金「定時定額」投資方案是每月固定日期（像是 6 日、16 日、26 日）從帳戶自動扣款來買進黃金存入帳戶。另一方面，「黃金撲滿」是採用「月初扣款、每日買進、月底入帳」做法，於每月第一個營業日先一次扣除當月買進金額，再平均於當月每一天營業日買進黃金，並在每月最後一天（營業日）將這一整個月買進的黃金入帳到黃金存摺裡面。

gold account [ˋgold əˋkaunt] *n.* 黃金帳戶

「黃金帳戶」是由花旗銀行推出的，功能類似本國銀行推出的「黃金存摺」，但可以美元、澳幣、歐元等來計價，並以「盎司」為單位，最低購買單位為 10 盎司（大約等於 311 公克）。換算成臺幣大概要三十幾萬元，因此一般小戶可玩不起。換句話說，「黃金存摺」以 1 公克為最小交易單位，並以新臺幣報價，只要買賣 1 公克即可交易。此外，黃金存摺可以從中領出真的「黃金現貨」，也就是實體的黃金，並可以設定「定期定額」、「質借」等功能。不過兩者的最大差異點在於，黃金存摺是「可以轉提領出來實體的黃金 (physical gold)」，但黃金帳戶則不行，只是單純的「虛擬的黃金投資」。

gold fund [`gold ˌfʌnd] *n.* 黃金基金

很多人誤以為「黃金基金」是直接投資於黃金現貨，但事實上，黃金基金只是將所募集的資金，投資於金礦公司的股票或公司債。因此「黃金基金」與金價走勢未必直接反應漲幅或跌幅，小心不要搞錯了。

Chief Executive Officer (CEO) [`tʃif ɪgˋzɛkjutɪv `ɔfəsɚ] *n.* 執行長

Chief Financial Officer (CFO) [`tʃif faɪˋnænʃəl `ɔfəsɚ] *n.* 財務長

chairman [`tʃɛrmən] **of the board** *n.* 董事長

director [dəˋrɛktɚ] *n.* 董事

搭配用語

♦ board of directors 董事會

senior vice-president [`sinjɚ ˌvaɪsˋprɛzədənt] *n.* 協理；副總經理

vice-president [`vaɪsˋprɛzədənt] *n.* 副總；協理

manager [`mænɪdʒɚ] *n.* 經理

實用例句

♦ A financial consultant may advance to a branch **manager**.
一名理專可能升到分行經理。

◆ Bank **managers** are supposed to be relocated to another branch every two years.
銀行經理每兩年就要輪調到別家分行。

assistant manager [ə`sɪstənt `mænɪdʒə] *n.* 副理

sub manager [sʌb `mænɪdʒə] *n.* 副理

junior manager [`dʒunjə `mænɪdʒə] *n* 襄理

banker [`bæŋkə] *n.* 銀行家；銀行業者

banker 不是指「行員」而是指經營銀行的掌權者，如蔡宏圖、蔡明忠、吳東亮等銀行經營的高層人員。臺灣的銀行可謂相當多，始於 1991 年財政部核准十五家新銀行 (包括富邦、大安、萬通、中華、遠東、亞太、華信、玉山、泛亞、中興、台新、寶島等銀行)，而造成百花齊放。可惜，當初核准的十五家銀行，到 2012 年只剩七家還經營得下去。其餘的，有的被政府接管而退場，或是因被併購換招牌，不然就是有的自我了斷而主動退場。正如當年的財政部長王建煊所言：「經營銀行業務，不是那麼簡單的事，說了也沒有人相信。」

teller [`tɛlə] *n.* 櫃檯行員；櫃員

英式英語的銀行員除了用 bank teller 外，也可說 bank cashier。

實用例句

◆ Please count your money in front of the **teller**.
鈔票請當著行員的面點清。

◆ A bank **teller** usually punches in 8:20 a.m unless she is responsible fo opening the door this week.
銀行行員除非她那週負責開門，不然銀行行員通常八點二十分打卡上班。

bank worker [`bæŋk `wɜkə] *n.* 銀行行員

實用例句

◆ Unfortunately, after a robbery went wrong, a **bank worker** was shot and killed.
不幸的是，在一個搶劫案失控後，一名銀行職員被槍射殺身亡。

◆ The **bank worker** told me not to tell anyone about my telephone access code.
銀行人員告訴我不要跟任何人說我的電話理財密碼。

bank clerk [`bæŋk ˌklɜk] *n.* 銀行職員

實用例句

◆ A **bank clerk** is an employee of a bank.
銀行職員是銀行的員工。

branch ambassador [`bræntʃ æm`bæsədə] *n.* 分行引導員；白手套
= **usher** [`ʌʃə]
= **lobby leader** [`lɑbɪ `lidə]

銀行往往會在大廳靠近大門口那邊設一位引導員來協助客戶以及引導客戶到所需的業務部門辦理交易。有些銀行把這些站在銀行大門的引導員叫作「白手套」，這是因為行員在輪當引導員時，手上會戴著白手套，等到換班時，就會把白手套交接給來接班的行員。

coworker [`koˌwɜkə] *n.* 同事

supervisor [ˌsupə`vaɪzə] *n.* 主管；上司
= **superior** [sə`pɪrɪə]

subordinate [sə`bɔrdṇɪt] *n.* 下屬；部下；部屬
= inferior [ɪn`fɪrɪə]

client [`klaɪənt] *n.* 客戶
= clientele [ˌklaɪn`tɛl]（總稱）

potential client [pə`tɛnʃəl `klaɪənt] *n.* 潛在客戶；潛力客戶

statutory representative [`stætʃuˌtorɪ rɛprɪ`zɛntətɪv] *n.* 法定代理人

「法定代理人」一般指父母，而未成年人如果要來銀行開戶，就需要法定代理人父母雙方一起陪同來開戶。基本上， 未成年人在銀行開戶比較麻煩，除了要帶雙證件 (身分證和健保卡等) 和印章外，還要法定代理人 (父母雙方的) 國民身分證正本及同意書 (須父母雙方的簽名及蓋章，不能只有母親單方或是父親單方) 才可以辦 ，另外如果未成年人未滿 14 歲的話，身分證可以用戶口名簿來代替。如果很不幸的，父母已經離婚或其中一人死亡而無法行使監護權，另一位監護權者應拿出證明文件才能開戶，例如離婚要有法院判決書才行。

實用例句

♦ The **statutory representative** will be jointly and severally liable for any damages to the bank caused by the minor customer's default o the general agreement.
法定代理人如因未成年立約客戶對開戶總約定書的不履約行為，致使銀行有所損害，應與立約人共同負連帶賠償責任。

customer [`kʌstəmə] *n.* 顧客

實用例句

♦ The **customer** requested the teller to use the photocopy machine to copy some documents for him.
這客戶請這位行員用影印機幫他印一些文件。

customer base [`kʌstəmə ˌbes] *n.* 客戶群

customer satisfaction (CS) [`kʌstəmə ˌsætɪs`fækʃən] *n.* 顧客滿意度

customer satisfaction survey [`kʌstəmə ˌsætɪs`fækʃən `sɜve]
n. 顧客滿意度調查

銀行總行對分行常用的 CS 調查就是「做電訪問卷」，打到曾有來銀行辦交易的顧客，對櫃檯服務的熟練度或是親切給多少評分，然後把得分加總，再和別的分行比較，通常排名倒數的分行主管壓力就會很大。當然，分行自己也有可能舉辦 CS 調查，例如舉行微笑行員票選活動，讓行員和行員之間 PK。

corporate customer [`kɔrpərɪt `kʌstəmə] *n.* 企金客戶；公司戶

know your customer (KYC) [`no ˌjur `kʌstəmə] *n.* 認識您的客戶

KYC (認識您的客戶) 是一種「銀行審慎評估客戶準則」的諮詢文件，已在全球推廣。
KYC 主要在使銀行對客戶購買金融商品時，進行風險評估，藉以了解客戶風險承受度，是屬積極型或保守型，現在很多銀行甚至在一般民眾開戶時，也強制要求填寫 KYC 的評估文件。

key performance indicator (KPI) [`ki pə`fɔrməns `ɪndəˌketə]
n. 重要業績考核指標

通常銀行常用的 KPI 有「顧客滿意度」(CS)、信用卡或保險的「滲透率」以及販售基金的達成率等。

understaffed [ˏʌndəˋstæft] *adj.* 人手不足的；人力短缺的

實用例句

◆ The bank branch was overcrowded with customers and seriously under staffed.
這家銀行分行被客戶擠爆又人手短缺。

audit [ˋɔdɪt] *v.* 稽核 ；*n.* 稽核

實用例句

◆ The auditors go to the bank branch to **audit** banking business annually or twice a year.
稽核每年一次或每年兩次到分行來稽核銀行業務。

auditor [ˋɔdɪtə] *n.* 稽核（人員）

實用例句

◆ Most tellers at branches hate those **auditors** from the headquarters.
大部分在分行的行員都討厭從總行來的稽核。

oversee [ˏovəˋsi] *v.* 監督；監理
= supervise [ˋsupəˏvaɪz]

在臺灣，監理金融機構的機關是「金管會」，而大陸則是「銀監會」。一金一銀，真的是滿巧的。中共對金融監理的架構，分為銀行監理委員會、保險監理委員會和證券監理委員會。

oversight [ˋovəˏsaɪt] *n.* 監督；失察

office romance [`ɔfɪs roˋmæns] *n.* 辦公室戀情

銀行行員因為工作格局相當封閉，加上工作內容苦悶，往往容易產生辦公室戀情。但從主管的角度來考量，因關係到公司的利益迴避原則，往往不贊成辦公室戀情，因為銀行的考核常是先同事幫同事評分，再由主管做最後的考核，如果是戀人，評分就會不盡公平。因此，國內銀行有個潛規則，如果在進銀行之前就已結婚，那只會錄取其中一個人，另一位將不被錄用。或是雙方是已進來銀行才結婚，另一位不是被迫調分行就是被迫離職。

baton [bæˋtɑn] *n.* (保全用的) 甩棍

實用例句

◆ The security guard swiped the handheld **baton**.
這位保全用甩棍揮擊。

security guard [sɪˋkjurətɪ ˏgɑrd] *n.* 保全
= security [sɪˋkjurətɪ]

很多人不知道，銀行僱用的「銀行保全」有兩大來源：第一來源就是由內政部派「警察」來銀行駐衛，可以配槍。第二就是「保全公司」派來的銀行駐衛「保全員」或稱警衛。目前臺灣能接「銀行點」的保全公司不多，因為體質要夠大，人員要夠多才能吃下銀行點這個重責大任，所以臺灣主要由四家保全公司：誼光保全、國興保全、台灣士瑞克保全和千翔保全，來掌控銀行保全的駐衛。

實用例句

◆ A bank **security guard** provides a bank with security.
銀行保全提供銀行保安。

armored cash-transport car
[`ɑrməd `kæʃˋtrænsport ˏkɑr] *n.* 運鈔車
= armored car [`ɑrməd ˏkɑr]

♦ An **armored car** was robbed yesterday after a man disarmed a guard who was delivering cash at the bank in New Taipei City.
在一個男人解除運送現金到銀行的保全的武裝後,一輛運鈔車昨天於新北市遭搶。

cash in-transit box [`kæʃ ɪn`trænsɪt ˌbɑks] *n.* 運鈔箱
= CIT box

in-transit 也是一個複合形容詞,意思是「運送中的」。近年來由於科技發達,運鈔箱還能發出高壓電和彩色煙霧,讓歹徒折功而返。

escort [ɪ`skɔrt] *v.* 護送

♦ The bank manager made the security guard **escort** this client with a large sum of money to his car.
銀行經理叫保全護送這位持有鉅款的客人到他的車上。

meeting [`mitɪŋ] *n.* 會議

「會議」的英文有很多種表達方式,像 panel 也是一種會議,稱作「研討會」。而像知名傳道人葛培理 (Billy Graham) 或是烈火傳道人布永康 (Reinhard Boonke) 舉辦的往往超過數萬人,甚至數百萬人以上的「特會」則可以用 convention。另外要注意的是,meeting 通常和 at 或 in 來搭配,「在會議中」的英文就是 at / in a meeting。

♦ regular meeting 固定的會議
♦ formal meeting 正式的會議
♦ staff meeting 員工會議
♦ to have a meeting 開會
　= to hold a meeting
♦ to call a meeting 召開會議

- ◆ to chair a meeting 主持會議
  - = to conduct a meeting
  - = to preside over a meeting
- ◆ at/in a meeting 在會議中
- ◆ to postpone [post`pon] a meeting 休會;將會議延期
  - = to put off a meeting
  - = to adjourn [ə`dʒɜn] a meeting
- ◆ to cancel a meeting 取消會議
- ◆ to close a meeting 散會
- ◆ to attend a meeting 參加會議

實用例句

- ◆ The bank manager is at a **meeting**.
  銀行經理在開會。

---

meeting roon [`mitɪŋ ˌrum] *n.* 會議室

---

conference [`kɑnfərəns] *n.* 會議

conference 通常習慣上和 in 來搭配,不和 at 搭配,前面不需加冠詞,「在會議中」的英文就用 in conference。

實用例句

- ◆ Seven financial planners are in **conference** with the bank manager.
  七名理專在和銀行經理開會。

---

forum [`fɔrəm] *n.* 討論會

---

name badge [`nem ˌbædʒ] *n.* (行員別在胸前顯示姓名的) 名牌
= name tag [`nem ˌtæg]

cubicle [`kjubɪkļ] *n.* 辦公室的隔間

agency service [`edʒənsɪ `sɝvɪs] *n.* 代辦業務

agency collection and deduction
[`edʒənsɪ kə`lɛkʃən ænd dɪ`dʌkʃən] *n.* 代收付

commission collection and payment
[kə`mɪʃən kə`lɛkʃən ænd `pemənt] *n.* 代收付業務

銀行通常和便利商店一樣，有很多代收付業務，例如 commission tax withholding (代收稅款業務)、commission collection of electricity charge (代收電費業務) 或 commission collection of telephone fee (代收電話費業務) 等。

public utility bills [`pʌblɪk ju`tɪlətɪ ˏbɪlz] *n.* 公用事業費

bank [bæŋk] *n.* 銀行

英語 bank 這單字源自於義大利語 banco，原義為「板凳」，跟英文的板凳 bench 同一字源。因為以前的金融交易在市集上進行交易是在板凳上服務客戶。後來引進英語成為 bank。現在，bank 不僅單單只有「銀行」的意思，還引申為「儲藏所」，例如 food bank 字面意義為「食物銀行」，但意思為「食物救濟中心」，blood bank 就是「血庫」，而 sperm bank 就是「精子銀行」之意。

unbanked [ʌn`bæŋkt] *adj.* 沒有使用銀行服務的

對那些沒有銀行帳戶或無法使用銀行資源的人，就叫作 the unbanked (people)，

這些人往往是社會中的低下階層，根據一份研究調查數據，美國人每十三戶家庭當中就有一戶沒有開立任何的銀行戶頭，主要是因為這些人沒有多餘的錢能存到銀行以及銀行對最低餘額的限制太高，使這群弱勢民眾無力負擔帳管費。.

post office [`post ˌɔfɪs] n. 郵局

臺灣的郵局比較特別，除了跟國外的郵局一樣辦理送信、運送包裹之外，也辦理銀行的存、提款櫃檯一般性業務。跟郵局有關的英文有 mail drop（郵筒）、parcel（包裹）、postal clerk（郵務人員）、express mail（快捷郵件）、mailman（郵差）、domestic mail（國內郵件）、printed papers（印刷品）、airmail（航空郵件）、business reply letter（廣告回信）、small package（小包）、underpaid mail（欠資郵件）、mail claim（招領郵件）、value-declared mail（報值郵件）、insured mail（保價郵件）、postcards（明信片）、postage（郵資）、postmark（郵戳）、prompt delivery mail（限時郵件）、prompt registered mail（限時掛號郵件）、postal gift coupons（郵政禮券）、postal giro （郵政劃撥儲金）、night post office（夜間郵局）等。

piggy bank [`pɪgɪ ˌbæŋk] n. 撲滿

bank name [`bæŋk ˌnem] n. 銀行名稱

「銀行名稱」的日文是「銀行名前（ぎんこうなまえ）」。

domestic bank [dəˋmɛstɪk `bæŋk] n. 本國銀行

overseas bank [`ovɚˋsiz `bæŋk] n. 國外銀行

zombie bank [`zɑmbɪ `bæŋk] *n.* 殭屍銀行

指負債過重而接近破產的銀行，但由於政府紓困而暫時得以營運但已無法行使正常銀行業務 (如放款) 的銀行。

headquarters [`hɛd`kwɔrtəz] *n.* 總行 (一定要加 s)
= head office

headquarters 雖然後面有 s，但單、複數同形，如果是作單數用，就搭配單數動詞；作複數用，就搭配複數動詞。

實用例句

♦ The HSBC Bank **headquarters** is a very tall building.
匯豐總行是棟非常高的建築。

division [də`vɪʒən] *n.* 分部
= department [dɪ`pɑrtmənt]

branch bank [`bræntʃ `bæŋk] *n.* 分行
= bank branch

investment bank [ɪn`vɛstmənt `bæŋk] *n.* 投資銀行
= merchant bank [`mɜtʃənt `bæŋk]

commercial bank [kə`mɜʃəl `bæŋk] *n.* 商業銀行

credit cooperative association
[`krɛdɪt ko`ɑpə.retɪv ə.sosɪ`eʃən] *n.* 信用合作社

banking [`bæŋkɪŋ] *n.* 銀行業務；銀行業

private banking [`praɪvɪt `bæŋkɪŋ] *n.* 私人銀行業務

「私人銀行」(Private Banking) 是「專有名詞」。講白了，就是排除小戶，只接待有錢大咖的銀行財管服務。私人銀行是專門針對社會上財富金字塔頂端的鉅富階層提供財富管理的「私密性銀行業務」。以往通常由跨國超級大銀行提供，有資格成為私人銀行服務的客戶的資產至少要臺幣三千萬元以上才行。這些頂級客戶被銀行歸類為 VVIP (very very important people)。因為私人銀行有設開戶最低存款限制，因此小戶沒有辦法走進來，那這樣資源就可以多出來讓大戶獨享，這樣的模式叫作「分級制度」。正因為 VVIP 對銀行的貢獻度高，私人銀行往往成立一個「專屬團隊」來管理 VVIP 的投資資產，不同於貴賓理財的 VIP，也僅是一名理專對多位客戶的財管服務。近年來一些國內的民營銀行也推出私人銀行來和外銀搶食這塊大餅。

priority banking [praɪ`ɔrətɪ `bæŋkɪŋ] *n.* 貴賓理財；優先理財；尊榮理財
= premier banking [`primɪɚ `bæŋkɪŋ]
= privilege banking [`prɪvḷɪdʒ `bæŋkɪŋ]

不少銀行都有提供尊榮理財的服務。各家銀行對 VIP 的資產門檻不同。像國泰世華、華泰銀行、花旗銀行、臺灣銀行、澳盛銀行等銀行的貴賓資格的資產門檻是設為 300 萬元起跳。永豐銀行、聯邦銀行和星展銀行都是設為 200 萬起跳。台北富邦則是 150 萬元起跳。有些銀行則是對 VIP 也設有級距，如土地銀行分成：A 級貴賓戶（300 到 1,000 萬）、AA 級貴賓戶（1,000 到 3,000 萬）、和 AAA 級貴賓戶（3,000 萬以上）。台新則分有 100 萬元以上和 300 萬元以上的兩個等級。中國信託則有三層 VIP 等級：創富家（100 到 300 萬）、首富家（300 到 1,500 萬）以及鼎富家（1,500 萬以上）。到銀行存款前最好先搞懂銀行對最低存款的限制，筆者曾到某銀行欲辦理開戶存款，

只有帶一千元來作為開戶的存款金，結果該行主管告知要至少三百萬才能開戶而把筆者請出去，後來筆者投訴金管會，結果某銀行對金管會改口說是筆者未交待存款金額的來源…故拒絕之，讓人傻眼。

employee banking [ˌɪmˋplɔɪi ˋbæŋkɪŋ] *n.* 企業員工銀行服務

corporate banking [ˋkɔrpərɪt ˋbæŋkɪŋ] *n.* 企金

consumer banking [kənˋsumə ˋbæŋkɪŋ] *n.* 消金

drive-through banking [ˋdraɪvˌθru ˋbæŋkɪŋ]
n. 得來速銀行；汽車銀行
= drive-thru banking [ˋdraɪvˌθru ˋbæŋkɪŋ]
= drive-in banking [ˋdraɪvˌɪn ˋbæŋkɪŋ]
= car banking

drive-through banking 讓想進銀行辦事的開車民眾不用下車找停車位就可辦理銀行交易，目前臺灣的大眾銀行在中南部的某分行就提供「汽車銀行」的服務。因為停車位在都會區往往一位難求，想停車去銀行辦事卻常要擔心車被拖吊或是開單，因此在歐美國家，得來速銀行早已行之多年，讓去銀行辦事可以變成像去麥當勞的「得來速」一樣簡便。甚至國外也有 drive-through ATM banking (或作 drive-in ATM banking) 就是不用下車就可以使用自動化的 ATM 的得來速服務。

shadow banking [ˋʃædo ˋbæŋkɪŋ] *n.* 影子銀行

「影子銀行」也可以叫作「影子銀行體系」（the shadow banking system），簡單來說就是指那些具有行使銀行功能但又幾乎不受金融主管機關管理的非銀行金融機構或是其金融衍生工具。因此，廣義來說，影子銀行體系包括了避險基金、私募基金、結構性商品和信用違約交換以及投資銀行等。

counter [ˋkaʊntɚ] *n.* 櫃檯；高櫃

請客戶到「四號櫃檯」不可直接說 Please go to counter four，而要說 Please go to counter No. 4。也就是說，記得在 counter 後面加上 number (No.) 這個字。

express counter [ɪkˋsprɛs ˋkaʊntɚ] *n.* VIP 快速櫃（通常為 VIP 使用）

VIP 快速櫃就是指銀行的財管客戶（通常放在該銀行的資產至少 300 萬起跳）不用像一般客戶抽號碼牌排隊等一般交易的櫃檯叫號，而可以到私密的專屬櫃檯直接快速辦理好交易，有些 VIP 快速櫃還提供椅子讓客戶舒舒服服地坐，不用像一般櫃檯辦交易是用站的。有些銀行雖然沒有 VIP 快速櫃，但大戶都會私下把要辦的單據交給理專，理專再偷偷地塞給櫃員來插隊辦理。

full service counter [ˋfʊl ˋsɝvɪs ˋkaʊntɚ] *n.* 全功能櫃檯

可臨櫃辦理開戶、外匯、申請和補發等本屬於服務臺的業務。一般傳統銀行把櫃檯業務和服務臺業務分開，有些銀行則合併起來，櫃檯也可以受理開戶，像中國信託的櫃檯就是全功能櫃檯。

information counter [͵ɪnfɚˋmeʃən ˋkaʊntɚ] *n.* 服務臺

reception desk [rɪˋsɛpʃən dɛsk] *n.* 接待處

commission [kəˋmɪʃən] *n.* 佣金；手續費

指什麼樣的「手續費」時，commission 可和 on 或 in，for 連用，例如說 commission on remittance（匯款手續費）。

♦ That bank charged a low **commission** for transferring money to China.
這家銀行對匯款到大陸的手續費收費很低。

charge [tʃɑrdʒ] *n.* 手續費；*v.* 索取費用

♦ no charge　免費

♦ be free of charge 不收費

♦ high charge 高收費

♦ reasonable charge 合理的收費

♦ minimum charge 最低收費

♦ fixed charge 不二價；固定的收費

♦ additional / extra charge 額外費用

♦ conversion charge 換匯手續費

♦ charge for remittance 匯款手續費

♦ The bank will **charge** you NT 600 dollars for the remittance fee.
銀行會向你收臺幣六百元的匯款手續費。

♦ How much do you **charge** to receive a wire transfer?
電匯要收多少手續費？

♦ The teller told me that there is no **charge** for cashing traveler's checks.
行員告訴我將旅支兌現不用收費。

♦ The shop will **charge** your credit card for this item.
商家會從你的信用卡扣除此品項的費用。

bank fee [`bæŋk ˌfi] *n.* 手續費
= **bank charge** [`bæŋk ˌtʃɑrdʒ]
= **service fee** [`sɝvɪs ˌfi]
= **service charge** [`sɝvɪs ˌtʃɑrdʒ]
= **handling charge** [`hændlɪŋ ˌtʃɑrdʒ]
= **handling fee** [`hændlɪŋ ˌfi]

= **commission charge** [kə`mɪʃən ˏtʃɑrdʒ]
= **commission fee** [kə`mɪʃən ˏfi]

「手續費」的日文說法可以講成「手数料（てすうりょう）」或「サービス料金（サービスりょうきん）」。在筆者的銀行經驗裡，常常跟日本人講英文也沒有用，因為他們對英語發音有自己比較獨特的方式，再加上銀行英語算是比較專業的英文，他們也不一定懂。因此這時候不如直接寫漢字來跟日本客戶筆談溝通比較有用。

實用例句

♦ The bank waived his **bank fee** because he was a VIP.
銀行減免他的手續費因為他是 VIP。

surcharge [`sɜˏtʃɑrdʒ] *n.* 額外費用；附加費用

waive [wev] *v.* 免除（手續費）

實用例句

♦ The bank manager agreed to **waive** my monthly maintenance fee.
銀行經理同意免除我的每月帳管費。

♦ I requested the bank manager to **waive** the charge because I have been a valued customer.
我要求銀行經理免除我的手續費，因為我是一個重要的客戶。

account management fee [ə`kaʊnt `mænɪdʒmənt ˏfi] *n.* 帳管費
= **account service fee** [ə`kaʊnt `sɜvɪs ˏfi]
= **account maintenance fee** [ə`kaʊnt `mentənəns ˏfi]
= **maintenance fee** [`mentənəns ˏfi]

「帳管費」的日文說法是「口座維持費」。外商銀行在臺灣多有收取帳管費。例如匯豐銀行的卓越理財 (Premier) 如果每月帳戶資金往來餘額未達三百萬，將會扣取一千元帳管費，其他銀行，如星展、澳盛銀行也有類似的規定。之前也有渣打銀行和大眾銀行想跟進收取帳管費，但被主管機關道德勸說之下，就不了了之了。

實用例句

♦ If you want to open an account in this bank, you must maintain a $10,000 average monthly balance, otherwise $25 monthly **maintenance fee** applies.
假如你想要在這間銀行開一個帳戶，你必須保持每月一萬元美金平均餘額，不然的話，你每月就會被收取二十五美元的帳管費。

reasonable [`rizənəbl] *adj.* 便宜的；合理的

如果行員要向客戶解釋說銀行的手續費並「不貴」，就可以用 reasonable，但千萬不能用 cheap，因為 cheap 是指「商品」很廉價，不和「費用」一起搭配。所以「The service fee is reasonable.」並不是說「向客戶收手續費這件事很合理」而是說「手續費並不貴」的意思。

bank run [`bæŋk ˏrʌn] *n.* (銀行) 擠兌
= run on the bank

當民眾對該銀行有疑慮時，往往就會想把自己存放在該行的存款提出來。當成為群體效應時，往往就會爆出擠兌。美國在金融海嘯期間，不少銀行都爆發出擠兌而導致銀行倒閉。「擠兌」可以說是銀行最害怕的事。在臺灣，之前中華銀行就爆發出擠兌事件，結果有不少別家的銀行業者，反而趁機到中華銀行的分行來招攬客戶，叫民眾改把錢存到他們家。因為中小型銀行吸收存款較不容易，因此有時為了搶客，也不顧江湖道義了。

實用例句

♦ **Bank run** is a catastrophic crisis for banks.
擠兌對銀行來說是一種災難性的危機。

♦ Deposit insurance system has essential function in preventing **bank run**.
存保制度在防止擠兌有重要的功用。

♦ Many people witnessed a **run** on the Chinese **Bank**.
很多人親眼目睹中華銀行出現擠兌。

privatization [ˌpraɪvətəˈzeʃən] *n.* 民營化
= going private

vault [vɔlt] *n.* 金庫
= the strong room (英式英語)
= coffers [ˈkɔfəz]

coffer 如果作單數而後面沒有加 s，就是「保險箱」之意，但如果有 s 的話，就泛指「金庫」。

搭配用語

♦ bank vault 銀行金庫

實用例句

♦ Her jewels and gold were kept in a secure bank **vault**.
她的珠寶和金子都放在很安全的銀行金庫裡。

banking hours [ˈbæŋkɪŋ ˌaʊrz] *n.* 營業時間
= business hours

大部分的銀行營業時間是從早上九點到下午三點半，但三點半之後，如果只是拜訪理專做理財諮詢或是到放款部詢問房貸、信貸在三點之後仍然是可以的，但要臨櫃辦理存、提或匯款則不受理，因為三點半是多數銀行的「截止時間」(cut-off time)。部分銀行的營業時間則不太一樣。例如說，中國信託的全體分行營業時間是到下午五點才拉下鐵門。另外有些百貨公司的銀行，週末也有營業。想要知道更詳細的各銀行的營業時間，請參閱筆者的另一本著作《即選即用銀行英語會話》，裡面有完整的介紹和整理。

cut-off time [ˋkʌt͵ɔf ˋtaɪm] *n.* (銀行營業辦理交易的) 截止時間

大部分的銀行臨櫃受理交易的截止時間是三點半，但偏偏有不少客人喜歡三點四十或是四點左右才來，卻嚷著要辦理交易，通常如果帳已經結了，加上該客戶不是口袋麥克麥克的大戶的話，銀行是不會受理，但如果櫃檯還沒有結帳，加上該客戶是 VIP 的話，銀行往往還是會網開一面，但往往也就拖到櫃員的結帳時間並且造成行員延誤下班。

bank holiday [ˋbæŋk ˋhɑlə͵de] *n.* 國定假日

由於銀行的公休日都是配合公務員放假日來放，所以 bank holiday 引申為「國定假日」。英語的 holiday 就是從 holy day (聖日) 演變來的。

voucher [ˋvautʃə] *n.* 傳票；憑證

consumption voucher [kənˋsʌmpʃən ˋvautʃə] *n.* 消費券

luncheon voucher [ˋlʌntʃən ˋvautʃə] *n.* 午餐券

gift voucher [ˋgɪft ˋvautʃə] *n.* 禮券

sales literature [ˋselz ˋlɪtərətʃə] *n.* 行銷 DM

brochure [broˋʃur] *n.* 小冊子；DM

DM 是「臺式英文」，不是正式的官方美語用法。一般老外聽不懂，除非有待過臺灣。

pamphlet [`pæmflɪt] *n.* 宣傳冊

flyer [`flaɪə] *n.* 廣告傳單；宣傳單

flyer 也可以拼作 flier。

business card [`bɪznɪs ˌkɑrd] *n.* (公司發給行員的) 名片

dress-down day [`drɛsˌdaʊn ˌde] *n.* 便服日

「便服日」常在星期五，所以也常稱作 dress down Fridays 或 Casual Friday。
在那一天就不用穿制服，而可以穿喜歡的便服來上班。現在不少銀行都有便服日，
如臺灣銀行、合作金庫、國泰世華、永豐銀行等。只是合作金庫的便服日在星期三，
跟別的銀行比較不一樣。不過雖然說是便服日，但銀行也有對所穿的便服設限，有
其「穿著規定」(dress code)，如有些銀行規定不能穿牛仔褲或是無領的衣服，只
能穿有領的。鞋子不能穿球鞋、拖鞋或露腳趾的鞋子等。

five-day workweek [`faɪvˌde `wɜkˌwik] *n.* 週休二日

registered mail [`rɛdʒɪstəd ˌmel] *n.* 掛號信

undertaking [ˌʌndə`tekɪŋ] *n.* 切結

實用例句

◆ The bank manager requested the customer to give a written **undertaking** that he would not sell his bank account to others.
銀行經理要求那位顧客寫下切結書不會把他的銀行帳戶賣給別人。

embezzlement [ɪm`bɛzl̩mənt] *n.* 盜用公款

實用例句

◆ The bank teller was found guilty of **embezzlement**.
這行員遭發現犯了挪用公款罪。

concern [kən`sɜn] *n.* 關懷；關心

「關懷」這個字除了用 care 還可以用 concern，銀行在客戶要領大額或是轉帳時，常會進行「關懷提問」(inquire…about the transaction out of concern for)，像是是否認識匯款的收款人？無摺存款的帳戶是否本人等？「關懷提問」的目地在於防止詐騙，以防受害者把血汗錢就這麼拱手送給詐騙集團了。

實用例句

◆ The teller inquired the old man about this transaction out of **concern** for him.
這名行員對這位老先生進行關懷提問。

fraud [frɔd] *n.* 詐騙；詐騙案
= **scam** [skæm]
= **swindle** [`swɪndl̩]
= **confidence trick** [`kɑnfədəns ˏtrɪk]
= **confidence game** [`kɑnfədəns ˏgem]

「詐騙」的英文 fraud 本身也有「詐欺犯」之意。另外像 confidence trick 也可以簡稱為 con。「詐欺犯」還可以說成 confidence man 或是 con man。如果詐欺犯是女性的話，就改稱 con woman 即可。最後，如果行員懷疑客戶遭到詐騙，要建議客人打「反詐騙熱線 165」的話，英文可以說：「Please dial anti-fraud hotline 165.」。

搭配用語

◆ scam phone call 詐騙電話
= telephone scam
= telephone fraud

- ♦ credit card fraud 信用卡詐欺
- ♦ insurance fraud 保險金詐騙
- ♦ scam gang 詐騙集團

實用例句

- ♦ There have been a lot of telephone **frauds**, so please be careful.
  最近有很多電話詐騙案例，因此請小心。
- ♦ The fraudster committed a **fraud**.
  這詐欺犯犯了詐欺罪。
- ♦ It is reported that thousands of **frauds** are committed annually.
  報導說，每年有數以千計的詐欺案。

swindle [`swɪndḷ] v. 詐騙
= defraud [dɪ`frɔd]

「詐騙」雖然方法有千萬種，但主要可以分為兩類。第一種，「誘之以利」，例如以電話或手機簡訊通知納稅人退稅，其實是騙到 ATM 來詐騙你的存款。第二種就是造成受害人恐懼而使人在害怕得失去理性的狀態，做出不理性的行為。例如故意謊報受害人的兒子被綁架或出車禍，使得詐騙受害人被恐懼抓住而願意「以錢解決」。幾乎所有的詐騙模式都脫不了這兩種。

實用例句

- ♦ The fraud gangster **swindled** the old woman out of all her money.
  詐欺集團的份子把老太太的錢給騙光了。
- ♦ This financial consultant **defrauded** the customers who trusted him.
  這名理專把信任他的客戶的錢都騙走了。

anti-fraud [`æntɪˌfrɔd] n. 反詐騙；adj. 反詐騙的

anti-fraud hotline [`æntɪˌfrɔd `hatlaɪn] n. 反詐騙專線

scammer [`skæmə] *n.* 詐欺犯；詐欺集團團員
= **fraudster** [`frɔdstə]

Bank 3.0 *n.* 數位銀行

什麼是 Bank 3.0？這是由 Brett King 所提出，他在《Bank 3.0》這本書中發表了【銀行將不只是一個「地方」，而是一種「行為」；客戶需要的不是實體營業據點，而是銀行的功能。】他的論點是數位銀行、虛擬的銀行服務將取代實體銀行的功能，分行雖然不會完全消失，但未來會大量減少，而人們會將「數位銀行」，如網銀、行動銀行、App、電子金融等視為「主要通路」，實體分行反而成為「次要通路」。Brett King 也預測，未來很多金融服務未必是由銀行提供，反而可能是由科技公司來提供，例如 Facebook、Line、Twitter、中國的支付寶都有推出金融轉帳功能。也就是說，隨著行動科技的發展，過去由銀行獨占的金融服務，以後不再是銀行的專利，因此，銀行應加強 IT 投資，並重視社群網站的互動，拋棄「實體分行才是主要通路」的過時想法。玉山銀行個金執行長陳嘉鐘更直言：「未來 5~10年，只剩老人和高資產民眾，會想去銀行實體分行。」因為年輕的族群，已經不是非要跟銀行往來，如果 Line、Facebook 等科技網站也能提供轉帳等金融服務，年輕人會選擇更加便利的方式來完成金融服務。臺灣的金管會主委曾銘宗受到《Bank 3.0》這本書的啟發，也加速發展臺灣的金融 3.0，就是讓民眾使用網路和行動載具（如智慧手機、平板等）、App 等就能辦理好銀行、保險、證券等金融業務，不需到實體分行或據點去辦。金管會也放鬆法規，如可以在線上新增約定帳戶、線上開戶、線上銷戶、線上辦卡、外幣提款機可以跨行提領外幣現鈔等。國內的不少銀行也開始動起來，例如合庫、渣打等銀行都開始整併或裁減實體分行，且不少銀行開始推出行動支付、線上開戶、行動 ATM (mobile ATM)、VTM (Video teller machine) 等創新金融服務。例如說，台新銀將推出用手機來認證的「無卡取款」(cardless cash withdrawal)，而中信銀也推出「指靜脈認證 ATM」(biometric ATM using Finger Vein technology)，臺灣銀行則擬引進日本的「機器人行員」(robot bank teller) 來服務。

自動化
銀行業務篇
Automated Banking

PART 02

automated banking services [`ɔtə͵metɪd `bæŋkɪŋ `sɝvɪsɪz]
n. 自動化銀行服務；無人銀行服務
= automated services

自動化銀行服務指的是像 ATM、網路銀行、電話語音銀行、網路 ATM 等非實體銀行櫃檯的服務。銀行推行自動化服務就是為了節省人力成本。舉 ATM 為例，現在不少銀行提供的 ATM 服務相當廣泛多元。大部分銀行的 ATM 所提供的功能，大都包括「存、提款」、「轉帳」、「繳費」、「餘額查詢」、「變更密碼」這幾項。但像「臺灣銀行」更提供了「更新晶片的約定帳號」這項。把之前臨櫃約定的帳號 (最多八組) 可以透過 ATM 直接讀寫到晶片卡裡，以後使用 ATM 時，畫面上會自動秀出之前約定的轉帳帳號。不少銀行推動自動化服務就是希望大眾能多利用自動化設備而減少親自到分行臨櫃，以達到控制人力成本之目的。

Automated Teller Machine (ATM) [`ɔtə͵metɪd `tɛlə məʃɪn]
n. 自動提款機
= **automated cash dispenser** [dɪ`spɛnsə]（英式英語）
= **automated cashier** [`ɔtə͵metɪd kæ`ʃɪr]
= **automated banking machine (ABM)**
= **bank machine**
= **cash machine**
= **cashpoint** [`kæʃ͵pɔɪnt]
= **money machine**
= **Money Access Center (MAC) machine**

ATM 的日文是「キャッシュマシン」。銀行 ATM 往往也被稱作「無人銀行」。銀行業者為節省人力和擴展服務據點，ATM 現在愈設愈多。每臺 ATM 都有防盜系統，首先是「系統保全」把關，在打開 ATM 前，需用磁卡把保全系統解除，才不會誤觸警鈴。打開 ATM 都需要鑰匙，鑰匙會有兩把，由銀行作業主管和 ATM 經辦分別持有以達到相互制衡之效。ATM 的金庫鑰匙也是經特殊打造訂製，不易被外面的鎖匠複製。ATM 的金庫都是設在下方，第一層是外表的庫門鎖。第二層是轉盤密碼鎖，像開保險箱一樣，要用轉的，且密碼定期改變，由負責暗碼表的行員或主管執行開鎖。最後，還有現金匣 (或稱作裝鈔匣)，也需要鑰匙才能打開，有

些「裝鈔匣」是鐵製的，較重，有些是合成塑膠製的，比較輕。ATM 上面是「螢幕」，開鎖後，可以往前拉開，補充明細表隔熱紙或是補充碳粉。

♦ Please change your password of the ATM card at the **ATM**.
  請在自動櫃員機上變更您的金融卡密碼。

screen of the ATM *n.* 提款機的顯示螢幕

有些銀行行員比較迷信，會在 ATM 的螢幕後面空間放入零嘴「乖乖」，因為這些行員相信放乖乖的話，機器才會「乖乖的，很聽話」，才不會故障。筆者之前待過的一間銀行，因為 ATM 老是故障，所以就要叫 ATM 業者來修理，結果工程師來了，我們銀行的主管還來不及指責他們的產品怎麼那麼爛，那麼常故障，就被工程師先罵了一頓，怒斥我們銀行買乖乖買錯了！因為乖乖要買「綠色」的才對！因為「綠燈」代表可以順利往前開車，一帆風順的意思，結果後來反而是我們主管還要反過來感謝工程師告知這個不讓 ATM 故障的「祕方」，真的是太誇張了，但最後放綠色乖乖也沒有效，只能說是一種迷信。

cash recycling ATM [ˋkæʃ riˋsaɪk!ɪŋ ˋeˌtiˋɛm] *n.* ATM 循環機

「ATM 循環機」具有存款和取款的雙重功能，前一位客戶存入的現金可以用作下一位客戶取款的現金，而可以有效地節省需要保全員或是行員補鈔的成本。而銀行就是希望客戶能使用 ATM 循環機「成癮」，而達到減少櫃檯的人力成本支出。尤其是二十多歲的年輕人，對於 ATM 循環機使用率相當高！也許再過個十年，銀行櫃檯的人力成本就可以因 ATM 的普及使用而大砍櫃員的成本支出。

load [lod] *v.* 裝（鈔）

♦ The bank usually **loads** an ATM with NT$ 200,000 in NT$1,000 bills taken from the bank vault every day.
  銀行通常每天把一臺 ATM 裝填從金庫拿的一千元面額的二十萬元鈔票。

restock [rɪˋstɑk] *v.* 補 (鈔) (口語常用 refill)

銀行補鈔時間依各銀行而不同，有些銀行是沒有固定時間，發現 ATM 存放金額較少時，才會進行裝鈔。有些銀行，如國泰世華，通常固定在早上八點半到九點之間進行 ATM 的補鈔動作，在裝鈔期間，ATM 區通常暫時封閉不開放給一般民眾以保安全。而超商或是捷運站的 ATM 通常是銀行委託保全公司來進行補鈔。基本上，運鈔保全到各超商 ATM 進行補鈔的行進路線和到達時間都不固定，以避免不肖歹徒跟監，但近年來，不論是立保保全還是臺灣保全到超商進行補鈔時，都遭歹徒行搶，原因就是直接行搶銀行難度大，而行搶運鈔車較易得手而且風險也較小。

實用例句

◆ The teller usually **restocks** cash in ATMs before or after the opening hours.
行員通常在營業時間之前或之後來補鈔。

dispense [dɪˋspɛns] *v.* 分配；吐 (鈔)

實用例句

◆ The ATM not only **dispenses** cash but also delivers more complex services.
自動提款機不但能領錢也有更多元的功能。

online ATM [ˋɑnˏlaɪn ˋeˏtiˋɛm] *n.* 網路 ATM
= web ATM

「網路 ATM」和實體的 ATM 很像，都具有轉帳、查餘額、繳稅等功能，並且網路 ATM 只要具備一臺可以上網的電腦和晶片讀卡機，就可以使用，但無法像實體 ATM 一樣提領現鈔和變更密碼。網路 ATM 的發明讓民眾不用出門找 ATM 也可以完成金融交易，特別是對臺灣中南部或是那些 ATM 並不普及的地區來說，網路 ATM 的出現真的是一大福音。以銀行的立場來看，網路 ATM 也有效減少櫃檯人力和實體 ATM 的成本，因此不少銀行近年來都不斷主推網路 ATM，例如使用網路 ATM 跨行轉帳的話可以累積金幣參加抽獎或有機會喝免費的咖啡等。

Cash Deposit Machine (CDM) [`kæʃ dɪ`pɑzɪt məˋʃin] *n.* 自動存款機

　有些銀行，如台新銀、永豐銀、彰化銀行以及第一銀行等的存款機可以直接選擇「無卡交易」來存款，不一定要插入自家的金融卡才能存款。早期並沒有存款金額的限制，但因為近幾年詐騙盛行，利用自動存款的功能而把錢轉存到人頭帳戶裡，因此後來金管會就限縮 ATM 存款如果是利用金融卡有卡交易並存入自己的帳號是沒有限制，但如果插入金融卡後，是輸入別人的帳戶，一天存款上限為三萬。又如果是利用 ATM 進行「無卡存款」的話，一天最高也是只能存三萬元。早期臺灣的一些銀行的存款機，有些是要用信封來存的，但不會立刻入帳，還要等行員把存款機的信封取出，並數算無誤後，才會入帳。現在的存款機都是直接置入現金即可，不需再裝信封了。

Automated Deposit Machine (ADM)
[`ɔtəˏmetɪd dɪ`pɑzɪt məˋʃin] *n.* 自動存取款機

　「自動存取款機」就是「提款機」加上「存款機」的二合一機，不但可以提款，還可以存款。像一些銀行甚至推出「存提循環機」，前一個客戶存的錢，還可以循環被利用讓下一位客戶取款，這樣可以節省請保全補鈔的費用。

automatic bill payments [ˏɔtə`mætɪk ˏbɪl `pemənts] *n.* 自動扣繳

■搭配用語

♦ to set up automatic payments 設定自動扣繳
♦ to terminate automatic payments 取消自動扣繳
　　= to cancel automatic payments

banking channel [`bæŋkɪŋ `tʃænl̩] *n.* 銀行通路

「銀行通路」除了傳統的分行通路外，現在還有 ATM 通路，因此 ATM 又可以稱「無人銀行」。ATM 通路是對銀行來說是一個很重要的品牌行銷的管道。擴大銀行的行銷通路有好幾招，如向主管單位申請設立新分行或是新增 ATM 據點等，但新開一間分行的成本非常高，因此不少銀行利用 ATM 來占取新通路。台新銀行與全家便利商店合作；國泰世華更是包下臺北捷運廣大 ATM 通路。而中國信託在合併萬通銀行後，成功地獨占了數千家的 7-ELEVEN 設置 ATM 據點的權利；臺銀、兆豐銀及郵局的 ATM 則長年占據松山機場。但在分行據點有限下，加上超商 ATM 已飽和，所以一些銀行開始鎖定連鎖速食店，但不是每家都能賺錢，像台北富邦的 ATM 後來退出麥當勞。至於 ATM 能不能賺錢，當然也要看使用率的多寡，畢竟 ATM 的維修保養費用可不低，例如請保全公司定期裝鈔的費用及被搶的風險，所以 ATM 對銀行來說，並非是一個穩定獲取暴利的來源，但是可以作為一個節省櫃檯人力的方法以及推銷銀行品牌的好管道。

Internet banking [`ɪntɚˌnɛt `bæŋkɪŋ] *n.* 網路銀行；網銀
= **online banking** [`ɑnˌlaɪn `bæŋkɪŋ]
= **e-banking** [`ï`bæŋkɪŋ] 或 **E-banking**
= **electronic banking** [ɪlɛk`trɑnɪk `bæŋkɪŋ]
= **web banking** [`wɛb `bæŋkɪŋ]
= **net banking** 或 **netbanking**

為什麼「網路銀行」不說成 Internet bank 而要用 banking 呢？這是因為 banking 的意思代表「銀行的業務」或「銀行的服務」的意思。事實上，並不是臺灣今天多開了一家銀行叫作 Internet bank，就像永豐銀行或是臺灣銀行是某銀行的名稱一樣。「網路銀行」(Internet banking) 只是各家銀行推出的一種網路上的銀行通路服務或業務而已，所以不能用 bank，而要用 banking。同理，「電話銀行」就可以說成 telephone banking。「行動銀行」就可以講成 mobile banking。但記得翻譯成中文時，不要把 Internet banking 翻譯成「網路銀行業務」，因為在實務中沒有行員會這樣講，直接譯作「網路銀行」或「網銀」即可。

實用例句

♦ Would you like to be set up for **Internet banking**?
您想要申辦網路銀行嗎？

♦ Once I have been registered for **Internet banking**, how do I use this service?
一旦我註冊了網銀，我如何使用這個服務？

♦ You can access **online banking** at any time suitable to you.
你能在任何方便的時間使用網銀。

♦ Signing up for **online banking** is free of charge.
申辦網銀免手續費。

---

personal online banking [`pɜsənl `ɑn͵laɪn `bæŋkɪŋ] *n.* 個人網路銀行

---

business online banking [`bɪznɪs `ɑn͵laɪn `bæŋkɪŋ] *n.* 企業網路銀行
= B2B (business-to-business)

---

direct banking [dəˋrɛkt `bæŋkɪŋ] *n.* 直效銀行

銀行或金控的行銷專員透過電話行銷，直接對客戶進行各種金融商品銷售以及服務。

---

phone banking [`fon `bæŋkɪŋ] *n.* 電話銀行；電話語音銀行

「電話銀行」也可以稱作「電話語音銀行」，就是可以透過銀行的自動電話語音 (automatic telephone voice) 系統，以按鍵的方式選擇要辦的交易事項。「電話銀行」和「網路銀行」又可以統稱為 home banking，這是因為只要在家使用這些自動化服務，不用實際親自到銀行就可以辦理交易。

實用例句

♦ If you use **phone banking**, you will need to enter the commands.
如果你使用電話銀行，你必需輸入指令。

mobile banking [`mobɪl `bæŋkɪŋ] *n.* 行動銀行
= mobile phone banking [`mobɪl ˏfon `bæŋkɪŋ]

行動銀行的功能就像網路銀行一樣，可以查詢匯率、利率、銀行的分行據點、基金投資績效、基金的淨值、累積的紅利點數、帳戶餘額、帳戶交易明細以及信用卡帳單明細，甚至也可以透過 OTP 安全機制來進行轉帳，但因民眾對行動銀行的安全顧慮仍多，所以沒有辦法像網銀一樣普及。

實用例句

♦ With mobile banking, people can access their accounts whenever and wherever they want.
透過行動銀行，人們可以隨時隨地在他們想要的時候利用他們的帳戶。

text banking [`tɛkst `bæŋkɪŋ] *n.* 簡訊銀行

「簡訊銀行」是美國的一些銀行所提供的自動化銀行服務，客戶可以透過發送手機簡訊並附上安全碼來向銀行提出服務要求，可以說和「行動銀行」非常類似。

實用例句

♦ Through text banking, you can send text messages to the bank to request information about your balances and recent transactions.
透過簡訊銀行，你可以透過簡訊向銀行詢問你的餘額和查詢最近交易明細。

smart phone [`smɑrt ˏfon] *n.* 智慧型手機

早期臺灣的銀行業者也有推出「行動銀行」，但成效不佳，很少客戶使用，而導致銀行暫時收掉此服務，原因就是那時智慧型手機還未普及，直等到蘋果的 iPhone、hTC 的智慧型手機開始普及後，時機成熟，各銀行才再開始推出「行動銀行」，並搭配一些優惠來吸引使用者。

實用例句

♦ You can now use your smart phone, such as iPhone, to access your bank account as you use Internet Banking.
你可以用你的智慧型手機，像是 iPhone 來動用你的銀行帳戶，就像你使用網銀一樣。

Android [`ændrɔɪd] *n.* Google 的手機作業系統平臺

「Android」本義為「機器人」之意，但一般人比較知道的意思卻是 Google 的手機系統平臺，像三星、hTC 等大廠不少手機的作業系統都採用 Android。

general facsimile instruction

[`dʒɛnərəl fæk`sɪməlɪ ɪn`strʌkʃən] *n.* 傳真交易指示
= fax banking [fæks `bæŋkɪŋ]

「傳真交易指示」是一種銀行方便企金戶以及 VIP 個人戶所提供的一種服務，也就是客戶不用親自來銀行，直接在家或在公司把要委託銀行辦理的匯款交易指示透過傳真告知銀行。流程大致如下：先由客戶填寫匯款單，上面蓋好原留印鑑，再傳真匯款單到銀行，等銀行核章後，確定無誤就會向客戶照會，以便確認交易委託內容，沒有問題的話，銀行就會進行匯款，但也爆發少數不肖行員利用傳真交易來冒領客戶的存款。這是因為傳真交易不能對交易金額大小來設限。而且用電話確認是否本人，實際上也很難真的確定聯絡的是否就是本人，加上傳真交易指示單的印章或簽名要偽造也不難，因此臺灣多家銀行早已取消傳真交易這種服務。

實用例句

◆ Will there be any charges to signing up for fax banking?
申請傳真指示交易有任何的手續費嗎？

online banking user ID [`ɑn‚laɪn `bæŋkɪŋ `juzɚ `aɪ`di]
n. 網銀使用者代號
= online banking access ID

online banking password [`ɑn‚laɪn `bæŋkɪŋ `pæs‚wɝd] *n.* 網銀密碼

One-Time Password (OTP) [`wʌn͵taɪm `pæs͵wɝd] *n.* 動態密碼
= dynamic password [daɪ`næmɪk `pæs͵wɝd]

OTP 的意思就是「動態密碼」，顧名思義就是每次產生的密碼都是不固定的。一般銀行採用的 OTP 有兩種，第一種是 SMS-OTP，也就是透過客戶的手機把網銀密碼傳輸給客戶，當然要先到銀行登錄你的手機號碼才行。第二種叫作「Token-OTP」就是銀行會先發給客戶動態密碼產生器，客戶要登錄網銀時就按一下便會產生登錄網銀的密碼。

OTP token [`tokən] *n.* 動態密碼產生器；密碼小精靈

「動態密碼產生器」是一種新型的網路銀行登入安全機制，使用者在登入之前，只要按一下動態密碼產生器就會隨機出現一組臨時密碼，要在數十秒內輸入使用，並只能用一次，所以網銀使用者每次輸入密碼都不一樣，可以防止使用者的密碼遭惡意的木馬程式側錄盜用。各銀行對「動態密碼產生器」的名稱各不相同，像渣打國際商銀稱之為「密碼保鏢」，而 HSBC（匯豐）稱之為「密碼小精靈」。

virtual keyboard [`vɝtʃuəl `ki͵bord] *n.* 虛擬鍵盤

「虛擬鍵盤」如同字面意義，並不是實體的鍵盤，而只是在電腦螢幕中秀出的虛擬鍵盤而已。「虛擬鍵盤」原本是用來防止一種會側錄實體鍵盤的敲鍵記錄軟體 (a keystroke logger)，但之前也有駭客利用新的木馬程式，模擬虛擬鍵盤上的點選紀錄，並把游標記錄轉換成多家網路銀行的鍵盤字母與數字位置而成功破解虛擬鍵盤

keypad [`ki͵pæd] *n.* (ATM 的) 按鍵

keypad 和 keyboard 不同，keypad 是指自動櫃員機上的按鍵，而 keyboard 是指個人電腦的「鍵盤」。另外，之前英國一家研究機構指出，ATM 上面的按鍵竟和公廁的馬桶蓋一樣地骯髒，也就是說，提款機和公廁馬桶上面的細菌量是一樣多的，這項研究嚇壞不少民眾，看來以後使用完 ATM，要馬上洗手才行！

Internet trading [ˋɪntɚˏnɛt ˋtredɪŋ] *n.* 網路下單

screen prompts [ˏskrin ˋprɑmpts] *n.* 螢幕選項提示
= **on-screen prompts**

> prompt 除了可以作形容詞表示「快速的」，也可以作為名詞，表示「提示」之意。
> 像演員在演戲的「提詞」也是用 prompt。screen prompts 就是操作 ATM 時，螢
> 幕選單的提示，像現在詐騙頻繁，當你要用 ATM 轉帳出去時，ATM 就會出現警
> 告注意的提示，以確定民眾確定知道要把錢從自己的帳戶轉出。

實用例句

◆ Using an ATM is actually pretty easy. Just insert your ATM card and
follow the **on-screen prompts** to conduct any transaction.
使用自動提款機很簡單，只要把你的金融卡插入並照著螢幕上的指示來做交易
就行了。

notify [ˋnotɪˏfaɪ] *v.* （正式的）通知；告知；通報
= **inform** [ɪnˋfɔrm]
= **apprise** [əˋpraɪz]

實用例句

◆ The bank teller will **notify / inform** you of the arrival of the transfer.
行員會通知你匯款進來了。

notification [ˏnotəfəˋkeʃən] *n.* 通知

login [lɑgˋɪn] *v.* 登錄（和介系詞 to 搭配）
= **log in**
= **log on**

實用例句

◆ You should **login** to Internet Banking first.
你應一開始先登入你的網銀。

account summary [ə`kaʊnt `sʌmərɪ] *n.* 帳戶總覽

itemized account data [`aɪtə͵maɪzd ə`kaʊnt `detə] *n.* 帳戶明細

itemized account records [`aɪtəm͵aɪzd ə`kaʊnt `rɛkədz] *n.* 帳戶明細

transaction history [træn`zækʃən `hɪstrɪ] *n.* 歷史交易明細

magnetic stripe [mæg`nɛtɪk ͵straɪp] *n.* 磁條

magnetic stripe card [mæg`nɛtɪk ͵straɪp `kɑrd] *n.* 磁條卡

早期臺灣各銀行的金融卡全都是磁條卡，沒有晶片卡，但在 2003 年的十月發生臺灣銀行、花旗銀行、彰化銀行和土銀等多家銀行客戶的存款遭犯罪集團盜領，經查研判可能是一般銀行的 ATM 區都設有一道門，而進去時需刷卡才能進入 ATM 區，而犯罪集團就是在 ATM 區的入口裝設側錄機將民眾用磁條卡刷卡的資料側錄下來，因此後來政府決定進行金融卡的晶片化來保護金融卡安全。但因國外的銀行，如美國、中國大陸等依然使用磁條卡，故現在臺灣的金融晶片卡仍保有磁條，以供民眾到國外的 ATM 領錢時仍可使用。

demagnetize [dì`mægnə͵taɪz] *v.* 消磁

◆ Your credit card / passbook was **demagnetized**.
你的信用卡 / 存摺被消磁了。

remagnetize [rɪˋmægnəˏtaɪz] *v.* 重新上磁

◆ Let me **remagnetize** your passbook.
讓我把你的存摺重新上磁。

IC card [ˋaɪˏsi ˋkɑrd] *n.* 晶片卡
= **smart card** [ˋsmɑrt ˏkɑrd]
= **chip card** [ˋtʃɪp ˏkɑrd]
= **chipped card** [ˋtʃɪpt ˏkɑrd]（用在口語）
= **chip-and-PIN card** [ˋtʃɪpˏændˋpɪn ˏkɑrd]

IC card 就是 intellectual card 的簡稱。

◆ Taiwan has replaced magnetic stripe cards with **IC cards** as ATM cards.
臺灣已採用晶片卡來汰換磁條卡作為金融卡。

chip PIN [ˋtʃɪp ˏpɪn] *n.* 晶片密碼

◆ Please key in your 6 to 12-digit **chip PIN**.
請輸入您的六到十二位的晶片密碼。

digit [ˋdɪdʒɪt] *n.* 位數；數字

♦ Please set a four-**digit** password for your magnetic stripe card.
請為您的磁條卡設一個四位數的密碼。

♦ Please set a six-**digit** password for your chip ATM card.
請為您的晶片金融卡設一個六位數的密碼。

collect [kəˋlɛkt] *v.* 領取 (金融卡、存摺等)

♦ The teller told the customer to come seven working days later to **collect** his ATM card in person and sign some documents as proof of the collection of his ATM card.
行員告訴這位客戶七個工作天之後再本人親自前來領取他的金融卡，並簽一些文件作為他領金融卡的憑證。

♦ You may apply for an ATM card at any one of our branches where you can **collect** your ATM card.
您可以在任何一家你能前來領取卡片的分行申請金融卡。

smart card reader [ˋsmart ˏkard ˋridə] *n.* 晶片卡讀卡機

ATM card [ˋeˋtiˋɛm ˏkard] *n.* 自動提款卡；金融卡

金融卡的日文是「キャッシュカード」。一般開戶時，通常可以免費申請提款卡，行員還會問你要不要「國外提款功能」(the function of international withdrawal)。

♦ My **ATM card** is swallowed by the ATM.
= My **ATM card** is eaten by the ATM.
我的金融卡被自動櫃員機吃卡了。

♦ More than one account can be linked to one **ATM card**.
不只一個帳戶可以與金融卡連結。

swallow [`swɑlo] *v.* 吃（卡）
= **eat** [it]
= **retain** [rɪ`ten]
= **keep**

如民眾遇到提款卡被 ATM 吃卡時，不要驚慌，如分行還在營業時間，向行員立即反應，有些銀行是可以直接處理，有些銀行則是要等到三點半之後才能處理。筆者在銀行工作時，也曾遇到多起客人的金融卡遭吃卡的事件，當客戶向行員反應時，發現行員沒有立即處理而開始發怒，但事實是，每位行員都有自己負責的項目，ATM 的問題通常是由 ATM 經辦來處理，如剛好 ATM 經辦在忙，就無法幫客人立即處理。

實用例句
♦ The ATM **swallowed** my ATM card.
= The ATM **ate** my ATM card.
= The ATM **retained** my ATM card.
自動櫃員機吃掉我的卡了。

international withdrawal functionality
[ˌɪntɚ`næʃənl̩ wɪð`drɔəl ˌfʌŋkʃə`nælətɪ] *n.* 國外提款功能

bank card [`bæŋk ˌkɑrd] *n.* 金融卡

bank card 一般是指銀行獨立發行的金融卡，除了可以指一般的金融卡之外，也包括可以從帳戶扣款刷卡的 Visa 金融卡。但就廣義而言，bank card 現在也可以指信用卡。

debit card [`dɛbɪt ˌkɑrd] *n.* 簽帳卡
= check card [`tʃɛk ˌkɑrd]

debit card 的日文是「デビットカード」。在臺灣，debit card 指的是「VISA 金融卡」，不同於信用卡是先消費，後付款；簽帳卡是帳戶有多少錢，才能刷多少，因此刷卡時商家需連線到帳戶確定是否有足夠的金額才能刷卡，這也正是為什麼飛機上無法使用「VISA 金融卡」，因為在飛機上無法連線到地面，因此在飛機上買免稅商品只能刷信用卡。另外，不是所有銀行發的 VISA 金融卡都能線上刷卡，只有部分銀行的 VISA 金融卡才有網路線上刷卡的功能。VISA 金融卡的優點就是可以控管消費不會透支，不像使用信用卡可能導致負債累累，但壞處是一旦卡片遺失，戶頭可能被盜刷一空。另外，debit card 也可以稱作 check card，如果在美國使用 check card，店員會要求你輸入你的個人密碼，驗證過了才能消費扣款。在美國使用 check card 消費扣款時，往往都會被索取手續費，就像跨行提款手續費一樣，但使用信用卡消費反而不收手續費；在臺灣，使用 debit card 刷卡消費反而是不收手續費的。

debit [`dɛbɪt] *v.* 扣款

實用例句

◆ The payment is **debited** directly from your account.
這筆付款直接由你的帳戶扣款。

◆ The bank **debited** your account with NT$1,000.
銀行從您的帳戶扣除新臺幣一千元。

labor protection card [`lebɚ prə`tɛkʃən ˌkɑrd] *n.* 勞動保障卡

自從臺灣採用勞退新制後，公司按規定應該要每月提撥員工的退休金到勞保局的勞退帳戶，而為了防止公司行號故意減少撥繳金額，政府開放勞工可以透過「勞動保障卡」來查詢自己的勞退金帳戶的額餘，勞保局特許五家銀行 (土銀、玉山銀、台北富邦、台新和第一銀行) 和郵局能發行勞動保障卡，讓一般民眾能透過該行的 ATM 查詢勞退金帳戶的餘額。當然除了勞動保障卡，民眾還可以透過自然人憑證

或電話語音以及臨櫃辦理等來查詢勞退金帳戶的金額。「勞動保障卡」簡單來說就是金融卡加上可以查詢勞退金帳戶的餘額功能，也能結合信用卡。另外要注意的是，勞動保障卡限制一年持卡閉鎖期，意思就是說如果原分行辦的卡片申請註銷勞動保障卡，那一年之內都不能再提出再辦勞動保障卡的申請，以免浪費資源。

locked card [`lakt ˌkard] *n.* 鎖卡（被鎖住的卡）

實用例句

♦ The **locked card** needs to be unlocked.
被鎖卡的卡片需要被解鎖。

♦ The **card** will be **locked** if the cardholder has entered the wrong PIN four times in a row.
如果持卡人連續輸入錯誤密碼達四次的話，卡片就會被鎖卡。

insert [ɪn`sɝt] *v.* 插入（卡片）
= put in

實用例句

♦ Please **insert** your ATM card into the card slot and enter PIN.
請把你的金融卡插入卡的插口後，並且輸入密碼。

retrieve [rɪ`triv] *v.* 取回（卡片、現金、收據等）

replace [rɪ`ples] *v.* 取代；補發

一般人有所不知，「補發金融卡」往往正是行員拿來賺業績的機會！之前筆者在銀行服務時，有位客戶說他的金融卡遺失，要重辦一張。櫃員小姐就裝出很同情的表情說：「可是重新辦卡要手續費耶！」然後又露出「為對方設想好，靈機一動」的表情，笑著說：「對了，我想到了，我們最近推出可以讓客戶免費換發二合一金融

卡的優惠，這樣補發金融卡就不用再付手續費一百元了。」接下來客戶就被櫃員小姐辦了一張 combo 信用卡。因為大部分的客人都喜歡貪小便宜，想說可以省下補發金融卡的一百元手續費，就改申請跟信用卡綁在一起的金融卡了。

實用例句

♦ I want to have my ATM card **replaced** (by the bank).
我想要 (請銀行) 補發金融卡。

♦ My wallet was lost yesterday, so I had to **replace** my credit card.
我的錢包昨天掉了，所以我必須重辦一張信用卡。

replacement [rɪ`plesmənt] *n.* (金融卡、存摺等的) 補發

實用例句

♦ **Replacement** cards will be issued immediately and should be received within 7-10 business days. Emergency **replacement** cards should be received within 3-5 business days.
新卡會立即補發並應會在七到十個工作天拿到。緊急補發卡應會在三到五個工作天拿到。

card replacement [`kɑrd rɪ`plesmənt] *n.* 補發卡片

replacement cost [rɪ`plesmənt ˌkɔst] *n.* 重置成本

「重置成本」意指在市場中，在目前重新購置相同資產或物品所花的成本。舉例來說，假設二十年前買一本聖經的價錢是一百元，如果不幸遺失該本聖經，現在想再買同樣的一本來代替，因紙價漲價等因素，需花四百元的成本來重新購置，這就是重置成本。一般人保住宅火險時，最好保額要等於房屋的重置成本，才有保障。

transfer function [trænsˋfɚ ˋfʌŋkʃən] *n.* 轉帳功能
= transfer feature [trænsˋfɚ ˋfitʃɚ]

「功能」的英文就是 function，但偶爾也可以使用 feature 互換。feature 的英文原義是「特色」，引申為「功能」之意。通常在開戶時，行員會問客人是否要開啟金融卡的非約定轉帳功能，也就是開放每天最高轉帳三萬元的功能。如果不開放，那這張金融卡就不能轉帳，事後申請的話，還一定要本人帶證件和原留印鑑親自來分行才能辦理。除了「轉帳功能」，行員也還會問客人是否要開啟「國外提現功能 (international withdrawal function)」，讓常出國的客戶也可以在國外的 ATM 直接取現。

實用例句

◆ Do you want to activate the funds **transfer function** for your ATM card?
你想要開啟金融卡的轉帳功能嗎？

password [ˋpæsˏwɝd] *n.* 密碼
= **Personal Identification Number (PIN)** [ˋpɝsənl̩ aɪˏdɛntəfəˋkeʃən ˋnʌmbɚ]
= **secret code** [ˋsikrɪt ˏkod]
= **PIN code** [ˋpɪn ˏkod]
= **PIN number** [ˋpɪn ˋnʌmbɚ]

搭配用語

◆ six to twelve digit password 六到十二位數密碼
◆ four-digit password / PIN 四位數密碼
◆ to input your password / PIN 輸入你的密碼
  = to key in your password / PIN
  = to key your password / PIN in
  = to type in your password / PIN
  = to punch in your password / PIN
  = input your password / PIN

◆ to break one's password / PIN 破解某人的密碼
  = to crack one's password / PIN
  = to decipher one's passwrod / PIN

◆ to set up your password / PIN 設定你的密碼

◆ to change your password / PIN 更改你的密碼

◆ to forget your password / PIN 忘記你的密碼

◆ to reset your password / PIN 重設你的密碼

transaction password [trænˋzækʃən ˋpæsˌwɜd]
n. (網銀的) 交易密碼；理財密碼

通常消費者登入網銀後，如果要透過網銀下單買基金或是轉帳，銀行還會要求輸入額外的「交易密碼」來確保安全。

passbook password [ˋpæsˌbuk ˋpæsˌwɜd] *n.* 存摺密碼

「存摺密碼」也可以稱為「臨櫃密碼」，一些銀行提供客戶在臨櫃辦理提款、匯款等交易時，行員會拿出密碼輸入器，要求客戶輸入四位數的存摺密碼。現在不少民營銀行都已取消存摺密碼。有些銀行提供如果是到原開戶分行提款，不用輸入存摺密碼；但如果是到聯行辦交易，才要輸入存摺密碼的服務。

password envelope [ˋpæsˌwɜd ˋɛnvəˌləp] *n.* 密碼函

password envelope 就是「密碼函」的意思，有些商務英文的書籍，誤譯為「密碼信封」，但實際上沒有行員會這樣講。在銀行開戶時，如果有申請金融卡或是網路銀行，行員通常會給顧客一封「密碼函」，打開後先按照密碼函裡面的密碼登入 ATM 或網銀，再變更成自己重設的密碼。

combination [ˌkɑmbəˈneʃən] *n.* 轉盤組合密碼

轉盤組合密碼通常應用在金庫或是 ATM 裡面的小金庫上，一般說來，有分三組密碼或四組密碼兩種類型。

combination lock [ˌkɑmbəˈneʃən ˌlɑk] *n.* 轉盤密碼鎖；羅盤鎖

要打開羅盤鎖，必須轉動羅盤讓設定的數字和裡面鐵板的溝槽對應一致。

time lock [ˈtaɪm ˌlɑk] *n.* 時間鎖

時間鎖是銀行金庫室常用的安全鎖。它是裝置在金庫櫃門內的機體螺栓連桿，設定密碼者要在關金庫前轉動設定時間並上鎖，一旦金庫關了之後，即使有開鎖鑰匙和密碼，也必須等設定的時間到了之後才可以開啟。

electronic money [ɪˌlɛkˈtrɑnɪk ˈmʌnɪ] *n.* 電子貨幣；電子錢

electronic purse [ɪˌlɛkˈtrɑnɪk ˌpɝs] *n.* 電子錢包

electronic authentication [ɪˌlɛkˈtrɑnɪk ɔˌθɛntɪˈkeʃən] *n.* 電子認證

passbook entry machine (PEM) [ˈpæsˌbʊk ˈɛntrɪ məˈʃin] *n.* 補摺機

entry [ˈɛntrɪ] *n.* 登記；進入

update [ˌʌpˋdet] v. 更新；補 (摺)

「補摺」的日文講法是「通帳記入 (つうちょうきにゅう)」，記得不能用 renew a passbook 來表示「補摺」，雖然 renew 也有「更新」之意，但講到「補摺」時，一定要用動詞 update。

搭配用語

♦ update a passbook 補摺
♦ update a savings bankbook 補活儲摺

實用例句

♦ I went to the bank and asked a teller to **update** my passbook.
我去銀行並請櫃檯 行員幫我補摺。

♦ Elaine told the teller that she would like to have her passbook **updated**.
伊蓮告訴行員她想要補摺。

currency detector [ˋkɝənsɪ dɪˋtɛktɚ] n. 驗鈔機
= counterfeit currency detector
= counterfeit bill detector
= bill validator
= bill acceptor

一般行員在老外給的外幣通不過驗鈔機時，常會直翻成「Sir, the cash you just gave me cannot pass the currency detector.」(先生，您給我的現鈔通不過驗鈔機)。 但實際上，雖然這樣的表達方式老外可能也聽得懂，但比較道地的說法是說驗鈔機拒絕 (reject) 或不接受 (accept) 鈔票。

實用例句

♦ This **currency detector** rejects false counterfeit bills.
假鈔通不過驗鈔機。

♦ The **bill validator** did not accept my legitimate U.S. currency.
我的正版美鈔無法通過驗鈔機。

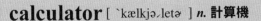

calculator [`kælkjə͵letə] *n.* 計算機

calculator 是「計算機」之意，有些銀行會在寫字檯那裡放一臺「計算機」來方便客戶計算金額，不過因為失竊率太高，所以銀行提供的「計算機」通常是固定在寫字檯上，無法移動或拿走。calculator 來自於動詞 calculate (計算)，calculate 除了可以指「數學上的計算」之外，也可以作為有心機地「算計」。有個字跟它長得很像，就是 speculate (投機)，而「投機客」的英文就是 speculator。

calculate [`kælkjə͵let] *v.* 計算；算計

實用例句

♦ Interest for time deposit accounts is **calculated** only on whole-month period.
定存沒有存滿一個月不計利息。

♦ Interest for a time deposit account, which is canceled part way through, is **calculated** based upon the actual time of deposit and discounted at 20%.
定期存款中途解約利息計算，依實際存期利息打八折計息。

fax machine [`fæks mə`ʃin] *n.* 傳真機

coin sorter [`kɔɪn `sɔrtə] *n.* 硬幣分類機

coin-countering machine [`kɔɪn `kaʊntəɪŋ mə`ʃin] *n.* 數幣機
= coin rolling machine
= coin counter

security camera [sɪ`kjurətɪ `kæmərə] *n.* 監視器

code input keyboard [`cod `ɪn͵pʊt `ki͵bord] *n.* 密碼輸入器

bill counter [`bɪl `kaʊntɚ] *n.* 點鈔機
= banknote counter
= money counter

automatic queuing machine [͵ɔtə`mætɪk `kjuɪŋ mə`ʃin]
n. 自動叫號機

number slip [`nʌmbɚ ͵slɪp] *n.* 號碼牌

實用例句

◆ Please take a **number slip** 請抽一張號碼牌。
= Please take a **number ticket**.

number machine [`nʌmbɚ mə`ʃin] *n.* 取號機
= ticket dispenser

現在不少銀行「取號機」都很先進，改採觸控螢幕來觸碰，號碼牌就吐出來。而且還可以查詢匯率以及利率。這種先進的取款機可以稱作「automatic queue ticket dispenser machine」。

touch-sensitive screen [`tʌtʃ `sɛnsətɪv ͵skrin] *n.* 觸控螢幕
= touch screen [`tʌtʃ ͵skrin]
= touchscreen [`tʌtʃ͵skrin]
= touch panel [`tʌtʃ `pænl̩]

實用例句

◆ Many banks' ATMs use a **touch-sensitive screen**.
很多銀行的自動提款機都採用觸控式螢幕。

◆ Apple's iPhone became a hit on account of its **touch-sensitive screen** technology and many cellphone companies followed suit.
由於 iPhone 的觸控螢幕技術，蘋果的 iPhone 變成當紅炸子雞，很多手機公司也起而仿效。

maintenance [`mentənəns] *n.* 保養；維護

實用例句

◆ The ATMs in the bank require monthly **maintenance**.
在銀行的自動提款機需要每月的保養。

◆ The engineer carries out routine **maintenance** of the ATM every month.
工程師每月定期保養自動提款機。

service [`sɜvɪs] *n.* 服務

「停止服務」就可以說 out of service。如果要表示「暫停服務」就是 temporarily out of service。

實用例句

◆ This ATM is temporarily out of **service.**
這臺自動櫃員機暫停服務了

service call [`sɜvɪs ˌkɔl] *n.* 叫修

銀行內的許多設備，如印鑑機、印表機或是 ATM 等，有時故障就需要聯絡廠商來修理，這就是 service call。另外有個詞叫作「booty call」，意思相當負面，不要隨便使用，因為 booty call 就是指男方深夜打給女性邀約的電話，通常目地都是為了上床，所以 booty call 中文翻譯為「炮友來電」。

repairman [rɪ`pɛrmæn] *n.* 維修人員

upper-case [`ʌpə͵kes] *n.* 大寫字母；*adj.* 大寫字母的

實用例句

♦ When you set your password for Internet Banking, please distinguish **upper-case** from lower-case.
當你設定網銀密碼時，請注意要區別大小寫。

lower-case [`loə͵kes] *n.* 小寫字母；*adj.* 小寫字母的

實用例句

♦ When you reset your Internet Banking password, please contain at least one **lower-case** letter.
當你重設你的網銀密碼時，請包含至少一個小寫字母。

case-sensitive [`kes͵sɛnsətɪv] *adj.* 有區別大小寫字母的

實用例句

♦ Please remember the password is **case-sensitive**.
請記得密碼有分大小寫。

alphabetical character [͵ælfə`bɛtɪk] `kærɪktə] 英文字母
= letter

實用例句

♦ Your online Banking password must contain at least one **alphabetical character** or one number.
你的網銀密碼一定要包含至少一個英文字母或一個數字。

biometrics [baɪə`mɛtrɪks] *n.* 生物辨識

隨著 bank3.0 的發展，很多銀行也開始採用「生物辨識」的技術來作為遠端交易的認證，例如聲紋辨識、指紋辨識、虹膜辨識等。中信銀目前正在發展的「指靜脈ATM」就是一種生物辨識的技術。

Video teller machine (VTM) [`vɪdɪo `tɛlə məʃɪn] *n.* 視訊提款機

VTM 講白了，就是 Video 加上 ATM，讓客戶能透過螢幕和客服行員進行視訊溝通。未來，VTM 很可能會取代 ATM 成為自動化通路的主流。

robot bank teller [`robət bæŋk `tɛlə] *n.* 機器人行員；機器銀行員

臺灣銀行董事長李紀珠參觀日本的三菱東京日聯銀行之後，對三菱研發的機器銀行員 Nao 印象深刻，因為 Nao 裝有攝影機，能分析客戶的表情，還會用日文、中文等十九種語言接待客人，是名稱職的大廳引導員。Nao 還能提供客戶換匯、開戶、利率、匯率等金融資訊，因此李紀珠表示：「等到三菱東京日聯銀行將機器人的中文系統研發更成熟時，考慮引進幾臺到臺灣銀行分行。」

Interbank cash deposit [ɪntɜ bæŋk kæʃ dɪ`pazɪt] *n.* 跨行存款

過去要用銀行存款機來存款，只限相同銀行的客戶才行。但台新和中信銀相繼開放「跨行存款」，民眾持任何銀行發行的金融卡，到具有存款功能的 ATM，都能將手上現金「跨行存入」指定銀行帳戶，只是每次跨行存款手續費高達20元，比跨行轉帳15元還貴。

cardless cash withdrawal [kɑrdlɛs kæʃ wɪðˋdrɔəl] *n.* 無卡提款

「無卡提款」有兩種，一種是使用 NFC 手機，但 ATM 必須有 NFC 的感應器來進行使用手機認證的 ATM 無卡提款。第二種就是採「生物辨識」，如中信銀推出的「指靜脈 ATM 無卡提款」，已經在日本、新加坡等國家試用，利用辨識手指靜脈取代金融卡來進行認證，但也有人擔心這種生物辨識的技術會讓個人隱私洩露出去。

online-only bank [ˋɔnˋlaɪn ˋonlɪ bæŋk] *n.* 純網銀
= direct bank
= branchless bank
= virtual bank
= online-only banking
= internet-only bank
= digital-only bank
= pure-play internet bank

目前線上金融銀行有三種形式。第一種是傳統的網路銀行，例如臺銀或兆豐的網銀／行動銀行的服務。第二種是「數位銀行」，或稱作「數位帳戶」，數位帳戶可說是網路銀行的延伸，和傳統網銀不同的是，數位銀行沒有提供客戶實體的存摺，但仍有實體分行。目前數位帳戶多是既有傳統銀行的副品牌或多品牌，例如 KOKO 就是國泰世華推出的副品牌數位銀行。目前臺灣的數位銀行市占率前三大銀行業者分別是台新 Richart、王道 O-Bank 和國泰世華的 KOKO 銀行，這些數位銀行帳戶通常提供高利活儲方案和跨行轉帳免手續費來吸引客戶申辦。第三種就是「純網銀」。英文不能直接翻譯成 pure online banking。「純網銀」沒有實體分行，所有金融服務皆透過網路完成交易，與「數位銀行」和「傳統網銀」不同的是，除了總行外，純網銀不得設立任何實體分行，只能設立客服中心協助用戶。至於提供的業務範圍，則與傳統銀行一樣。目前國內公布許可設立的純網銀共有三家，包括國家隊的「將來銀行」、LINE 主導的「連線銀行」以及「樂天國際銀行」，最快在 2020 年開始營運。

Foreign Exchange ATM [ˋfɔrɪn ɪksˋtʃendʒ e ti ɛm] *n.* 外幣自動櫃員機

electronic certificatee of deposit [ɪlɛkˋtranɪk səˋtɪfəkɪt ɑv dɪˋpazɪt] *n.* 電子存單

OTP token [ˋtokən] *n.* 認證密碼鎖

外匯業務篇
Foreign Exchange Business

PART 03

foreign exchange (FX) [`fɔrɪn ɪks`tʃendʒ] *n.* 外匯

外匯的日文是「為替 (がわせ)」。買外幣要加開外幣戶才能進行「即期」的買賣。在臺灣，大部分的銀行開立外幣帳戶都不允許零元開戶，就像臺幣戶開立一樣，都要先存「最低開戶金額」，通常是美金一百元，像臺灣銀行、華南、第一銀行、永豐等銀行要開外幣戶時，至少要存美金一百元，大約折合三千元新臺幣。可是有些銀行開外幣戶的門檻更高，像玉山銀行開外幣戶就要求存入美金五百美元，折合台幣約一萬六千多元。但少數銀行，如國泰世華銀行是允許零元開立外幣戶。順便一提，現在銀行為了推廣「自動化設備」使用，利用「網路銀行交易」買賣外幣的話，會有加碼或是減碼的優惠。像國內某家民營銀行，利用網銀來買歐元的話，可以減碼六分，就是 0.06，而美金可以加、減碼三分。

實用例句

♦ The central bank intervened on the **foreign exchanges** to support the New Taiwan Dollar.
央行干預外匯來捍衛新臺幣。

♦ The government should strengthen the system of exchange settlement as well as sales and prohibit illegal **foreign exchange** transactions.
政府應該加強結匯制度並禁止非法外匯交易。

♦ Euro fell on the **foreign exchanges** this morning.
今早歐元在外匯市場下跌。

foreign exchange quotations [`fɔrɪn ɪks`tʃendʒ kwo`teʃənz]
n. 外匯行情

quotation [kwo`teʃən] *n.* 報價
= **quote** [kwot]

quote 可作「報價」的名詞，也可以作動詞。但 quotation 只可以作「名詞」用。

實用例句

- The bank teller gave me a **quotation** for the US dollar.
  那行員給我美元的報價。

- The customer asked for the latest **quotations** on Euro.
  客戶問最新的歐元報價。

- The teller **quoted** a customer a lower price.
  櫃員報給客戶一個較低的價錢。

---

foreign exchange loss [`fɔrɪn ɪks`tʃendʒ ˌɔsl] *n.* 外匯損失

---

exchange rate [ɪks`tʃendʒ ˌret] *n.* 匯率
= **rate of exchange**

「匯率」的日文是「為替レート（かわせレート）」。民眾買賣外匯除了親自到分行辦理，也可以利用網銀來兌換。甚至臺灣銀行和國泰世華的網銀還提供客戶查詢歷史匯率紀錄，但大部分的銀行只提供即時匯率，不提供歷史匯率供客戶查詢。

搭配用語

- the exchange rate for A currency into B currency
  A 貨幣換成 B 貨幣的匯率

---

exchange rate board [ɪks`tʃendʒ ˌret `bɔrd] *n.* 匯率看板

---

exchange table [ɪks`tʃendʒ `tebl] *n.* 匯兌換算表
= **conversion table** [kən`vɜʒən `tebl]

---

spot rate [`spɑt ˌret] *n.* 即期匯率

cash rate [`kæʃ ˌret] *n.* 現鈔匯率

forward rate [`fɔrwəd ˌret] *n.* 遠期匯率

nominal rate [`nɑmənl ˌret] *n.* 牌告匯率

flat rate [`flæt ˌret] *n.* 統一費率

實用例句

◆ The bank will charge you a **flat rate** of 600 NT dollars as the remit tance fee.
銀行會跟你收六百元匯款手續的統一費用。

stipulated forex rate [`stɪpjəˌletɪd `forɛks ˌret] *n.* 約定的外匯匯率

Western Union remittance [`wɛstən `junɪən rɪ`mɪtns]
n. 西聯匯款

西聯匯款是全球匯款最快的國際匯款公司，據稱在全球超過兩百個國家有超過三十多萬個代辦處或駐點。而在臺灣，因受限於法令而雖然沒有獨立的西聯匯款分公司但西聯匯款有和少數銀行 (例如元大銀行和大眾銀行) 合作提供西聯匯款服務 (不是每間分行都有提供，只有特定的分行，並且國泰世華、彰銀等皆陸續結束西聯匯款代辦服務)。不同於傳統匯款，西聯匯款只要提供受款人的英文名字，匯款人和受款人都不需擁有任何銀行帳戶，數分鐘後受款人若滿足取款密碼核對機制後可以收到款項，手續費則採單一收費標準，無中間銀行手續費和電報費，匯款人只有在匯出匯款時付手續費，而受款人領款時不需再付手續費，手續費最高收費為二十美元，而每筆匯款金額限制最高為 7,500 美金，是很方便又快速的小額匯款方式。

currency [`kɝənsɪ] *n.* 貨幣

民眾是跟銀行買外幣現鈔，那銀行的外幣現鈔怎麼來的呢？很多人不曉得，在臺灣的所有銀行的外幣，都不是由該外幣的國家直接進口，例如美金不是直接由美國的銀行進口到臺灣，而日幣也不是由日本的央行進口進來。這觀念很重要！因為外幣在臺灣「不是」法定貨幣，而是被當成「商品」來買賣，所以所有的外幣現鈔都是透過代理商。假若代理商如果不供貨給你那家銀行，你就斷糧缺貨買不到外幣。因此，外幣代理商就掌握了所有在臺灣的外幣通路。臺灣的三十多家銀行的外幣現鈔供應就全靠他們，因為臺灣自己的銀行沒有外幣現鈔進口的通路和龐大的外幣金流能力，只好靠外幣代理商的點頭才能拿到現鈔，不然只能做「虛擬」的即期外匯，在外匯存摺買來賣去，無法進行「實體的外幣交易」。目前全臺灣的銀行都靠美國商業銀行以及新加坡大華銀行來供給外幣。

- ◆ domestic currency 國內貨幣
- ◆ foreign currency 外幣
- ◆ national currency 國家貨幣
- ◆ a stable currency 穩定的貨幣
- ◆ a volatile currency 不穩定的貨幣
- ◆ a strong currency 強勢貨幣
- ◆ a weak currency 弱勢貨幣
- ◆ currency devaluation 貨幣貶值
  = currency depreciation
- ◆ currency appreciation 貨幣升值
- ◆ to float the currency 拋售貨幣
- ◆ to exchange the currency 交換貨幣

實用例句

- ◆ It is said that the Antichrist plans to establish a single **currency** and establish the New World Order.
  據說敵基督計畫建立全球單一貨幣和建立新世界秩序。
- ◆ Generally speaking, each country has its own domestic **currency**.
  一般而言，每個國家都有自己的國內貨幣。

new currency [`nju `kɝənsɪ] *n.* 新貨幣

legal currency [`ligl `kɝənsɪ] *n.* 法定貨幣；法幣
= legal tender [`ligl `tɛndə]
= fiat currency [`faɪæt `kɝənsɪ]

hard currency [`hɑrd `kɝənsɪ] *n.* 強勢貨幣

blocked currency [`blɑkt `kɝənsɪ] *n.* 閉鎖貨幣

指國際間一些經濟、工業發展落後的國家的貨幣，由於外匯控管和內在問題而無法在國際市場自由兌換買賣而被排除在外匯市場之外，例如北韓的貨幣。

currency forward [`kɝənsɪ `fɔrwəd] *n.* 遠期外匯契約

外匯交易的遠期合約，按照合約在未來某個特定時間點以約定好的價格買賣特定數量的某種外幣。優點是可以鎖定資金成本，避免未來匯率波動而產生匯兌損失。例如出口商小明一個月後有一百萬歐元的營業收入並要匯回臺灣，但小明擔心歐元貶值，賺的錢都被匯差吃掉了。可事先與銀行簽定預售歐元的遠期外匯契約。一個月到期後，客戶小明將收到的一百萬歐元賣給本行，銀行再支付已約定好的匯率的新臺幣給小明。

foreign currency [`fɔrɪn `kɝənsɪ] *n.* 外幣；外幣幣別

「外幣」的日文說法是「外貨（がいか）」，只要是 authorized foreign exchange bank & money exchanger（指定外匯銀行）都可以從事買賣外幣的業務。在臺灣有賣的外幣現鈔種類以臺灣銀行和兆豐國際商銀（前身為中國國際商銀）最多。臺銀位在機場的分行最多可以提供十八種貨幣，像美元、港幣、英鎊、澳幣、加幣、

新加坡幣、瑞士法郎、日圓、紐幣、泰銖、韓元、印尼幣、歐元、馬來西亞幣、瑞典幣、菲律賓比索、越南盾及人民幣等。現在網路發達，銀行也提供線上購買外幣，而且沒有次數限制，不過依法令規定單日累計交易金額達五十萬元臺幣要申報，因此透過網銀換匯也不得超過五十萬。而外幣現鈔英文是 foreign cash。

money exchange [`mʌnɪ ɪks`tʃendʒ] *n.* 外幣兌換

到銀行進行外幣「現鈔」兌換大部分都要收手續費，尤其是銀行跟客戶「買入」現鈔，幾乎一定會收。像一些銀行規定銀行向客戶買入人民幣現鈔，要按買入金額之千分之五，並單筆最低臺幣一百元，不但如此買入之美金現鈔若為舊版或舊鈔，則每一美元還要另收臺幣 0.2 元回存手續費用，那萬一現鈔本身有汙損者，每張還加收臺幣二十元汙損處理費。

convert [kən`vɜt] *v.* 兌換；改變 … 信仰
= change [tʃendʒ]
= exchange [ɪks`tʃendʒ]

「兌換外幣」的日文講法是「両替 (りょうがえ)」，動詞的用法是「両替する」。另外，convert 這個字除了作「兌換外幣」之外，也有使人改變宗教信仰之意。

搭配用語
♦ to convert A currency into B currency 把 A 貨幣換成 B 貨幣
  = to exchange A currency for B currency
♦ to convert coins for note 把硬幣換紙鈔
♦ to exchange money 兌換外幣

實用例句
♦ What rate will I get now if I would like to **convert** my Japanese yens into euros?
  如果我現在要把日幣換成歐元的話，匯率是多少？
♦ Dr. George Leslie MacKay **converted** a lot of Taiwanese into Christianity.
  馬偕博士使許多臺灣人改信基督教。

conversion [kən`vɜʃən] *n.* 兌換

conversion rate [kən`vɜʃən ˌret] *n.* 匯率

denomination [dɪˌnɑmə`neʃən] *n.* 面額

面額 (denomination) 的大或小可以用 large 或 small 來表示，例如「大額鈔票」可以說 banknote of large denomination。

實用例句

♦ Elaine wants US$500 worth of traveler's checks in **denominations** o
twenties and fifties.
伊蓮想要總額五百元，而面額為 20 元和 50 元的旅支。

♦ What **denominations** would you like?
你要哪種面額的呢？

♦ As far as I know, the US coin of the lowest **denomination** is the cent.
就我所知，美元硬幣的最小單位是「分」。

exchange memo [ɪks`tʃendʒ ˌmɛmo] *n.* (兌換外幣的) 水單
= **exchange form**

American dollar [ə`mɛrɪkən `dɑlɚ] *n.* 美金
= **US dollar**

「新臺幣對美元升值」可以說 appreciation of the NT dollars against the U.S
dollar。

實用例句

♦ The NT dollar stood at 28 to the **US dollar** yesterday.
昨天臺幣對美元的匯率為二十八兌一美元。

Euro [`juro] *n.* 歐元
= Euro-currency [`juro `kɜənsɪ]

Euro 是 Euro-currency 的簡稱，為 EU (歐盟) 內的會員國採用。歐元鈔票的面額目前一共分成七種 (五元、十元、二十元、五十元、一百元、二百元、五百元)，各面額按比例而有不同的大小面積，並只有兩百面額的歐元及五百面額的歐元的鈔票面積大小相同。順便一提，五百元面額的歐元在歐洲一般人也很少使用流通，有點像我們臺幣的「兩仟元」一樣，雖然有這種面額，但一般人並沒有在用。所以在歐洲，五百歐元面額的紙幣甚至被人們開玩笑稱為『賓拉登』，暗示的含意是「大家都知道它的存在，但實際上，誰也沒有親眼見過！」無巧不成書，據新聞透露，賓拉登遭美國的海豹突擊隊擊斃後，從他身上的衣服發現竟然內縫了五百歐元現鈔。甚至英國外匯交易商目前已停止兌賣面額五百歐元的紙幣，原因是警方發現五百歐元面額的紙鈔常被犯罪集團用來從事非法交易。看外電新聞報導，甚至有犯罪分子將數萬五佰面額的歐元紙鈔裝在香煙盒躲避警方查緝。

Eurosystem [`juro`sɪstəm] *n.* 歐元體系

European Community [ˌjurə`piən kə`mjunətɪ] *n.* 歐盟
= European Union

eurozone [`juroˌzon] *n.* 歐元區

實用例句

♦ Many people fear that the **eurozone** may collapse but I think it may be a good thing.
很多人害怕歐元區可能瓦解，但我卻認為這可能是件好事。

Japanese Yen [ˌdʒæpə`niz jɛn] *n.* 日圓

Australian Dollar [ɔ`streljən `dɑlə] *n.* 澳幣

British Pound (GBP) [`brɪtɪʃ ˌpaʊnd] *n.* 英鎊
= **Sterling Pound** [`stɜlɪŋ ˌpaʊnd]

New Zealand Dollar [ˌnju `zilənd `dɑlə] *n.* 紐幣

Hong Kong Dollar [hɑŋ `kɑŋ `dɑlə] *n.* 港元

Swedish Krona (SEK) [`swidɪʃ `kronə] *n.* 瑞典克朗

Renminbi (CNY) [`rɛn`mɪn`bi] *n.* 人民幣

Singapore Dollar (SGD) [`sɪŋəˌpor `dɑlə] *n.* 新加坡幣

Swiss Franc (CHF) [`swɪs ˌfræŋk] *n.* 瑞士法郎

current rate [`kɜənt ˌret] *n.* 最新匯率

buying rate [`baɪŋ ˌret] *n.* 買入價；買入匯率

實用例句

◆ Today's **buying rate** is 28 yuan to one US dollar.
= The **buying rate** is 28 yuan for one US dollar.
今天的買入匯率是二十八元臺幣兌一美元。

selling rate [`sɛlɪŋ ˌret] *n.* 賣出價；賣出匯率

posted rate [`postɪd ˌret] *n.* 牌告匯率

peg [pɛg] *v.* 釘住 (某貨幣的匯率)；使 … 固定在

peg 有許多意思。例如在某電影裡有一句話，當男主角發現女主角竟然也會修車時，他就說：「I just would not peg you for mechanical.」這句的關鍵字是「peg A for B」這個句型。很遺憾，這一般字典查不到。首先，我們要知道 peg 的最基本原義是「在 … 上釘木釘」可以引申為「釘住；穩定住 …」，例如央行常常 peg the foreign exchange rate 就是指央行常干涉市場而伸手「穩定匯率」。回到原來的句子 I just would not peg you for mechanical. 這句翻譯其實是說「我沒有把你看作是技工那一類的。」這裡的 peg 其實就是 classify 之意。所以 I didn't peg you for a soccer fan. 也就是說：「我沒有把你看作是足球迷那類的」之意。

実用例句

♦ The Hong Kong government **pegs** the U.S. dollar at around HK$7.80.
香港政府讓港幣對美元的匯率一直維持在 7.8 元左右。

♦ The exchange rate of the RMB is **pegged** to the U.S Dollar.
人民幣的匯率釘住美元。

♦ The Central Bank planned to **peg** interest rates at 2%.
央行打算把利率維持在 2%。

declare [dɪ`klɛr] *v.* 申報

実用例句

♦ I have goods to **declare**.
我有物品要申報。

♦ You must know that all your income must be **declared**.
你必須知道你所有的收入都必須申報。

declaration [ˌdɛkləˈreʃən] *n.* 申報；正式書面的告知

搭配用語
- ◆ declaration of foreign exchange 外匯申報
- ◆ declaration for exportation 出口申報單
- ◆ customs declaration 報關單
- ◆ the application for outward remittance declarations 匯出匯款申報書
- ◆ the application for inward remittance declarations 匯入匯款申請書

實用例句
- ◆ You should make a written **declaration** of all the goods you bought abroad 你應該把你在國外購買的全部東西都作書面的申報。

official rate [əˈfɪʃəl ˌret] *n.* 官方匯率

black market rate [ˈblæk ˈmɑrkɪt ˌret] *n.* 地下匯率

一般換匯，除了到銀行換之外，還有另一個地下管道，也就是去黑市換匯，通常黑市交易的地點以民間銀樓為主，並且黑市的換鈔匯率較銀行便宜，甚至也有提供存匯服務。一般會去黑市換匯，除了因為比較便宜之外，也因為匯兌以及換鈔金額無限制又不用申報而留下銀行匯款的紀錄。舉例來說，銀行規定每人每次兌換人民幣有兩萬元的上限，但黑市就不限制，且議價的空間大，又加上不用像銀行又收各種手續費。 但根據「兩岸人民關係條例第 92 條」，非法買賣人民幣者會被處 30 萬元至 150 萬元罰鍰，因此向黑市買賣人民幣會有法律上的風險。

arbitrage rate [ˈɑrbətrɪdʒ ˌret] *n.* 套匯匯率
= **cross rate** [ˈkrɔs ˌret]

opening rate [ˈopənɪŋ ˌret] *n.* 開盤匯率

closing rate [`klozɪŋ ˌret] *n.* 收盤匯率

foreign exchange reserve [`fɔrɪn ɪks`tʃendʒ rɪ`zɝv] *n.* 外匯存底

foreign exchange fluctuation
[`fɔrɪn ɪks`tʃendʒ ˌflʌktʃʊ`eʃən] *n.* 外匯波動

fluctuation [ˌflʌktʃʊ`eʃən] *n.* 波動

foreign exchange intervention
[`fɔrɪn ɪks`tʃendʒ ˌɪntɚ`vɛnʃən] *n.* 外匯干預

intervention [ˌɪntɚ`vɛnʃən] *n.* 干預

FOREX fund transfer [`forɛks ˌfʌnd træns`fɚ] *n.* 外匯轉帳交易

Society for Worldwide Interbank Financial Telecommunication (SWIFT) *n.* 環球銀行財務電信系統

匯款到國外的手續費並不便宜，少則也有數百元，甚至有收上千元的。辦理匯出匯款到國外，匯款人要到銀行填寫申請書，之後行員再按照申請書上的資料，透過「環球銀行財務電信系統」(SWIFT) 的 MT103 表格，把資料輸入完再按鈕送出。現在透過 SWIFT 比起之前的電匯還要快更多。事實上，swift 這個英文字義就是「快速的」。

實用例句

♦ **SWIFT** is the unique identification code for a particular bank. These codes are used when transferring money between banks, especially for international wire transfers.
環球銀行財務電信系統是對某銀行一種獨特的辨認代碼。這些代碼是在銀行間轉帳,尤其是在國際電匯時使用。

foreign exchange settlement [`fɔrɪn ɪks`tʃendʒ `sɛtḷmənt]
n. 結匯

foreign exchange swaps [`fɔrɪn ɪks`tʃendʒ ˌswɑps] *n.* 換匯

foreign remittance [`fɔrɪn rɪ`mɪtṇs] *n.* 國外匯款

國外匯款可分「匯入匯款」或是「匯出匯款」。通常各家銀行會分手續費和電報費。有次一名客戶來筆者服務的分行辦匯出匯款時,客人發現竟然還要收六百元而大叫:「我不是 VIP 嗎?手續費不是可以扣掉嗎?」行員就回他說:「手續費七百元已扣了,但還要收電報費,加上您要的是『全額到匯』,所以還要另收六百元。」

in-coming remittance [`ɪnˌkʌmɪŋ rɪ`mɪtṇs] *n.* 匯入匯款
= **inward remittance** [`ɪnwəd rɪ`mɪtṇs]

exchange rate spread [ɪks`tʃendʒ ret sprɛd] *n.* 匯差

foreign cash [`fɔrɪn kæʃ] *n.* 外幣現鈔

out-going remittance [`aut͵goɪŋ rɪ`mɪtn̩s] *n.* 匯出匯款
= outward remittance [`autwəd rɪ`mɪtn̩s]

匯出匯款的費用，各家銀行手續費收費標準不同，通常是按匯出金額 0.05% 計收，但每筆交易最低也要收新臺幣一百元，最高有的銀行沒有設限，有的是設 800 元。並且各銀行的現行匯出匯款費用除了「手續費」之外，也要收取「電報費」。有些銀行把電報費稱作「郵電費」，並規定以 SWIFT 發電報的話，單筆依各家銀行而不同，大概收二百元到五百元不等；但若非 SWIFT 發電報的話，有的銀行單筆就要新臺幣八百元。另外還要注意的是，不少銀行還分「全額到匯」及「非全額到匯」。「全額到匯」是說，中間銀行的手續費用先跟匯款人直接收取，這樣收款人拿到的款項就是匯出去的全額款項。例如說，假設筆者匯出七萬美元給韓國的某家教會，如選擇全額到匯，收款人收到的就是七萬美元，但選擇「全額到匯」的話，銀行通常還要多收新臺幣六百～八百元。

telegraphic transfer (T/T) [͵tɛlə`græfɪk træns`fɚ] *n.* 電匯
= cable remittance [`kebl̩ rɪ`mɪtn̩s]
= remittance by cable

銀行匯到國外的款項以 SWIFT 委託國外的通匯行辦理，經該行驗證密碼無誤後，再解付款項給指定的受款人。

demand draft (D/D) [dɪ`mænd dræft] *n.* 票匯
= remittance by demand draft
= bill remittance

銀行簽發匯票給匯款人親自交給收款人，收款人再到該行在國外的通匯行出示匯票領取匯款。

mail transfer (M/T) [mel `trænsˋfɚ] *n.* 信匯
= airmail remittance [`ɛrˏmel rɪˋmɪtn̩s]
= remittance by air mail

信匯就是銀行簽發「匯款委託書」(payment order) 並透過航空郵件寄發給國外付款銀行，委託該行通知指定收款人來行領取匯款。早期的銀行還有提供信匯，但現在臺灣幾乎所有的銀行都不再提供「信匯」的服務了，只有電匯和票匯還在。

搭配用語

♦ remit money to some bank in China by airmail
用信匯方式匯錢給大陸的某銀行

beneficiary [ˏbɛnəˋfɪʃərɪ] *n.* (匯出匯款的) 受款人

實用例句

♦ The name of **beneficiary** of the remittance is John Bevere.
匯款受款人的名字是約翰‧畢維爾。

beneficiary bank [ˏbɛnəˋfɪʃərɪ ˏbæŋk] *n.* (匯出匯款的) 受款行

correspondent bank [ˏkɔrɪˋspɑndənt ˏbæŋk] *n.* 通匯銀行

Offshore Banking Unit (OBU) [`ɔf `ʃor `bæŋkɪŋ `junɪt]
n. 國際金融業務分行

OBU 又稱作「境外金融業務分行」，其特色是比較不受外匯管制和一般金融法律的規範。而且 OBU 的存款也免提銀行準備金，加上存款利息享受免課稅優惠，但千萬不要誤以為 OBU 是臺灣的銀行設在國外的分行，而是它的客戶群是臺灣境外的自然人或是境外法人和境外政府機關。

letter of credit [`lɛtɚ ɑv `krɛdɪt] *n.* 信用狀

letter of credit 臺灣譯成「信用狀」，大陸翻成「信用證」，一般簡寫成 L/C 或 LOC、LC 等，是國際貿易支付貨款的交易方法之一。

搭配用語

- ◆ clean letter of credit 光票信用狀
- ◆ confirmed letter of credit 保兌信用狀
- ◆ unconfirmed letter of credit 非保兌信用狀
- ◆ transferable letter of credit 可轉讓信用狀
- ◆ acceptance letter of credit 承兌信用狀
- ◆ sight letter of credit 即期信用狀
- ◆ documentary credit 跟單信用狀
- ◆ standby letter of credit 擔保信用狀
- ◆ guaranteed letter of credit 保付信用狀
- ◆ import letter of credit 進口信用狀
- ◆ export letter of credit 出口信用狀
- ◆ revocable letter of credit 可撤銷信用狀
- ◆ irrevocable letter of credit 不可撤銷信用狀

issuing bank [`ɪʃjuɪŋ ˌbæŋk] *n.* 開狀銀行
= opening bank

notifying bank [`notəˌfaɪɪŋ ˌbæŋk] *n.* 通知銀行
= advising bank

confirming bank [kənˈfɝmɪŋ ˌbæŋk] *n.* 保兌行

negotiation bank [nɪˌgoʃɪˋeʃən ˌbæŋk] *n.* 押匯行
= negotiating bank

reimbursing bank [ˌriɪmˋbɝsɪŋ ˌbæŋk] *n.* 補償銀行

transferring bank [trænsˋfɝɪŋ ˌbæŋk] *n.* 讓購銀行

collecting bank [kəˋlɛktɪŋ ˌbæŋk] *n.* 代收行

receiving bank [rɪˋsivɪŋ ˌbæŋk] *n.* 收款行

drawee bank [drɔˋi ˌbæŋk] *n.* 受票銀行

correspondent bank [ˌkɔrɪˋspɑndənt ˌbæŋk] *n.* 通知行

appreciation [əˌpriʃɪˋeʃən] *n.* 增值；升值

depreciation [dɪˌpriʃɪˋeʃən] *n.* 貶值；折舊

信用狀相關術語

accepting bank
承兌行

draft (bill of exchange)
匯票

addressee
受益人；收件人

drawee
付款人；受票人

advising bank by negotiation
指定到通知銀行押匯

drawer
發票人；出票人

advising bank
通知行

expiry date
有效期限

Air Waybill
空運提單；航空提單

export negotiation
出口押匯

airport of departure
起運地機場

freight collect
運費待收

airport of destination
目的地機場

freight prepaid
運費預付

any bank by negotiation
可到任一家銀行辦理押匯

import collect
進口託收

applicant bank
開狀銀行

inspection certificate
檢驗證明書

applicant
申請人；開狀人

instruction to the paying
付款指示

application for outward remittance
匯出匯款申請書

insurance certificate
保險證明書

appointed bank 指定銀行	**insurance policy** 保單
arbitrager 套匯者	**irrevocable credit** 不可撤銷信用狀
assignee 受讓人	**issuing bank** 開狀銀行；發行銀行
at sight 即期（見票即付）	**latest date of shipment** 最後裝運日期
authorized foreign exchange bank 外匯授權銀行	**Letter of Credit (L/C)** 信用狀
installment 分期付款	**marine/ocean bill of lading** 海運提單
bank draft 銀行匯票	**negotiating** 押匯（讓購）
bank letter of guarantee 銀行保證函	**negotiating bank** 押匯銀行；讓購銀行
bank's money order 銀行匯款支票	**negotiation** 押匯
banker's acceptance draft 銀行承兌匯票	**non-negotiable bill of lading** 不可轉讓提單
beneficiary 受益人（通常為出口商）	**notify bank** 通知銀行
beneficiary's certificate 受益人證明書	**notify party** 到貨通知人

Bill of Lading (B/L)
提單

cashier's check
銀行本票

certificate of inspection
檢驗證明書

certificate of origin
產地證明書

Bank of Taiwan by acceptance
由臺銀承兌

clean B/L
清潔提單

clean draft collection
光票託收

clean draft
光票

collecting bank
代收銀行

commercial draft
商業匯票

commercial Invoice
商業發票

commercial letter of credit
商業信用狀

on board B/L
裝船提單

on board date (shipping date)
裝船日

opening bank (issuing bank)
開狀銀行

original
正本

packing list
包裝單；裝箱單

partial shipment
分批裝運

payee
受款人

paying bank (drawee bank)
付款行

period for presentation
提示期間

place of delivery
交貨地

place of receipt
收貨地

port of discharge
卸貨港

confirmation Instruction
保兌指示

port of loading
裝貨港

confirmation
保兌

purchase order(P/O)
訂購單

confirming bank
保兌銀行；保兌行

quantity certificate
數量單

consignee
收貨人

reimbursing bank
償付行

consignment
寄售

remitting bank
匯款銀行

consular Invoice
領事發票

revolving credit
循環信用狀

correspondent bank
通匯銀行

sales confirmation (S/C)
售貨確認書

courier
快遞

shipment latest date
最遲裝運日期

currency
幣別

shipment of goods
裝船貨品

customs invoice
海關發票

shipper
託運人

customs invoice
報關單

spot rate
即期匯率

date of issue
開狀日

spread
買賣的差價

deferred payment
延期付款

standby L/C
擔保信用狀

delivery order (D/O)
提貨單

survey report
公證報告

description of good
貨物名稱敘述

Bank of Taiwan by payment
由台灣銀行付款

discount charges
貼現費用

to order of issuing bank
開狀銀行指示

discrepancy
瑕疵

to order of shipper
託運人指示

documentary credit
跟單信用狀

to order
待指示

documents against acceptance (D/A)
承兌交單

transferable credit
可轉讓信用狀

documents against payment (D/P)
付款交單

transferable
可轉讓

documents required
需提示之單據

unilateral transfer
移轉支付；片面移轉

documentary credit number
信用狀號碼

usance credit
遠期信用狀

draft transfer(D/T)
票匯

usance draft
遠期匯票

NOTE

支票業務篇

Checking Banking Services

PART **04**

check [tʃɛk] *n.* 支票

英式英語拼成 cheque [tʃɛk]，但發音相同。 支票是有價證券 (marketable securities) 的一種，銀行利用電子閱讀分類機，讀取支票上面所打印上去的磁字的銀行代號和金額等資料，再加以分類和核對，這是世界各國所採用的「磁性墨水字體辨認」技術 (Magnetic Ink Character Recognition)，簡稱 MICR。隨著電子交易的不斷進展，支票也逐漸走入歷史。像英國之前就宣布計畫在 2018 年的年底前完全廢止使用支票，這表示電子商務已成為金融交易的主流。世界各國當中，瑞典、芬蘭等國早已停止使用支票，改由電子商務來處理金流。另外，已兌付的支票和已經保付的支票都不能做掛失止付。基本上，支票的掛失止付非常麻煩。除了要親自到銀行填寫「票據掛失止付通知書」和「遺失票據申報書」，還必須跑法院辦理公示催告，也就是還要花錢買登報公告，因此不少國家已廢止支票的使用了。

實用例句

♦ Does Bank of Taiwan collect any service fee on **checks**?
臺灣銀行託收支票要收手續費嗎？

搭配用語

♦ to send a check for collection 送出支票辦理託收
= to remit a check for collection
♦ to date a check 在支票上簽上日期
♦ to draw a check 開支票
= to cut a check
= to make a check
= to make out a check
= to write a check
= to write out a check
= to issue a check
♦ to sign a check 在支票上簽名；背書
= to sign one's name on a check
= to put one's signature on a check
= to endorse a check

- ◆ to protest a check 拒付支票
- ◆ to countermand [ˌkaʊntəˋmænd] a check 撤票
- ◆ to stop payment on the check 止付支票
- ◆ to refuse [rɪˋfjuz] payment on the check 止付支票

checkbook [ˋtʃɛkˌbʊk] *n.* 支票簿

bill of exchange [ˋbɪl ɑv ɪksˋtʃendʒ] *n.* 票據；匯票

向買方發出的書面指示，需於特定日期到期之前向賣方付款。「票據法」的講法就是 law of bill of exchange。 而「票據」可分成三種：promissory note (本票)、check (支票)、 draft (匯票)。

blank check [ˋblæŋk ˌtʃɛk] *n.* 空白支票

order check [ˋɔrdə ˌtʃɛk] *n.* 記名支票
= check payable to order

在支票上指定受票人，只有受票人才能收款。

bearer check [ˋbɛrə ˌtʃɛk] *n.* 不記名支票
= check payable to bearer

未登記所有人姓名的支票，也就是說，不指定受票人，不管誰持有 (bear) 這張支票都可以去兌現。bearer 在商業英語當中常表示「不記名」的，如「不記名證券」就是 bearer security。而 payable to bearer 就是「見票即付」的意思。「記名的」則可用 registered 這過去分詞來表示。

certified check [`sɝtəˌfaɪd ˌtʃɛk] *n.* 保付支票

由發票人開出，付款由銀行付款，保證收到錢的支票。在保付支票上會記載著「保付」或「照付」字樣與付款人的簽名。執票人對持有的保付支票的付款請求權的有效期間為三年。

banker's check [`bæŋkəz ˌtʃɛk] *n.* 銀行支票

由銀行發票，銀行付款的支票。另外，我們中文常講的「開支票」，但在英文卻不能用 open a check，而應該說 make a check 或是 cut a check 等表達法。像「開多少金額」的支票的介系詞也不能用中文思維的「of」而一定要用「for」，例如：My boss cut a check for NT10,000 dollars.（我老闆開了一萬元的支票）。

traveler's check [`trævləz ˌtʃɛk] *n.* 旅支（旅行支票）

「旅支」的日文說法是「トラベラーズチェック」，為有價證券的一種，是一種已預先印刷的、有固定面額的支票，持有人要預先向銀行購買。旅支主要是由銀行、旅行公司發行的國外旅行支付的工具。通常在購買旅支的同時，要在櫃員面前當場在支票左上角簽名(不限中英文)，並且要確定寫下的序號要與旅行支票分開存放，這樣當支票遺失時，才方便掛失。如果收受旅行支票，購買人沒有立即於旅行支票上指定處簽名的話，在被竊或遺失時，是會遭旅支的發行機構拒絕受理掛失和理賠。而使用支票時，只要在收款人的面前，要在支票的左下角複簽上姓名，簽名的樣式要和之前第一次簽的一樣。目前通行的旅行支票，發行量最大為美國運通所發行之旅行支票，美國運通所發行之旅行支票有美元、歐元、英鎊、澳幣、加拿大幣、日元六種貨幣幣別。旅支的優點之一是遺失可以掛失補發，並在二十四小時之內，在出遊國的當地可以獲得補發。優點之二是向銀行買旅支的外匯匯率比直接買外幣現鈔的匯率好，因為買旅支的匯率銀行是按照「即期匯率」來算的。

搭配用語

◆ to cash a traveler's check 將旅支兌現

♦ to report a traveler's check lost 掛失旅支
  = to report a missing traveler's check
♦ to report the loss of the traveler's check and to suspend payment
  掛失止付旅支

e-traveler's check [ˋiˋtrævləz ˌtʃɛk] *n.* 電子旅支

電子旅支是由 Travelex 所推出,是一種「現金護照」(cash passport)。不少國家,
如美國、澳洲和韓國以及香港等,都已經有電子旅支這種產品。電子旅支就像臺灣
的悠遊卡,要先把購買的旅行支票金額預先加值到卡片裡面,才能使用。但因為在
臺灣受限於電子票證法的規定,電子錢包最多只能儲值到新臺幣一萬元,所以預計
未來應該是採取和銀行共同合作,以開戶才能申請電子旅支的方式來發行。

open check [ˋopən ˌtʃɛk] *n.* 無劃線支票;普通支票

可以兌現,也可以轉帳的支票。

crossed check [ˋkrɔst ˌtʃɛk] *n.* 劃線支票;平行線支票

支票上如果左上角有劃線 (兩道平行線) 則代表不可以直接領取現金,只能透過轉
帳存到帳戶,不能當場兌現,所以稱作「劃線支票」。劃線支票又分成「普通劃線
支票」(general crossed check) 以及「特別劃線支票」(special crossed check),
特別劃線支票就是支票上面的兩道平行線中間記載特定銀錢業者的商號,且不能撤
銷。中國大陸將劃線支票又稱作「轉帳支票」。

negotiable check [ɪn ˋgoʃɪəbḷ ˌtʃɛk] *n.* 可轉讓支票

該支票的受票人可以在支票背面寫上轉讓人的姓名並簽上自己的名字來背書把支票
的權利轉讓。

non-negotiable check [ˌnɑnnɪˋgoʃəbl̩ ˌtʃɛk] *n.* **不可轉讓支票**

該支票的受票人不能透過背書的方式將支票的權利轉讓。

domiciled check [ˋdɑməs̩ld ˌtʃɛk] *n.* **外阜支票**
= non-local check
= out-of-state check

外阜支票拿到銀行託收時，通常手續費較本阜支票貴。

local check [ˋlokəl ˌtʃɛk] *n.* **本阜支票**

post-dated check [ˋpostˋdetɪd ˌtʃɛk] *n.* **遠期支票**

遠期支票上記載某特定的日期，在此日期之前不能兌現，也就是尚未到期的支票，但銀行可以先託收。

distance bill [ˋdɪstəns ˌbɪl] *n.* **遠期匯票**
= bill at distance

sight bill [ˋsaɪt ˌbɪl] *n.* **即期匯票**
= bill on demand

overdue bill [ˋovɚˌdju ˋbɪl] *n.* **逾期匯票**

clearance [ˋklɪrəns] *n.* **票據交換**

clearing house [`klɪrɪŋ ˏhaʊs] *n.* 票據交換所

endorse [ɪn `dɔrs] *v.* 背書

endorsement [ɪn`dɔrsmənt] *n.* 背書

endorser [ɪn`dɔrsə] *n.* 背書人;轉讓人

countersign [`kaʊntəˏsaɪn] *v.* 複簽;副署 ;*n.* 複簽

實用例句

♦ If you **countersign** a document or certificate, you sign it after someone else has signed it.
如果您複簽文件或證明書,你在別人簽過後才簽名。

defer [dɪ`fɝ] *v.* 延後 (付款)

cash [kæʃ] *n.* 現金;現鈔 (不可數);*v.* 兌現

cash 當名詞是「現金」,且為不可數名詞;當動詞是「兌現」之意。如果要表現「很多現金」的話,可以說 a lot of cash / plenty of cash / a ton of cash,但不能說 many cashes,可以用口訣「tongue【ton】喇【lot】吉【plenty】」來記。

搭配用語

♦ a pile of cash 一堆現金

♦ a lot of cash 很多現金
= lots of cash
= a load of cash
= plenty of cash
♦ to cash a check 兌現支票
♦ to cash a winning invoice 兌現中獎發票

實用例句

♦ You can pay by check or in **cash**.
你可以用支票或是現金付款。
♦ The bank manager is short of **cash** this month.
= The bank manager is strapped for **cash** this month.
這銀行經理這個月的手頭很緊。
♦ Where can I get this check **cashed**?
我在哪裡可以把這張支票兌現？

money [`mʌnɪ] *n.* 金錢

實用例句

♦ **Money** talks.
= **Money** answers all things.
金錢萬能。
♦ **Money** isn't everything.
金錢非萬能。
♦ **Money** can buy the devil himself.
= **Money** can move even the gods.
有錢能使鬼推磨。
♦ **Money** begets / breeds /gets money.
錢滾錢。
♦ **Money** doesn't grow on trees.
天下沒有白吃的午餐。

ghost money [`gost `mʌnɪ] *n.* 冥紙；紙錢

= hell money
= paper money for ghosts
= paper money for the dead

「燒紙錢」可以說 burn hell / ghost money。一般華人文化都有燒紙錢的習俗，但一般人不知道的是，一般的「冥紙」或用來拜拜的「香」都有加入有機溶劑，燃燒後就會產生汙染物、甲醛、乙醛、丙烯醛、丙醛、一氧化碳、二氧化碳、碳氫化合物以及各種重金屬，包括鉛，這些因燒紙錢而產生的化學物質不但致癌，也會提高人們得到腦瘤的機率及導致懷孕的母親流產或生出畸形兒等，比「瘦肉精」或「三聚氰胺」更毒！對我們及下一代的健康產生可怕不良的後果，更別提連帶的環境汙染和造成地球暖化。更何況，比爾蓋茲、巴菲特等世界富豪沒有燒過半張冥紙也致富，可見燒冥紙求致富只是中國的傳統迷信而已。之前財經雜誌《今周刊》報導指出這些燒金紙產生的細懸浮微粒正是國人健康的「隱形殺手」！

encashment [ɪn`kæʃmənt] *n.* 兌現

honor [`ɑnɚ] *v.* 尊榮；如期支付

honor 一般的意思是「尊榮；尊重」，如 honor parents 就是我們中文所說的「孝順父母」；在銀行英文當中，honor 則作「如期支付」之意，後面常接「支票」。

┃搭配用語┃

♦ to honor a check 兌現支票；如期支付支票

dishonor [dɪs`ɑnɚ] *v.* 退（票）；拒付；不尊重

「退票」的英文可以這樣說 to dishonor a check，那「被退的支票」就叫作 dishonored checks。

bounce [bauns] *v.* 拒付並退回；退 (票)

「退票」這個字也可以用 bounce，原義是「彈起」，既然一張支票彈回來，不就是被退回之意嗎？ bounce 這個字很有趣，不論作為「不及物動詞」或「及物動詞」皆可。

實用例句

♦ The check was **bounced**.
= The check **bounced**.
這張支票被退票了。

countermand [ˌkauntɚˈmænd] *v.* 撤回 (支票)

實用例句

♦ This check is **countermanded**.
這張支票被撤票了。

suspend [səˈspɛnd] *v.* 使…中止

bills payable [ˈbɪlz ˈpeəbl̩] *n.* 應付票據

payable [ˈpeəbl̩] *adj.* 應付的

negotiable [nɪˈgoʃɪəbl̩] *adj.* (票據) 可轉讓的

negotiable instruments [nɪˈgoʃɪəbl̩ ˈɪnstrəmənts] *n.* 可轉讓票據

nonnegotiable [ˌnɑnnɪˈgoʃɪəbl̩] *adj.* (票據) 禁止背書轉讓的

promissory note (P/N) [`prɑmə‚sɔrɪ ‚not] *n.* 本票

本票是說發票人簽發某一金額並於指定的到期付款日，由發票人本人無條件支付受款人的票據。新聞上常看到幫派威脅受害人簽發本票的案例。

promissory [`prɑmə‚sɔrɪ] *adj.* 約定好的

commercial paper (CP) [kə`mɜʃəl `pepə] *n.* 商業本票

指無擔保、無背書的本票。

collection [kə`lɛkʃən] *n.* 託收；代收

collect [kə`lɛkt] *v.* 託收；徵（稅）

搭配用語

- ◆ to collect on a check 託收支票
- ◆ to collect tax 徵稅
- ◆ a bill for collection 票據託收

collecting bank [kə`lɛktɪŋ ‚bæŋk] *n.* 代收行

a bill for collection [ə `bɪl fə kə`lɛkʃən] *phr.* 票據託收

check kiting [`tʃɛk `kaɪtɪŋ] *n.* 開空頭支票

kite-flyer [`kaɪt`flaɪə] *n.* 開空頭支票的人

cashier [kæ`ʃɪr] *n.* 出納；行員

「出納」是指銀行作業區負責收付大額現金的行員。在英式英語，bank cashier 就是銀行櫃員的意思，等於 bank teller。

cashier's check [kæ`ʃɪrz ˌtʃɛk] *n.* 銀行本票

銀行本身為付款行，見票即付的支票。

check stub [`tʃɛk ˌstʌb] *n.* 票根；（支票）存根
= **counterfoil** [`kauntə.fɔɪl]

out-of-date check [`autəv`det ˌtʃɛk] *n.* 過期支票

從發票日開始計算，超過一年未兌現的支票，銀行將不收付。

the drawer [ðə `drɔə] *n.* 開票人；發票人
= **the drawer of the check**

drawee [drɔ`i] *n.* （支票）抬頭；付款行；受票人

支票到期要到銀行兌現時，如果支票的抬頭（憑票支付某某人）是個人戶的話，支票背面一定要蓋章或簽名，但如果是公司戶的話，支票背面則一定要蓋公司章，不能用寫的。

payee [pe`i] *n.* 受款人

bearer [`bɛrə] *n.* 執票人
= the bearer of the check
= the holder of the check
= check holder

forged check [`fɔrdʒd ˏtʃɛk] *n.* 偽造的假支票

rubber check [`rʌbə ˏtʃɛk] *n.* 空頭支票；芭樂票
= bad check [`bæd ˏtʃɛk]
= dishonored check
= bounced check

空頭支票，英文叫 a rubber check，如果支票因帳戶沒錢，不能兌現，動詞可以用 bounce。

實用例句

♦ My check **bounced**, because it is a **rubber check**.
我的支票被退票了，因為這是一張空頭支票。

voided check [`vɔɪdɪd ˏtʃɛk] *n.* 無效支票；作廢支票

mutilated check [`mjutlˏetɪd ˏtʃɛk] *n.* 毀損的支票

acceptance [ək`sɛptəns] *n.* 承兌

承兌就是匯款的付款人因承受了付款的委託而有按票面價值付款的義務。

NOTE

信用卡業務篇

Credit Card Business

PART 05

plastic money [`plæstɪk `mʌnɪ] *n.* 塑膠貨幣

「塑膠貨幣」一般就是在指「信用卡」，但也可以用來指「Visa 金融卡」或是「儲值卡」，如悠遊卡或是其他的電子錢包。用電子錢包也是有危險，現在盜刷科技也日益更新。之前據新聞報導，某盜刷集團只要取得信用卡號，再透過「認證碼產生器」，以一元進行測試，往往就可以破解三碼認證碼，且一旦以一元測試成功發現是有效認證碼，就開始大額盜刷，直到把這張卡刷爆為止。另外，筆者也建議讀者不要辦「感應式信用卡」，雖然感應式信用卡的好處是三千元以下交易，直接感應、免簽名快速結帳，但因為現在出現盜刷集團，只要把某種讀卡機靠近受害者的放置感應式信用卡的錢包三公尺左右的距離，就能神不知鬼不覺地盜取信用卡號碼、到期日等信用卡個資，不可不慎。

credit card [`krɛdɪt ˌkɑrd] *n.* 信用卡

「信用卡」的日文講法是「クレジットカード」。有些銀行的信用卡提供盜刷監控 (fraud monitoring)，也就是會分析卡友的刷卡消費習慣和型態，如果民眾都拿信用卡來買衣服或包包，但有天突然有一筆刷卡消費是拿信用卡刷卡加油並且是以前從來沒有發生過的，那銀行就會對該卡友通知盜刷警示 (fraud alerts)，確定是不是真的是本人刷的。偽卡集團常靠各種手段來取得信用卡的內外碼，有一招甚至可以遠距遙控盜刷，就是在電話箱直接「夾線」，截取客戶與刷卡銀行間信用卡專線的傳送訊息，再藉由「音頻解碼器」來還原截取的信用卡的內外碼以製作偽卡。另外也要小心發票不要亂丟，因為你的卡號和有效期限可能都印在上面，如果隨便丟掉可能就被別人撿走來利用上面的資料來盜刷了。

搭配用語

- ♦ to swipe a credit card 刷卡 (指刷卡的動作)
- ♦ to pay by credit card 刷卡 (指購物的行為)
- ♦ to use a credit card 使用信用卡；刷卡
- ♦ to cancel a credit card 中止信用卡；取消信用卡
    - = to close a credit card
    - = to terminate a credit card
- ♦ to cut up a credit card 剪卡

實用例句

♦ If your **credit card** is lost or stolen, report it immediately to the police and to us, you will be protected from total liability.
如您的信用卡遭遺失或被竊，您只需即時報警和通知我們掛失，即無須負上因而導致之任何金錢損失。

♦ Your new **credit card** will come in the mail.
您新的信用卡會郵寄給您。

♦ You should pay your **credit card** off in full.
你應全額付清信用卡費。

---

embossed credit card [ɪmˋbɔst ˋkrɛdɪt ˌkɑrd] *n.* 凸字信用卡

---

un-embossed credit card [ˌʌnɪmˋbɔst ˋkrɛdɪt ˌkɑrd]
n. 無凸字信用卡

臺灣的第一張無凸字信用卡據說在 2004 年由 VISA、萬事達卡推出，但要注意的是，如果在飛機上刷卡消費，不少國家無法接受「無凸字信用卡」和「Visa 金融卡」，主要是一些銀行將無凸字卡號的信用卡和 Visa 晶片金融卡設定採用「連線授權」，而飛機上無法連線，因此機上才無法消費。另外早期的機上刷卡是使用壓印式的手動刷卡機，需要將浮凸的卡號直接印在刷卡單上，等飛機到達目的地後，再向收單行請款，因此「無凸字信用卡」也就無法刷。至於為什麼現在有些銀行開始發行無凸字信用卡是因為有不少商家都已廢棄傳統的「拓印型刷卡機」，加上要打印上凸字比較麻煩，因此「無凸字信用卡」發卡的速度較「凸字信用卡」更快，最快只要半小時就可以發卡而凸字信用卡卻往往需要一到兩個禮拜。

---

cash card [ˋkæʃ ˌkɑrd] *n.* 現金卡

UnionPay Card [ˋjunjənpe ˌkɑrd] *n.* 銀聯卡

中國銀聯是大陸發行金融卡和信用卡的公司，和 MasterCard 和 Visa 類似。銀聯卡就像 Visa 金融卡一樣，屬於一種簽帳卡，帳戶有多少錢才能刷多少錢。目前臺灣

已有將近二十家銀行的 ATM 開放提供銀聯卡提現，只要使用有貼銀聯標識的自動櫃員機 (UnionPay labeled ATM)，每張卡單日提領上限為人民幣一萬元，單次提領金額上限為新臺幣兩萬元。

Visa debit card [ˋvizə ˋdɛbɪt ˏkɑrd] *n.* VISA 金融卡

Visa 發行的一種直接從帳戶扣款的記帳卡，如國泰世華的「i 刷金融卡」就是屬於 Visa 金融卡。不同於一般信用卡，要戶頭有錢才能刷，所以刷卡時會連線到帳戶，如果戶頭裡餘額不足，就沒有辦法刷過。另外要注意的是，雖然目前臺灣一共有十一家以上的銀行可以申請辦理 Visa 金融卡，包括郵局，但是大部分的銀行不提供線上刷卡的服務，而只能在「實體商店刷卡」消費。因此在申辦 Visa 金融卡時，最好先打聽清楚是否能線上刷卡。舉筆者的經驗來說，筆者申辦的是中國信託的 Visa 金融卡，因事先有先確認可以線上刷卡才辦理，因此也成功完成線上購物。

supplementary card [ˏsʌpləˋmɛntərɪ ˏkɑrd] *n.* 附卡

supplementary [ˏsʌpləˋmɛntərɪ] *adj.* 補充的；附加的

stored-value card [ˋstord ˋvæljʊ ˏkɑrd] *n.* 儲值卡
= value card [ˋvæljʊ ˏkɑrd]

gift card [ˋgɪft ˏkɑrd] *n.* 酷幣卡；禮物卡
= prepaid card [priˋpɛd ˏkɑrd]

gift card 在美國非常普遍，金融機構常和商家或公司合作，推出 gift card，這是一種具有儲值金錢加上簽帳消費功能之現金儲值卡，不需記名，可以轉送給別人，而且是帳戶有多少錢才能刷多少，但儲值上限最高為一萬元。在臺灣，合作金庫和元

豐銀行都曾經發行「禮物卡」。禮物卡的卡片的儲值方式可透過存款機或是用匯款到這張卡片的帳戶裡面來，因此它的卡號就等於「銀行帳號」。但可惜的是，之前有詐騙集團利用 gift card「無記名」的特性，而進行網購詐騙，讓警方事後追查困難，因此讓金管會對這種 gift card 的限制更加嚴格。後來悠遊卡開通「小額刷卡消費」的功能後，gfit card 就失寵而各家銀行就停止發行了。

charge card [`tʃɑrdʒ ˌkard] *n.* 簽帳卡

「禮物卡」是一種「電子錢包」，但不同於信用卡，需先儲值才能消費。雖然 debit card 在中文字典中也是譯成「簽帳卡」，但其實在英文，charge card 和 debit card 是不一樣的。charge card 最有名的例子就是《美國運通》發行的「黑卡」。「黑卡」是最典型的 charge card，它跟信用卡一樣都允許你「先刷卡，後付款」。只是不同的地方在於，charge card 的卡費必須在次月「全額繳清」，它不允許只付最低金額，因此也沒有所謂的循環利息的問題，因為上月刷的金額，次月一定要全額付清，不然就會被催告和註銷卡片。但 charge card 不連結銀行帳戶，所以刷的錢不是從銀行帳戶的錢扣的，只是一旦帳單出來，一定要立刻全額付清，不能像信用卡一樣分期付款或是只繳最低金額。

combo card [`kambo ˌkard] *n.* 金融信用卡

金融信用卡就是卡片除了提款卡功能外，也把信用卡功能綁在一起。數年前，萬事達卡公司把提款的金融卡和消費的信用卡整合在一起成為單一卡片，稱作「combo card」。對銀行來說，combo 卡可以減少以往在賣場或街上招攬新戶的成本，因為通常客戶申辦 combo 卡都是在該銀行第一次開戶時辦卡，可以引進不少新戶，因此有業者估計 combo 卡的成本比一般單純信用卡的成本少了一半。但也不是每家銀行都認同 combo 卡的行銷策略。

affinity card [əˈfɪnətɪ ˌkard] *n.* 認同卡（如臺灣銀行發行的導盲犬認同卡）

co-branded card [ko`brændɪd ˌkɑrd] *n.* 聯名卡

co-branded 字面意義是「合用商標的」，也就是銀行和其他企業合作一起發行的卡片。像國泰世華的 SOGO 聯名卡或中信的中油聯名卡就是聯名卡的好例子。

EasyCard [`izɪˌkɑrd] *n.* 悠遊卡

co-branded EasyCard [ko`brændɪd `izɪˌkɑrd] *n.* 悠遊聯名卡

autoload [`ɔtoˌloɗ] *n.* 自動加值

「自動加值」就是指當持卡人持悠遊聯名卡通過捷運站的驗票閘門時，如果儲值金額低於新臺幣一百塊，系統即自動幫您加值五百元。但銀行沒有告訴你的是，一旦選擇啟用自動加值的功能，就無法再取消，正如俗話所說：「請神容易，送神難。」

American Express Card [ə`mɛrɪkən ɪk`sprɛs ˌkɑrd]
n. 美國運通卡

classic card [`klæsɪk ˌkɑrd] *n.* 普卡

classic [`klæsɪk] *adj.* 經典的；典型的

platinum card [`plætnəm ˌkɑrd] *n.* 白金卡

platinum [`plætnəm] *n.* 白金（不可數）

titanium card [taɪˋtenɪəm ˌkɑrd] *n.* 鈦金卡

titanium [taɪˋtenɪəm] *n.* 鈦

commercial card [kəˋmɝʃəl ˌkɑrd] *n.* 商務卡

signature card [ˋsɪgnətʃɚ ˌkɑrd] *n.* 御璽卡

world card [ˋwɝld ˌkɑrd] *n.* 世界卡

infinite card [ˋɪnfənɪt ˌkɑrd] *n.* 無限卡

infinite [ˋɪnfənɪt] *adj.* 無限的

Centurion card [sɛnˋturɪən ˌkɑrd] *n.* 黑卡
= black card

美國運通發行的一種頂級尊榮卡，俗稱「黑卡」，提供「一對一專屬生活顧問」以及「個人旅遊祕書」來服務持卡人。黑卡和一般信用卡不同的是，不透過銀行等通路接受民眾申請，而是採邀請制，只針對少數富裕人士提供邀請，消費額度無上限。但每月刷卡須一次繳清全額，無法像一般的信用卡可以只需付最低繳款金額，剩下的餘額可以滾入循環利息，因此黑卡也沒有循環信用的問題，也因此黑卡嚴格來說不算是信用卡。Centurion 卡年費大概為 16 萬元左右，不過除了主卡，還可以申請一張副卡以及六張附屬卡。主、副卡功能可讓持卡人方便帳務分開管理，而附屬卡中有兩張為 Centurion 卡、四張為白金簽帳卡，可轉讓給持卡人的太太、父母或是兒女們使用。

♦ Having the **black card** is like having your own concierge on staff.
持有黑卡就像您有自己的職員中有門房一樣。

刷信用卡的優惠好康

- reward [rɪˋwɔrd] n. 回饋

- zero liability on lost card [ˋzɪro ͵laɪəˋbɪlətɪ ɑn ˋlɔst ͵kɑrd] n. 失卡零風險

- roadside assistance [ˋrod͵saɪd əˋsɪstəns] n. 道路救援；道救

- assistance [əˋsɪstəns] n. 援助；協助

- airport pick-up service [ˋɛr͵port ˋpɪkʌp ˋsɜvɪs] n. 機場接送服務

- airport VIP lounge [ˋɛr͵port ˋviaɪpi ͵laundʒ] n. 機場貴賓室

♦ You can get access to 32 international **airport VIP lounges**.
你可以使用全球三十二間的機場貴賓室。

- air miles [ˋɛɪ ͵maɪlz] n. 哩程數

♦ The bank has tied up with some airline companies to allow its card users to convert their reward points into **air miles**.
這家銀行已和一些航空公司合作，允許它的持卡人把紅利點數轉換成哩程數。

- complimentary air ticket [͵kɑmpləˋmɛntərɪ ˋɛr ˋtɪkɪt] n. 免費機票

- bonus points [ˋbonəs ͵pɔɪnts] n. 紅利點數
= reward points [rɪˋwɔrd ͵pɔɪnts]
= points

♦ The **bonus points** accumulated on your card are lifelong available.
你刷卡累積的紅利點數一生都有效。

♦ Every time you swipe your credit card to make a purchase, you collec
reward points.
每次你刷卡消費，你就獲得紅利點數。

signature strip [`sɪɡnətʃɚ ˌstrɪp] *n.*（信用卡的）簽名處

redeem [rɪ`dim] *v.* 兌換（紅利點數）

搭配用語

- ♦ redemption points [rɪ`dɛmpʃən pɔɪnts] 兌換紅利點數
- ♦ to redeem [rɪ`dim] reward points 兌換紅利點數
- ♦ current accumulated bonus points 目前累積紅利點數

實用例句

- ♦ Some banks let you **redeem** your reward points against cash.
  一些銀行讓你把紅利點數兌換為現金。
- ♦ Customers can **redeem** their accumulated reward points for air miles.
  顧客可以把他們累積的紅利點數兌換成哩程數。

accumulate [ə`kjumjəˌlet] *v.* 累積（紅利點數）
= **amass** [ə`mæs]

實用例句

- ♦ If you have **accumulated** enough points, the merchant will offer you the choice of using your points for payment.
  假如你已累積了夠多的紅利點數，商家將提供你可以用紅利來折抵消費的選擇。
- ♦ If you desire to **amass** as many points as possible, the secret is to use your credit card as often as possible.
  假如你渴望盡可能地累積更多的點數，祕訣就在於你盡可能地刷卡。

apply [ə`plaɪ] *v.* 申請（和 for 連用）

搭配用語

- ♦ to apply for a credit card 辦卡

♦ Woud you like to **apply for** the debit card function?
你想要申請金融卡消費扣款的功能嗎？

♦ After **applying for** the ATM card, the card will take 5-7 working days to arrive; in the meantime, you can conduct your banking over the counter at any branch.
在申請提款卡後，需花五到七個工作天才會送來。在此同時，你可以到任何一家分行臨櫃辦理銀行交易。

issue [`ɪʃjʊ] *v.* 發行

♦ to issue a card 發卡

zero liability [`zɪro ͵laɪə`bɪlətɪ] *n.* 失卡零風險

activate [`æktə͵vet] *v.* 啟用；開啟
= **enable** [ɪ`nebl]

activate 在不同的情境下，中文翻譯也就不同。如果是和機器或電腦軟體搭配連用，activate 要翻譯為「啟動」，大陸則翻譯為「激活」。但在銀行英文中，activate 的正確翻譯為「啟用」而不是「啟動」，例如「啟用帳號」、「啟用網路銀行」、「啟用行動銀行」等。筆者曾看過市面上一些良莠不齊的商業銀行英文書籍把 activate 誤譯為「啟動」，這是錯的。筆者在銀行工作這麼久，從來沒有聽過有任何行員說過「啟動帳戶」或是「啟動網銀」這樣奇怪的話。

♦ to activate a card 開卡

deactivate [di`æktə͵vet] *v.* 停用
= **disable** [dɪs`ebl]

實用例句

◆ You may choose to **deactivate** the third party funds transfer or inter-bank funds transfer if you do not want to make use of the service. 如果你不想使用跨行匯款功能，你可以選擇停用匯款給第三人的功能。

◆ You can **disable** your funds transfer function online.
你可以在線上停用你的匯款功能。

---

reactivate [rɪ`æktə͵vet] *v.* 重新啟用；解除

靜止戶要重新啟用的手續和開戶一樣。靜止戶就是指客戶久未動用的戶頭。之前匯豐銀行遭金管會處以 200 萬元罰鍰，就是匯豐銀行有位行員看中那些靜止戶久未動用，就私自偽造客戶簽名並「解除」那些靜止戶再把客戶的存款提領一空。因靜止戶遭行員盜領的事件一再發生，再加上人頭戶濫用靜止戶的事件也層出不窮，後來金管會就規定靜止戶要重新啟用需本人帶雙證件和原留印鑑才能完成手續。

搭配用語

◆ to reactivate a dormant account 解除靜止戶

實用例句

◆ To **reactivate** a dormant account, you must go to the bank in person with your ID card as well as your Health IC card and fill out some application forms.
要解除靜止戶，你必須帶身分證及健保卡，本人親自到銀行辦理並填寫一些申請書。

---

signature strip [`sɪgnətʃə ͵strɪp] *n.* (信用卡的) 簽名處

---

skimmer [`skɪmɪə] *n.* 側錄機

實用例句

◆ The **skimmer** is often a tiny device that can scan a credit card or a debit card and store the secret information in the magnetic strip.
側錄機往往是一個可以掃描信用卡或是記帳卡，並將裡面磁條的隱藏資訊儲存下來的微小裝置。

skimming [`skɪmɪŋ] *n.* 側錄

去東南亞國家或中國大陸等地區旅遊刷卡購物履傳信用卡遭側錄，不可不慎。另外，信用卡的卡號和有效日期也不要讓別人知道，因為現在很多網站盜刷事件就是因為卡號外洩。有一個案例是持卡人發現帳單上多出數十元的刷卡金而已，雖然金額小，但他覺得有點怪，一去查，才發現有人利用他的卡號在網站上盜刷！因為卡片仍在他身上，所以他才沒有即時注意到，尤其是不少色情網站要求加入會員可用線上刷卡的方式，常常就趁機側錄會員的卡號。刷卡安全的祕訣就在於「卡不要離開視線」，看到店員一直死盯你卡號時，也要提高警覺，因為他可能在默背你的卡號，之前曾發生加油站員工偷偷記下客人卡號再轉售這些有效卡號給刷偽卡集團。還有一點要注意的是，信用卡簽單不要隨便丟，一定要銷毀乾淨，因為在簽帳單上，有卡戶的信用卡卡號、有效日期以及商家授權碼，靠這三項資料，犯罪分子就能在網路上盜刷。

搭配用語
♦ credit card skimming 信用卡側錄

實用例句
♦ **Credit card skimming** can occur easily in any place.
信用卡側錄很容易在任何地方發生。

fraudulent transaction [`frɔdʒələnt træn`zækʃən] *n.* 盜刷交易

cardholder [`kɑrd͵holdə] *n.* 持卡人

co-cardholder [ko`kɑrd͵holdə] *n.* 附卡持卡人

card member [`kɑrd ͵mɛmbə] *n.* 卡友

pay off [`pe ɔf] *phr.* 清償

♦ If you are paying the minimum amount each month, it will take you almost twice as long to **pay off** your credit card debt.
如果你每月只繳最低繳款金額，那你就要花上幾乎兩倍之久的時候來還清卡債。

♦ Do you want to **pay off** your balance in full?
你要繳全額嗎？

merchant [`mɜtʃənt] *n.* 商家 (可數名詞)

liquidation [ˌlɪkwɪ`deʃən] *n.* 清償

balance transfer [`bæləns træns`fɜ] *n.* 餘額代償

「餘額代償」現在已很少聽到，原義是說發卡銀行針對常常動用循環額度的卡奴，提供將他行的累積應繳金額轉至銀行辦理「信用卡轉貸金」的方案，好處是不必負擔較高的按日計息的信用卡循環利率，但因現在法令開放把卡債轉為信貸，加上主管機關禁止銀行主動行銷，因此現在餘額代償也較少人知道了。

creditor [`krɛdɪtə] *n.* 債權人 (借出錢的那一方)
= debtee [dɛt`i]

debtor [`dɛtə] *n.* 債務人 (欠錢的那一方)

nonrevolver [ˌnɑnrɪ`vɑlvə] *n.* 不動用信用卡循環額度的卡友

nonrevolver 就是指那些每月信用卡帳單都全額繳清的持卡人，因而不會有動用到循環利息，但很多人以為只要不動用到循環利息，銀行就會虧到。其實銀行幫商家安裝刷卡機供商家提供刷卡服務是有利潤可言的，一般來說，消費者用信用卡刷卡消費，銀行通常會跟商家抽個 2.5%~5%，金流比較廣大的商家，如大賣場或連鎖加油站，通常可以跟銀行談到比較好的優惠，通常銀行甚至只抽個 2%。之前中油加油站就跟中國信託因收單的費率問題而爆發差點不續約。但要跟銀行申請刷卡機，該商家一定要有營利事業登記和經濟部的公司執照才行，並且該商家要登記成立滿一年以上、公司信用良好、且登記負責人無不良紀錄以及銷售商品或服務須符合正當性質，沒有抵觸政府相關法令與規定。補充說明，銀行是很現實的，如果裝了刷卡機之後，商家刷卡消費的金額並不多，銀行可能會要求調高抽款的比例或甚至是拆機，早期裝機還會收費，現在為了搶生意，裝機大都免費，但如果要拆機的話，銀行就不再跟你客氣，拆機費一定會收的。

debt recovery [`dɛt rɪ`kʌvərɪ] *n.* 債權回收

debt collection [`dɛt kə`lɛkʃən] *n.* 討債

debt collection company [`dɛt kə`lɛkʃən `kʌmpənɪ]
n. 討債公司

debt collection company 通常不會明目張膽地登記為「討債公司」，一般都登記為「資產管理顧問公司」或是「財務管理公司」等，非法的討債公司往往用違法的討債手段，如暴力、恐嚇等。

debt collector [`dɛt kə`lɛktə] *n.* 催討人員

dunning letter [`dʌnɪŋ `lɛtɚ] *n.* 催告信；催收函
= collection letter [kə`lɛkʃən `lɛtɚ]

installment [ɪn`stɔlmənt] *n.* 分期付款
= hire purchase (HP) [`haɪr `pɝtʃəs] (英式英語)

zero fee installment purchase [`zɪro ˏfi ɪn`stɔlmənt `pɝtʃəs]
n. 零利率分期付款

max out [`mæks ˏaut] *phr.* 刷爆 (信用卡)

實用例句

♦ John has **maxed out** his credit card limit.
約翰把他的卡刷爆了。

charge [tʃɑrdʒ] *v.* 刷 (卡) 消費；從 (信用卡) 扣款

charge 這個字有太多的意思，當名詞可以作為「手續費」，而當動詞還可以作為「向誰收取手續費」、「攻擊」、「控告」等意思。在銀行英語中，charge 或 charge up 後面如果搭配接「信用卡」，假如是從商家的角度來看，charge a credit card 是指「從 (客戶的) 信用卡扣款」，而從消費者的角度來看的話，charge a credit card 是指「刷卡消費」的意思。假如要強調「過度刷卡消費」就可以用 overcharge 這個字，例如說 Don't overcharge your credit card 就是「不要刷過頭」的意思。

實用例句

♦ The insurance company will automatically **charge** your credit card each month.
保險公司每月會自動從您的信用卡扣款。

♦ After I **charged** my credit card, I knew that within a few days my parents would call me and inquire what I could have possibly bought.
在我刷卡後，我知道幾天之內我父母就會打電話來問我可能買了些什麼。

advance [əd`væns] *n.* 墊款

cash advance [`kæʃ əd`væns] *n.* 預借現金

cash advance fee [`kæʃ əd`væns ˌfi] *n.* 預借現金手續費

default penalty fee [dɪ`fɔlt `pɛnˌltɪ ˌfi] *n.* 滯納金

late payment fee [`let `pemənt ˌfi] *n.* 遲繳違約金

「遲繳違約金」就是信用卡逾期未繳而被銀行處罰的違約費用。之前金管會已下令各銀行除非帳單未繳總金額高於 1,000 元，否則不可收違約金，超過一千元的話，才要收，而且違約金計算改採固定費率制，第一期為三百，第二期為四百，而第三期為五百元。且不能連續收三期以上期數的違約金，但遲繳信用卡款還是有循環利息的處罰，不可不慎。

default [dɪ`fɔlt] *n.* 違約；*v.* 違約

default 除了當「違約」之外，也可以作「預設」之意，例如說 default function 就是「預設功能」。

實用例句

♦ Many Americans **defaulted** on their mortgages.
很多美國人拖欠他們的房貸未繳。

◆ Those who **default** on their mortgage repayments may have their house repossessed.
那些拖欠房貸還款的人可能會使他們的房子遭收回。

◆ You should know that any **default** on your mortgage repayments might suggest you will lose your house.
你應該知道房貸未繳可能暗示著你將會失去你的房子。

delinquency [dɪ`lɪŋkwənsɪ] *n.* 違約

cash rebate [`kæʃ `ribet] *n.* 現金回饋
= cash back

實用例句

◆ You can earn **cash rebate** on your normal monthly spending. The **cash rebate** percentage guarantees 0.5% up to 6%.
你可以從你每月正常的消費中賺到現金回饋。保證回饋的利率是 0.5% 到 6%。

◆ This credit card pays a full 1% **cash rebate** on spending.
這張信用卡會給您購物 1% 的現金回饋。

settlement [`sɛtḷmənt] *n.* 結算

revolving credit interest [rɪ`valvɪŋ `krɛdɪt `ɪntrɪst] *n.* 循環利息

revolving [rɪ`valvɪŋ] *adj.* 循環的

credit standing [`krɛdɪt `stændɪŋ] *n.* 信用狀況；債務還款能力

credit card debt [`krɛdɪt `kard ˌdɛt] *n.* 卡債

◆ The investment banks combined thousands of mortgages and loans, including car loans, student loans as well as **credit card debts** to create complex derivatives called CDOs (Collateralized Debt Obligations).
投資銀行將數以千計的房貸和貸款，包括汽車貸款、學貸和信用卡債務，打包創造了錯綜複雜的衍生性商品叫作「擔保債權憑證」。

debt [dɛt] *n.* 債務

搭配用語

◆ to clear up your debt 還清你的債務

◆ to pay back your debt 還債
   = to pay off your debt
   = to repay your debt

◆ repayment of debt 還債

◆ a bad debt 呆帳

◆ outstanding debt 未清償的債務
   = unpaid debt

◆ an enormous / a large / a huge debt 龐大的債務

◆ a floating debt 暫借款

◆ to incur debts 負債

◆ to go into debt 欠債
   = run into debt
   = fall in debt

◆ in debt 欠債

◆ out of debt 擺脫債務

external debt [ɪk`stɜn] ˌdɛt] *n.* 外債

European debt crisis [ˌjʊrə`pɪən ˌdɛt `kraɪsɪs] *n.* 歐債危機

debt consolidation [`dɛt kənˌsɑləˋdeʃən] *n.* 負債整合

clearance certificate [`klɪrəns səˋtɪfəkɪt] *n.* 清償證明

clearance [`klɪrəns] *n.* 清償

credit card slave [`krɛdɪt ˌkɑrd ˋslev] *n.* 卡奴

outstanding [autˋstændɪŋ] *adj.* 未償付的；未清償的

搭配用語

♦ outstanding debts 未付清的債務
♦ outstanding bills 未付帳單
♦ outstanding issues 未解決的問題

outstanding balance [autˋstændɪŋ ˋbæləns] *n.* 未付餘額

一般大家在高中背的 outstanding 是「傑出的」，也就是從 stand out（萬綠叢中一點紅；突顯出來）的動詞片語裡轉成的形容詞。想想看，正常繳款的卡友都有按時繳納全額，而沒有繳納卡費或是貸款費用的金額就會被銀行特別「注意」而從一般的卡友「突顯出來」，所以「未償付的餘額」就說成 outstanding balance。

new balance [`nju `bæləns] *n.* 本月應繳金額

available credit [əˋveləbḷ `krɛdɪt] *n.* 剩餘額度

available [ə`veləbḷ] *adj.* 剩餘的；有空的

expiration date [ˌɛkspə`reʃən ˌdet] *n.* 有效期限

expiration [ˌɛkspə`reʃən] *n.* 滿期；到期

expire [ɪk`spaɪr] *v.* 過期；滿期

實用例句

◆ Your card is **expired**.
你的信用卡過期了。

undue [ʌn`djʊ] *adj.* 未到期的

實用例句

◆ Whenever you receive an **undue** check, most banks can collect the check in advance.
不論你何時收到一張未到期的支票，大部分的銀行都可以先託收。

closing date [`klozɪŋ ˌdet] *n.* 關帳日

payment due date [`pemənt ˌdju `det] *n.* 最後繳款日

transaction day [træn`zækʃən ˌde] *n.* 簽帳日

posting day [`postɪŋ ˌde] *n.* 入帳日

overdue [`ovə`dju] *adj.* 過期的

settlement date [`sɛtḷmənt ˌdet] *n.* 結算日

valid date [`vælɪd ˌdet] *n.* 有效期限
= **validity date** [və`lɪdətɪ ˌdet]

grace period [`gres `pɪrɪəd] *n.* 寬限期
= **days of grace**

annual fee [`ænjʊəl ˌfi] *n.* 年費

想要免除年費，有一些小撇步，像是利用「新戶辦卡」，所謂的「新戶」就是指之前從來沒有申請過這家銀行的信用卡，通常銀行對於爭取新客戶會有一些優惠。另外，免除年費的方法還有申辦電子帳單及本行自動扣繳。

搭配用語
- ♦ the waiver of annual fees 免除年費
- ♦ the reduction of annual fees 扣減年費
- ♦ no annual fee 免年費

credit card slip [`krɛdɪt `kɑrd ˌslɪp] *n.* 信用卡簽單

statement [`stetmənt] *n.* 對帳單

「對帳單」的日文是「取引明細書 (とりひきめいさいしょ)」。

175

weekly statement [`wiklɪ `stetmənt] *n.* 每週對帳單

monthly statement [`mʌnθlɪ `stetmənt] *n.* 月結對帳單

credit card statement [`krɛdɪt ˌkɑrd `stetmənt] *n.* 信用卡對帳單

e-statement [`iˋstetmənt] *n.* 電子對帳單
= **E-statement** [`iˋstetmənt]
= **electronic statement** [ɪlɛkˋtrɑnɪk `stetmənt]
= **paperless statement** [`pepəlɪs `stetmənt]
= **online statement** [`ɑnˌlaɪn `stetmənt]
= **non-physical statement**

「電子對帳單」的反義詞就是「紙本對帳單」(paper statement)。不少銀行現在都在推行「電子對帳單」，之前筆者在銀行工作時，銀行還舉辦一個「電子對帳單」的滲透率競賽。因此不少行員都要寫信給客戶請他們回傳「申辦電子對帳單的同意書」，表面上是銀行想要推行節能減碳、愛地球等等，但真正原因是銀行想省下紙張、印刷和郵寄費用的成本。

credit limit [`krɛdɪt `lɪmɪt] *n.* 信用額度；刷卡額度
= **credit line** [`krɛdɪt ˌlaɪn]

實用例句

◆ The **credit limit** is usually raised or lowered depending on your previous year's track record in terms of spending and repayment.
信用額度會按你前一年的刷卡消費和還款紀錄來調升或是調降。

◆ You should tell the bank not to increase your **credit limit**.
你應該告訴銀行不要調高你的信用額度。

available credit line [ə`veləbḷ `krɛdɪt ˌlaɪn] *n.* 可用信用額度
= available credit limit [ə`veləbḷ `krɛdɪt `lɪmɪt]

cash advance line [`kæʃ əd`væns ˌlaɪn] *n.* 預借現金額度

minimum payment [`mɪnəməm `pemənt] *n.* 最低繳款金額

credit card number [`krɛdɪt ˌkɑrd `nʌmbə] *n.* 卡號

信用卡的卡號其實有玄機，像 Visa 發行的信用卡卡號第一碼是 4，而 MasterCard 的第一碼為 5，並且第二碼是介於 1 和 5 之間的數字，而美國運通卡的第一碼為 3。

card verification code (CVC) [`kɑrd ˌvɛrɪfɪ`keʃən ˌkod]
n.（信用卡的）安全驗證碼
= card verification value (CVV or CVV2)
= card verification value Code (CVVC)
= card validation code
= card security code (CSC)
= security code number
= verification code (v-code)

merchant bank [`mɝtʃənt ˌbæŋk] *n.* 信用卡收單行

issuing bank [`ɪʃjuɪŋ ˌbæŋk] *n.* 發卡行

merchant processing service [`mɜtʃənt `prɑsɛsɪŋ `sɜvɪs]
n. 信用卡收單業務

customer service call center [`kʌstəmə `sɜvɪs `kɔl `sɛntə]
n. 客服中心
= call center [`kɔl `sɛntə]

customer service representative
[`kʌstəmə `sɜvɪs rɛprɪ`zɛntətɪv] *n.* 客服人員

實用例句

♦ The **customer service representative** asked me to hold the line for a moment.
客服人員請我在線上等候一下。

telephone banking agent [`tɛlə‚fon `bæŋkɪŋ `edʒənt]
n. 電話銀行專員

credit card service line [`krɛdɪt ‚kɑrd `sɜvɪs ‚laɪn]
n. 信用卡客服電話

automated hotline [`ɔtə‚metɪd `hɑtlaɪn] *n.* 自動語音專線

manned hotline [`mænd `hɑtlaɪn] *n.* 專員服務專線

toll-free number [ˌtolˈfri ˈnʌmbə] *n.* 免付費電話

不少銀行為節省成本，都想終止 0800 免付費電話，但又怕導致民眾抗議，因此銀行只好暗地耍些小手段，讓 0800 免付費電話的號碼盡量不為人所知。但外商銀就比較沒在怕，大多都已取消 0800 免付費電話。國內的銀行則是耍陰的，把銀行網站頁面、金融卡或信用卡背面的「免付費電話」改成「要付費的市內電話」。

實用例句

♦ The **toll-free number** of Cathay United Bank is 0800-818-001.
國泰世華銀行的免付費電話是 0800-818-001。

voice prompt [ˈvɔɪs ˈprɑmpt] *n.* 語音提示

現在不少銀行的客服語音系統都不是真人直接和你對話，而是用「語音提示」來操作，例如信用卡的開戶，「語音提示」就會要求你輸入卡號、有效日期和你身分證後幾碼來開卡，由於「語音提示」不是真人，所以你無法做任何實際對話互動，只能按照語音指令來按鍵操作。另外，有一個和 voice prompt 非常相關的字，就是「語音信箱」，英文就是 voice mail。

giveaway [ˈgɪvəˌwe] *n.* 贈品

銀行有時為了促銷某一商品或服務會提供贈品，例如買六年的儲蓄險就送百貨公司的禮券。銀行利用消費者貪小便宜的習性，往往以「贈品」為餌來讓客戶上鉤。

slogan [ˈslogən] *n.* 口號

有些銀行往往要求員工在早會時，全體集合一起喊口號來提振士氣，例如筆者在某家銀行工作時，就要喊「服務新宣言」的口號，什麼卓越服務由心出發、感動客戶創造雙贏、微笑致祥和、凝視表尊敬、動作求敏捷、奉物用雙手、相遇先問好、接物先道謝、答詢先起立、謙敬先讓行等。

memo [`mɛmo] *n.* 備忘錄

gift certificate [`gɪft sə`tɪfəkɪt] *n.* 禮券
= gift token [`gɪft `tokən]
= gift voucher [`gɪft `vautʃə]

process [`prɑsɛs] *v.* (電腦資料的) 處理

實用例句

♦ If a customer schedules a recurring funds transfer and the payment
date does not exist in a month, the payment will be **processed** on the
last business day of that month.
如果客戶預約週期轉帳的日期並不在存在於該月，則轉帳交易會在那月最後一
天營業日處理。

transaction [træn`zækʃən] *n.* 交易；業務

在日文中，「交易」用「取引 (とりひき)」來表達。

搭配用語

♦ to perform a transaction 辦理交易
  = to conduct a transaction
  = to carry out a transaction
  = to effect a transaction
  = to make a transaction
♦ to cancel a transaction 取消交易
♦ to complete a transaction 完成交易
♦ to execute a transaction 執行交易
♦ recent transactions 最近交易紀錄

實用例句

♦ Most banks charge their customers for each **transaction**.
大部分的銀行會向辦理交易的客戶收費。

♦ If you schedule a funds transfer for a future date, the bank will process the **transaction** on that date.
假如你預約轉帳於未來的某天，銀行將會在那天才處理你的交易。

go through the formalities [fɔr`mælətɪz] *phr.* 處理交易（手續）

這個用法雖然有人在說，但說的人不多，比較偏向中式英文，因此建議少用。比較道地的「處理銀行交易」的講法可以用 conduct banking transactions 或 do your banking，當然 transactions 這裡也可以省略，因為 banking 本身就有「銀行業務」之意。

實用例句

♦ Please wait for a moment. I will **go through the formalities** for you.
請稍待一下，我會替你處理這項手續。

safe deposit box [`sef dɪ`pɑzɪt ˌbɑks] *n.* 保管箱
= **custodial box** [kʌs`todɪəl ˌbɑks]
= **custodian box** [kʌs`todɪən ˌbɑks]
= **coffer** [`kɔfɚ]

safe deposit box 也有人拼作 safe-deposit box，如果翻成「保管箱」，是指銀行出租給客戶用來保管重要物品的箱子或業務。另外有時也翻作「保險箱」，但和「保管箱」的意義有別，「保險箱」是指一般民眾自己家中放著貴重物品的金屬製成的箱子。向銀行申請保管箱業務，開辦程序和開戶基本相同，需要本人帶身分證和第二證件（健保卡、駕照、護照等）和印鑑，填寫『保管箱租用約定書』，並需預付一年（二期）租金及付一期租金同金額的保證金。但值得注意的是，近年來履傳不少人租用銀行保管箱，但過一段時間再打開後卻發現貴重物品不翼而飛的事件，如新聞刊載之前某銀行的一名行員，利用職務之便，偷偷把客戶放在保管箱內的金條跟金飾都給掉包。正如聖經所說：「不要為自己積攢財寶在地上；地上有蟲子咬，能鏽壞，也有賊挖窟窿來偷。只要積攢財寶在天上；天上沒有蟲子咬，不能鏽壞，也沒有賊挖窟窿來偷。」

搭配用語

◆ to rent a safe deposit box 租用保管箱

實用例句

◆ **Safe deposit box** rental fees are payable yearly in advance.
保管箱的租金是每年事先支付。

---

rental fee [`rɛntḷ ˌfɪ] *n.* (保管箱的) 租金；租用費用
= **rent** [rɛnt]
= **rental** [`rɛntḷ]

實用例句

◆ **Rents** in Taipei are really high.
在臺北的租金真貴。

◆ Safe deposit box **rental** is quite expensive now.
保管箱租金現在真貴。

---

security deposit [sɪ`kjʊrətɪ dɪ`pɑzɪt] *n.* (租用保管箱的) 保證金

---

corporation [ˌkɔrpə`reʃən] *n.* 法人；企業

「法人」也稱作 legal person，而中小企業也可以用 firm 這個字。corporation 的
形容詞用 corporate。另外 company 也可以用來指「企業」、「公司」。

---

corporate [`kɔrpərɪt] *adj.* 法人的；企業的

搭配用語

◆ corporate debt 公司債
◆ corporate assest 公司資產
◆ corporate failure 公司破產

start-up [`stɑrtˏʌp] *n.* 新創公司

participating merchant [parˋtɪsəpəntɪŋ ˏmɜtʃənt] *n.* 特約商店

mobile credit card [`mobɪl `krɛdɪt ˏkɑrd] *n.* 手機信用卡

contactless credit card [`kɑntæktlɛs `krɛdɪt ˏkɑrd] *n.* 感應式信用卡

proof of income [`pruf av `ɪnˏkʌm] *n.* 財力證明

registered card [`rɛdʒɪstəd ˏkɑrd] *n.* 記名卡

smart watch [`smɑrt ˏwɑtʃ] *n.* 智慧手錶

mobile payment [`mobɪl ˏpemənt] *n.* 行動支付

「行動支付」就是指透過行動裝置（如智慧型手機）所作的支付行為，以取代實體的金融卡或信用卡等傳統的有卡交易。在臺灣，常見的行動支付模式主要有「NFC感應」和「QR code 掃描」這兩種方式。NFC 感應支付簡單說就是拿智慧型手機在商家的感應機上面感應付款，其原理和拿「感應式信用卡」去全聯或家樂福「嗶一下」刷卡一樣，只是把信用卡換成手機。Apple Pay、Google Pay 和 Samsung Pay 都是屬於NFC 感應支付。第二種，「QR code 掃描支付」就是說商家掃描客戶手機上的付款條碼完成付款，或是由商家提供付款 QR code，供客人付款時掃描，再自行輸入金額，最後付款完成後再由店家完成確認的支付模式，例如：Line Pay 和台灣 Pay 等。

mobile money account [`mobɪl `mʌnɪ ə`kaʊnt] *n.* 行動金融帳戶

mobile wallet [`mobəl `wn̩lət] *n.* 行動錢包

mobile money transfer [`mobɪl `mʌnɪ træns`fɚ] *n.* 行動轉帳

mobile coupon [`mobɪl `kupɑn] *n.* 行動折價券

Near Field Communication (NFC) [nɪr fild kə͵mjunə`keʃən] *n.* 近距離無線通訊；近場通訊

NFC 是一種近距離的無線通訊技術，可以讓設備進行非接觸式的資料傳輸，NFC 支付（NFC Payment）模式就是把手機當作信用卡來感應付款。目前來說，Apple Pay、Google Pay 和 Samsung Pay 就是運用 NFC 的行動支付模式。

QR code payment [kod `pemənt] *n.* 二維碼付款

QR 是 Quick Response 的縮寫，簡單說，二維碼付款就是付款時用條碼掃描來付款，例如 Line Pay、街口支付（JKoPay）、支付寶（Alipay）和微信支付（WeChat Pay）等

Short Message Service (SMS) [ʃɔrt `mɛsɪdʒ `sɝvɪs] *n.* 簡訊

biometric recognition [͵baɪo`mɛtrɪk ͵rɛkəg`nɪʃən] *n.* 生物辨識認證

facial recognition [`feʃəl ˌrɛkəg`nɪʃən] *n.* 人臉辯識

fingerprint recognition [`fɪŋgəˌprɪnt ˌrɛkəg`nɪʃən] *n.* 指紋辨識

Taiwan Pay [`taɪ`wɑn pe] *n.* 台灣 *Pay*

「台灣 Pay」是政府積極發展的官方行動支付 App，它兼具 NFC 感應付款和 QR code 支付、轉帳和繳費的功能。更好的是，不但可以綁定信用卡和金融卡，也能進行「行動轉帳」。值得注意的是，使用台灣 Pay 前必須事先已經開通使用銀行的網路銀行，才能使用。目前台灣 Pay 受限於行銷優惠和合作通路遠不如 Apple Pay，目前在台灣的市占率較低，但隨著四大超商通路開通台灣 Pay 支付，未來滲透率有望提升。但之前新聞也報導八大公股銀行為達成政府目標，對基層銀行員訂下推廣台灣 Pay 的 KPI 扣打，造成部分行員為達績效，向客戶收取牌照稅稅款，再用自己的台灣 Pay 代繳，也有行員在社群網站上徵求代繳稅款的推廣亂象，而引發爭議。

Bluetooth [`bluˌtuθ] *n.* 藍牙

communication error [kḷ~mjunḷ`ke]ḷn 5r0] *n.* 連線問題

encryption [ɪn`krɪpʃən] *n.* 加密

NOTE

保險業務篇

Insurance Business

PART 06

insurance [ɪnˈʃʊrəns] *n.* 保險；保費；保險業

銀行現在變成保險最主要的販售通路，占了超過六成以上的保費收入。銀行賣保單之所以會超越傳統業務員的通路，主要是銀行本身是接受存款機構，只要推出「類定存商品」的保單，不少客戶就很容易願意購買。筆者在銀行工作時，有次分行又開始大推「產險」中的「意外險」，某天有一名房貸客戶來了，業務員馬上衝下去拿了一張意外險保單叫他「簽字」。客戶說：「我還要再看看。」業務員就說：「我跟你講，這份保單真的很好。只要繳一次，可以保一年之內所有發生的意外事故。」這時客戶走到櫃檯，因為他還要提錢。櫃檯行員小姐也加入戰局，和業務唱起雙簧，說：「我跟你說這真的很好喔。你最近不是要出國嗎？這份保單可以保障你出國期間所遭受到的意外事故喔！」客戶就說：「真的厚！出國也可以用到是吧？」櫃員再補上一句：「對啊，這張保單真的很不錯！連我自己也幫我自己買了一張！因為它真的很實用！」客戶沉默了幾秒，就說：「好，我下午會再來，到時候再把這張保單拿給我簽名好了。」突然客戶又無意中對櫃員講了一句：「喔，那你最近也要出國喔？去哪裡？」櫃員和業務員突然一齊呆掉，不發一語…。筆者在旁邊聽了，忍不住笑了出來。因為櫃員說自己也有買一張，但實際是被經理強迫每位行員自行認購的，有扣打要消化掉，不是她真的覺得很好才買的，是為了達到業績目標才不得已、心不甘情不願買的，她根本沒有要出國。沒有想到客戶無意中的問話，打破了行員精心設計的話術，讓行員不知道怎麼接下去。

搭配用語

- ♦ to arrange insurance 申辦保險
  = to apply for insurance
- ♦ to buy insurance 買保險
  = to purchase insurance
- ♦ to take out insurance 取得保險
  = to get insurance
- ♦ to have insurance 有保險
- ♦ charge of insurance 保險費
- ♦ insurance claim 保險索賠
- ♦ insurance density 保險密度
- ♦ life insurance 火險

- fully comprehensive insurance 全險
- medical insurance 醫療險
- compulsory insurance 強制險
- voluntary insurance 任意險
- motor insurance 機車險
- travel insurance 旅平險
- accident insurance 意外險
- health insurance 健康險
- non-participating life insurance 不分紅人壽保險
- indexed life insurance 指數人壽保險
- personal accident and sickness insurance 人身意外傷害及疾病保險
- medical care insurance 醫療照護保險
- additional living expense insurance 額外生活費用保險
- engineering insurance 工程保險
- insurance certificate 保險證明書
- disability insurance 失能保險
- earthquake insurance 地震險
- hospitalization insurance 住院保險
- replacement cost insurance 重置成本保險
- hospital & surgical expense insurance 住院及手術費用保險
- insurance rate 保險費率

實用例句

- His father forgot to pay the **insurance** this month.
  他老爸這個月忘了繳保險費。

- The beautiful woman claimed for the car repairs on the **insurance**.
  這美麗的女人申請修車的保險金。

- Many people in Taiwan are not covered by national health insurance
  because they are too poor to pay the **insurance**.
  很多人在臺灣沒有受到全民健保的保障，因為他們太貧困而繳不出保險費。

reinsurance [ˌriɪnˈʃʊrəns] *n.* 再保險

「再保險」不是指保戶重複保險，而是指保險公司為分擔風險，藉由「再向其他的保險公司投保」來移轉和分散風險。例如說，假設富邦產險幫某美術館承保了空運來臺參展的貴重美術品，但因保額太大，富邦產險再向外國產險公司投保來分擔風險就是再保險的一個例子。

double insurance [ˈdʌbḷ ɪnˈʃʊrəns] *n.* 複保險

「複保險」就是保戶不只向一家保險公司投保，可能同時向兩家以上的保險公司投保意外險。但像汽、機車的強制險就不能「重複投保」，不允許「複保險」，只能向一家投保。

full value insurance [ˈfʊl ˈvæljʊ ɪnˈʃʊrəns] *n.* 足額保險

policy [ˈpɑləsɪ] *n.* 保單；保險契約

搭配用語

♦ to cancel [ˈkænsḷ] a policy 退保；保單解約
  = to surrender [səˈrɛndə] a policy.
♦ to renew [rɪˈnju] a policy 續保

實用例句

♦ The insurance **policy** covers my wife for accidental damage.
  這張意外險保單是保我太太。

binder [ˈbaɪndə] *n.* 暫保單
= binding slip

暫保單又可以稱作「臨時保單」，它是保險人在正式保險單發給被保險人的臨時保險的證明，等正式保單下來，暫保單就自動失去效力。

policy loan [`paləsɪ ˏlon] *n.* 保單貸款；保單質借

不少壽險的保單可供保單貸款，就是拿保單作為質借來跟保險公司借錢，通常貸款利率較信貸和信用卡預借現金來得低。但不是所有保單都可辦理保單貸款，該保單需為帳上已有「保單價值準備金」，所以像汽機車強制險或是意外險是無法辦理的；另外還必須在該保單有效期已期滿一年後，才能申辦保單貸款。

policy term [`paləsɪ ˏtɝm] *n.* 投保期間
= insurance term [ɪn`ʃurəns ˏtɝm]

nonparticipating policy [ˏnɑnpar`tɪsəˏpetɪŋ `paləsɪ]
n. 不分紅保單

insure [ɪn`ʃur] *v.* 對 … 投保

實用例句

- The house in Tianmu is **insured** for seven million NT dollars.
  這棟在天母的房子投保了七百萬元。

- My sports cars are **insured** against accidental damage.
  我的超跑都保了意外車損險。

- My car was **insured** for 11,000 NT dollars.
  我的車保了一萬一千元。

- Thanks to his wife's advice, the man has **insured** himself against cancer.
  幸虧他太太的建議，這男人有保防癌險。

- Too many insurance companies will not **insure** mentally ill people.
  很多保險公司不讓精神病患投保。

- The **insurance** doesn't cover your car for accidental damage.
  這份保你車子的保險單不涵蓋意外車損。

- Your car should be **insured** against theft.
  你的車應保竊盜險。

cancellation [ˌkænslˋeʃən] *n.* 解約；終止保單

declaration [ˌdɛkləˋreʃən] *n.* 告知

在投保壽險或是健康險時，民眾應該據實地向保險公司「告知」過去的病史，如有無心臟病等。

declination [ˌdɛkləˋneʃən/] *n.* 拒保

claim [klem] *n.* 索賠；*v.* 索賠

搭配用語

♦ to make a claim 索賠
  = to file a claim
  = to submit [səbˋmɪt] a claim

實用例句

♦ Susan **claimed** 100,000 NT dollars in damages against the insurance company.
  蘇珊向保險公司索賠十萬元新臺幣作為損害賠償金。

♦ You should file a civil **claim** for damages.
  你應提民事求償。

award [əˋwɔrd] *n.* 判給的給付金；*v.* 判給 (某人) 多少理賠金；判賠

實用例句

♦ An arbitration resulted in an **award** of three million NT dollars in plaintiff's favor.
  仲裁的結果達成判給三百萬給原告。

♦ The Supreme Court **awarded** the victim damages of three million NT dollars.
  最高法院判賠三百萬給受害人。

◆ The judge **awarded** the car accident victim three million NT dollars as damages.
法官判賠三百萬給車禍受害人。

◆ The court **awarded** the father custody of the girl baby.
法院判定小女嬰的監護權歸父親。

◆ The victim of the car accident was **awarded** damages of four million dollars.
這車禍的受害人獲償了四百萬元。

---

policyholder [`pɑləsɪˌholdə] *n.* 被保險人
= **insurant** [ɪnˋʃʊrənt]
= **the insured**

---

insurer [ɪnˋʃʊrə] *n.* 保險人（指保險公司）
= **insurance company** [ɪnˋʃʊrəns ˋkʌmpənɪ]

實用例句

◆ Please contact your **insurer** if you have any question concerning the insurance.
如果你對這保險有任何疑問，請你聯絡你的保險公司。

---

applicant [`æpləkənt] *n.* 要保人

---

beneficiary [ˌbɛnəˋfɪʃərɪ] *n.* 受益人

---

fiduciary [fɪˋdjuʃɪˌɛrɪ] *n.* 受託人
= **trustee**
= **consignee**

---

benefit [`bɛnəˌfɪt] *n.* 給付

搭配用語

- ◆ daily hospital benefit 每日住院給付
- ◆ fixed daily benefit 每日定額給付
- ◆ lump sum death benefit 一次給付死亡理賠金
- ◆ fixed benefit 定額給付

underwriter [`ʌndə͵raɪtə] *n.* 核保員；承銷公司

insurance broker [ɪn`ʃʊrəns `brokə] *n.* 保經；保險經紀人

insurance agent [ɪn`ʃʊrəns `edʒənt] *n.* 保代；保險代理人；保險業務員

insurance agent 簡單說，就是「保險代理商」。 insurance agent 除了可以指「保代」之外，也可以指保險公司的「業務員」。

insurance agency [ɪn`ʃʊrəns `edʒənsɪ] *n.* 保代公司

agency commission [`edʒənsɪ kə`mɪʃən] *n.* 代辦手續費

bancassurance [`bæŋkəʃʊrəns] *n.* 銀行保險銷售模式

把傳統透過業務員來賣的保險保單透過「銀行通路」來進行跨售的合作模式，例如國泰人壽和國泰產險的保單就有透過國泰世華銀行來銷售。

compulsory insurance [kəm`pʌlsərɪ ɪn`ʃʊrəns] *n.* 強制險

強制險就是政府規定一定要投保的保險，沒有投保的話，抓到會被處以罰金。

optional insurance [`ɑpʃən̩ ɪnˋʃurəns] *n.* 任意險
= **voluntary insurance** [`vɑlənˌtɛrɪ ɪnˋʃurəns]

任意險和強制險相反，就是民眾能選擇可保、可不保的險種，如汽車第三人責任險就屬任意險。

liability insurance [ˌlaɪəˋbɪlətɪ ɪnˋʃurəns] *n.* (第三人) 責任險
= **third party liability insurance**

保險的險種只要有「責任」兩字，就暗示了這險種是保別人的，不是保自己。例如機車第三人責任險就是如果自己騎車撞傷別人或是撞到別臺汽車，有保第三人責任險的話，保險公司就可以賠對方錢。但如果自己被別人撞傷的話，責任險則沒有辦法賠給自己。

cash surrender value [`kæʃ səˋrɛndɚ `vælju] *n.* 解約現金價值

annuity insurance [əˋnjuətɪ ɪnˋʃurəns] *n.* 年金保險

term insurance [`tɝm ɪnˋʃurəns] *n.* 定期保險

presumption of negligence [prɪˋzʌmpʃən ɑv `nɛglɪdʒəns]
n. 過失推定制

「過失推定制」是指法律認定行為人有造成受害人不致遭受意外發生的責任。行為人需自身舉證自己沒有過失，而非由被害人舉證。

195

application form [ˌæpləˈkeʃən ˌfɔrm] *n.* 要保書
= proposal

premium [ˈprimɪəm] *n.* 保費
= insurance premium [ɪnˈʃurəns ˈprimɪəm]

premium 這個字源自於拉丁文，原義是 reward（酬勞），因此 premium 除了有「保費」之意外，還有「獎金」、「手續費」和「溢價」以及「風險貼水」等意思。「分期保費」就可說 installment premium。

實用例句

◆ The insurance company has cut our **premiums**.
保險公司已降低了我們的保費。

◆ To avoid any loss, an investor, who bought a credit default swap, paid AIG a quarterly **premium**. If the CDO unfortunately went bad, AIG promised to pay the investor for their losses.
為避免損失，購買信用違約交換的投資者付給 AIG 一季的保費。如果擔保債券憑證出錯，AIG 保證賠付投資人的損失。

premium pure [ˈprimɪəm ˌpjur] *n.* 純保費
= pure premium

注意 pure 可放在名詞後面進行後位修飾。「純保費」是指扣掉營業成本、業務員佣金等附加費用之後，剩下實際的保費。

renewal premium [rɪˈnjuəl ˈprimɪəm] *n.* 續保保費

labor insurance premium [ˈlebɚ ɪnˈʃurəns ˈprimɪəm]
n. 勞保費

health insurance premium [`hɛlθ ɪn`ʃʊrəns `primɪəm]
n. 健保費

national annuity insurance premium
[`næʃənl̩ ə`njuətɪ ɪn`ʃʊrəns `primɪəm] *n.* 國民年金保費

exclusion rider [ɪk`skluʒən `raɪdə] *n.* 除外責任附加條款

endorsement [ɪn`dɔrsmənt] *n.* 批單

「批單」就是在正式保單之後再要求保險公司增保或批加、批減的保單。舉例來說，客戶本來只保第三人責任險，但後來拿到保單後，又致電給保險公司要求加保第三人責任險附加的慰問金險，保險公司又會再寄給客戶批加過後的保單，就稱為「批單」。

payout [`pe͵aʊt] *n.* 保險金額；保額
= insured amount
= sum insured

「保額」和「保費」不同，很多人混為一談。「保額」是該保險所保障的金額額度，而「保費」是保戶要繳給保險公司買保險的費用。例如說，老王給他的愛車投保了第三人責任險的財損，保額五十萬，保費為二千多元。就是指如果老王哪天不小心撞傷別人的車，保險公司最高出五十萬來賠對方的修車費用，而老王需花二千多元來買該保險才成立。

indemnity [ɪn`dɛmnɪtɪ] *n.* 保險賠付金；理賠金
= insurance money

refund [`ri͵fʌnd] *v.* 退費；*n.* 退費

coverage [`kʌvərɪdʒ] *n.* 承保範圍

deductible [dɪ`dʌktəbḷ] *n.* 自負額
= out-of-pocket cost

Force Majeure [`fors mɑ`ʒə] *n.* 不可抗力

「不可抗力」包括火災、水災、罷工、或天災、內亂、暴動等。

escape clause [ə`skep ͵klɔz] *n.* 免責條款

expense loading [ɪk`spɛns `lodɪŋ] *n.* 附加費用

hard sell [`hɑrd ͵sɛl] *n.* 強迫推銷

sell 在這裡不是作「動詞」的「賣」之意，而是作「名詞」，意思是「行銷」。

實用例句

♦ **Hard sell** strategies are aggressive and usually put a high amount of pressure on the client.
強迫行銷策略相當具有侵略性並且造成客戶很大的壓力。

♦ Few customers appreciate **the hard sell**.
很少顧客喜歡強迫推銷。

single accident [`sɪŋgḷ `æksədənt] *n.* 單一事故

「單一事故」是保險的專有名詞，光看字面上很難了解其意。single accident 指像車險或機車險，當單獨一輛車所引起之人員傷亡或財物損傷，像是單輛車下雨路滑而翻車、撞到路樹或電線桿均屬單一事故，但與另一輛車相撞，則不屬單一事故。像強制險本身附加的駕駛人傷害附加條款就是保單一事故，不賠車碰車造成的損傷。

expiration [ˌɛkspəˈreʃən] *n.* (保單的) 滿期

expiration date [ˌɛkspəˈreʃən ˌdet] *n.* (保單的) 滿期日

cash value [kæʃ ˈvælju] *n.* (保單的) 解約金

arbitration [ˌɑrbəˈtreʃən] *n.* 仲裁

實用例句

♦ This case will go to **arbitration**.
這件案子將交由仲裁。

♦ The two parties called for **arbitration** to resolve the dispute.
雙方都呼籲交由仲裁來解決爭端。

misrepresentation [ˌmɪsrɛprɪzənˈteʃən] *n.* 不實說明

property and casualty insurance
[ˈprɑpətɪ ænd ˈkæʒəltɪ ɪnˈʃurəns] *n.* 產物保險

像一年期的汽、機車強制險、任意險或是旅平險都是屬於產險。買產險保單時，最好挑選理賠申訴率低和案件處理天數較短的產險公司比較有保險。因為重要的不是保費有多便宜，而是真的發生事故時，保險公司是否願意理賠和得到理賠金的速度。另外，也要注意該產險公司的財務是否健全，以免買到不保險的保單，像之前華山

產險就被金管會勒令停業。

life insurance [ˋlaɪf ɪnˋʃʊrəns] *n.* 壽險

whole life insurance [ˋhol ͵laɪf ɪnˋʃʊrəns] *n.* 終生壽險

postal life insurance [ˋpostḷ ͵laɪf ɪnˋʃʊrəns] *n.* 簡易郵政壽險

variable life insurance [ˋvɛrɪəbḷ ˋlaɪf ɪnˋʃʊrəns] *n.* 變額壽險

變額壽險的保險金額是隨要保人選擇的連結投資標的淨值而定。

variable annuity insurance [ˋvɛrɪəbḷ əˋnjuətɪ ɪnˋʃʊrəns]
n. 變額年金壽險

保單價值反映保戶選擇連結的投資標的總合的績效和決定給付年金的金額多少。

variable universal life insurance (VUL)
[ˋvɛrɪəbḷ ͵junəˋvɝsḷ ͵laɪf ɪnˋʃʊrəns] *n.* 變額萬能壽險

investment-oriented insurance
[ɪnˋvɛstmənt ˋɔrɪɛntɪd ɪnˋʃʊrəns] *n.* 投資型保單

「-oriented」常前面接一個名詞，形成複合形容詞，表示「… 導向的」，如 ex-amination-oriented（考試導向的）和 performance-oriented（績效導向的）。

travel accident insurance [`trævl̩ `æksədənt ɪn`ʃʊrəns]
n. 旅平險

accident insurance [`æksədənt ɪn`ʃʊrəns] *n.* 意外險

「意外險」可分兩類別：壽險和產險。壽險的意外險保障期較長，二十年或甚至是終生都有，但缺點是保費高，而且要綁約長達數十年。產險一般來說都是短期，像一年期的機車強制險、一年期的意外險都是屬於「產險」。因此產險的意外險通常保障期限短（一年一保），而保費也比較便宜。各銀行都有代銷意外險。像第一銀行推的一年期意外險「平安御守」、中國信託銀行則有推「一保雙享」的意外險專案，國泰世華之前則有推出和國泰產險合作的「新千萬安心」專案，後又有推出「GO安心」專案。

automobile insurance [`ɔtəməˌbil ɪn`ʃʊrəns] *n.* 車險
= car insurance

「車險」採「從人主義」和「從車主義」，「從人」就是會看車主的年齡、性別。而「從車」就是看車子的出險率。買車險要注意的是，對一般泡水車產險公司不保「竊盜險」和「車損險」，因此車主千萬不要貪小便宜而隨便買泡水車。另外，不同的保險通路車險的保費也會有所不同，跟車商保代買或是透過業務員、保經、銀行來買車險，因為屬於「間接通路」，業務員中間會有佣金，保費會比較貴；而直接到產險公司買或透過產險公司的網路線上投保，因屬「直接通路」，保費往往有折扣和優惠，但缺點是沒有專屬的業務員服務。

physical direct damage insurance
[`fɪzɪkl̩ də`rɛkt `dæmɪdʒ ɪn`ʃʊrəns] *n.* 車損險

「車損險」，可分為甲式、乙式與丙式。 甲式保費最貴，但保的範圍最廣，若投保甲式車體損失險，不明原因的車損，保險公司也會賠。而乙式車體損失險不賠停在

路旁而莫名奇妙的車子刮損或損壞。「丙式車險」又叫作「車碰車險」，也就是說只賠車子和車子之間的碰撞所遭受的損壞。

theft loss insurance [`θɛft ˌlɔs ɪn`ʃurəns] *n.* 竊盜損失險

即使自家有車庫，建議也可以保汽車竊盜損失險，因為車子不可能整天關在車庫裡，一定會開出門，有可能停車的地方並不安全，而遭竊。「汽車竊盜損失險」的附加險有「汽車竊盜代車費用保險」，就是在車子被偷走時，保險公司會賠失主外出的交通代車費用，但通常最多只能領到三十天。其他的附加險還有「零配件被竊損失險」，就是在保車子的零件，如安全氣囊、汽車音響等，而不是車子本身。

survey [sə`ve] *v.* 勘查；調查

survey 有「調查」的意思，通常如果保車體險或是竊盜險，業務員會去「勘車」，「勘車」的英文就可以說「survey the car」。

car collision [`kɑr kə`lɪʒən] *n.* 車碰車

rating class [`retɪŋ ˌklæs] *n.* 費率等級

solatium [so`leʃɪəm] *n.* 慰問金；撫慰金

reparation [ˌrɛpə`reʃən] *n.* 賠償金

aleatory contract [`elɪəˌtorɪ `kɑntrækt] *n.* 射倖契約

其他常見的產險險種

- compulsory automobile liability insurance 汽車強制險

- motor third party liability insurance 汽車第三人責任險

- motor physical damage insurance 汽車車體險

- motor fixed rate deductible insurance 汽車定率自負額險

- motor theft loss insurance 汽車竊盜損失險

- compulsory automobile liability insurance with driver's PA (Personal Accident or single accident) coverage 強制車險附加駕駛人傷害條款 (單一事故)

- motor insurance extended coverage 汽車附加險

- compulsory motorcycle liability insurance with motorcyclist's personal accident coverage 機車強制險駕駛人附加條款

- residential fire & basic earthquake insurance 住宅火災及地震基本保險

- public liability insurance 公共意外責任保險

- security guard liability insurance 保全業責任保險

- MRT passengers liability insurance 大眾捷運系統旅客運送責任保險

- safe deposit box liability insurance 產物金融業保管箱責任保險

- fidelity bond insurance 員工誠實保證保險

- business interruption insurance 營業中斷險

- accounts receivable insurance 應收帳款保險

- product liability insurance 產品責任保險

- golf liability insurance 高爾夫球責任險

- third party liability with solatium coverage 第三人責任險慰問保險金附加條款

NOTE

放款和
理財業務篇
Loan and personal financing services

PART **07**

loan [lon] *n.* 貸款；放款

「放款」是銀行一大收入來源。不少民眾很好奇，要怎麼樣辦房貸才能跟銀行求得好的利率？就筆者的實務經驗來說，只要達到好人、好物件、好地段這三個條件，往往能得到較好的利率。「好人」是指申請人的信用狀況良好、負債比低、職業良好，像是老師、會計師、醫師以及公務員，尤其是公務員因為有穩定的工作，不會因突然失業而繳不出房貸，在銀行眼中算是優質客戶。「好物件」是指房子本身狀況，通常大樓或是豪宅比較容易脫手，而坪數十七坪以下的套房則容易被銀行打槍。「好地段」通常可分為兩種，第一種是「捷運步行五分鐘可到、附近人潮眾多的商圈」的地段，像是位於忠孝東路附近的物件，因有板南線通過，又位於東區商圈，這時銀行貸款的條件就會比較優惠。第二種是指「優質社區」，像是臺北市大安區的仁愛路等金字塔頂端族群所住的高級住宅路段，因釋出的物件少，即使有錢想買也買不到，屬於賣方市場。另辦貸款時，也要注意有無綁約，或提前清償的違約金，日後才好轉貸。

搭配用語

- ◆ life of loan 貸款期限
- ◆ interest-free loan 無息貸款
- ◆ interest rate on loan 貸款利率
- ◆ first-home loan 首購族房貸
- ◆ loan-to-value ratio (LTV) 貸款成數
- ◆ policy-based loan 政策性貸款
  = policy-based lending
- ◆ apply for a loan 申請貸款
  = take out a loan
- ◆ car loan / auto loan / automobile loan 車貸

實用例句

- ◆ I would like to take out a **loan** to buy a house at Tianmu.
  = I would like to apply for a **loan** to buy a house at Tianmu.
  我想要辦貸款來買在天母的房子。

◆ Finally, I have paid off the **loan**. Now the house belongs to me completely.
我終於還清貸款了，現在這房子完全屬於我。

secured loan [sɪˋkjʊrd ˏlon] *n.* 有擔保貸款

unsecured loan [ˏʌnsɪˋkjʊrd ˏlon] *n.* 無擔保貸款

subprime mortgage [ˏsʌbˋpraɪm ˋmɔrgɪdʒ] *n.* 次級房貸
= **subprime loan**

實用例句

◆ When thousands of **subprime loans** were combined to create CDOs, many of them still received triple-A ratings.
當數以千計的次貸被結合成擔保債權憑證，其中很多仍得到三 A 評等。

◆ In fact, too many banks preferred **subprime loans** because they carried higher interest rates.
事實上，太多銀行偏好次貸，因為它們擁有較高的利率。

subprime meltdown [ˏsʌbˋpraɪm ˋmɛltˏdaʊn] *n.* 次貸風暴
= **subprime crash** [ˏsʌbˋpraɪm ˏkræʃ]
= **subprime crisis** [ˏsʌbˋpraɪm ˏkraɪsɪs]

loan fee [ˋlon ˏfi] *n.* 貸款手續費

loan shark [ˋlon ˏʃɑrk] *n.* 放高利貸者

mortgage [ˋmɔrgɪdʒ] v. 抵押 ；n. 抵押；擔保；房貸

「抵押」和「質押」的意思不同。抵押是以「不動產」作擔保，而「質押」是以「動產」作擔保。

搭配用語

♦ huge / big mortgage 高額房貸

♦ be in arrears with one's mortgage 拖欠房貸；房貸未繳
   = get behind with one's mortgage
   = fall behind with one's mortgage

♦ to pay off mortgage 付清房貸
   = redeem mortgage

♦ to repay mortgage 房貸還款
   = to pay back mortgage

♦ mortgage repayment 房貸還款

實用例句

♦ We should not **mortgage** our future and our children's future for the temporary convience of the present.
   我們不該把我們的未來以及我們孩子的未來都抵押給現在暫時的便利。

♦ My colleague is having trouble getting a **mortgage** because the bank thinks she does not earn enough money to pay the **mortgage**.
   我的同事要取得房貸有困難因為銀行認為她賺得不夠多來付房貸。

♦ My classmate was in arrears with his **mortgage**; therefore, his house was repossessed by the bank.
   我的同學拖欠房貸沒有付款，所以他的房子就被銀行收回了。

♦ It is vital for people to pay off the **mortgage**.
   還清房貸對大家來說是很重要的。

♦ The wealthy man got a **mortgage** of nine million.
   這有錢人獲得了九百萬的貸款。

♦ My mansion was **mortgaged** to Bank of Taiwan for eighty million NT dollars.
   我以八千萬把我的豪宅抵押給臺灣銀行。

mortgage rate [ˋmɔrgɪdʒ ˏret] *n.* 房貸利率

◆ Some people predict that **mortgage rates** are going to rise again this year.
有些人預測房貸利率今年又會調高。

mortgage slave [ˋmɔrgɪdʒ ˏslev] *n.* 房奴

microloan [ˋmaɪkrəˏlon] *n.* 小額放款

personal loan [ˋpɝsənl̩ ˏlon] *n.* 信貸

corporate loan [ˋkɔrpərɪt ˏlon] *n.* 企業放款

bullet loan [ˋbʊlɪt ˏlon] *n.* 一次清償貸款

意思就是每期只先付利息，最後才一次清償本金的貸款。

appraisal [əˋprezl̩] *n.* 估價

◆ Banks always require an **appraisal** of the house before they will agree to grant the loan.
銀行總是在同意貸款給你之前先要求把房子估價。

appraise [əˋprez] *v.* 估價

實用例句

♦ It is important to purchase the house after having it **appraised**.
在買房子之前先估價是很重要的。

credit [`krɛdɪt] *n.* 信用

搭配用語

♦ credit granting 授信
♦ credit research 徵信
♦ credit rating 信用評等
♦ credit score 信用評分
♦ credit quota 授信額度

實用例句

♦ Because of some bad rumors about this company, the bank refused further **credit** to the company.
由於一些關於這間公司的負面謠言，銀行拒絕再次授信給這間公司。

non performing loan (NPL) [ˌnɑn pɚˋfɔrmɪŋ ˌlon] *n.* 逾期放款
= overdue loan [ˋovɚˌdju ˋlon]

non performing loan ratio [ˌnɑn pɚˋfɔrmɪŋ ˌlon ˋreʃo] *n.* 逾放比

affiliated lending [əˋfɪlɪˌetɪd ˋlɛndɪŋ] *n.* 關係企業貸款

corporate social responsibility (CSR)
[ˋkɔrpərɪt ˋsoʃəl rɪˌspɑnsəˋbɪlətɪ] *n.* 企業社會責任

amortize [`æmə͵taɪz] *v.* 攤還；（向銀行貸款的）分期償還

amortize 是指「分期償還」，和還款期限一到才要一次性的全額還款的意義不同。

實用例句

♦ The pretty young girl plans to **amortize** the total cost of the house over ten years.
這正妹打算花十年以上分期償還房貸。

♦ The house loan will be **amortized** over twenty years.
房貸將會花二十年以上來攤還。

amortization [͵æmətə`zeʃən] *n.* 攤銷；（向銀行貸款的）本金分期償還
= amortisation（英式英語）

攤銷是指每月先還款部分本金，並隨著本金的減少，每月需還的利息也跟著減少。

實用例句

♦ Elaine agreed to an improved **amortization** schedule presented by the bank.
伊蓮同意銀行提出的修正攤還時程表。

prime rate [`praɪm ͵ret] *n.* 基準放款利率；基本放款利率

prime rate 是指最優惠的利率，不等於實際貸款利率，但實際貸款利率只會按基準利率加碼，而不會減碼，加碼的幅度會因貸款申辦人的職業、收入、負債比而有所不同，通常醫師、會計師以及公務員比較可以向銀行爭取到較低的放款利率。

grant [grænt] *n.* 撥款

syndicate [`sɪndɪkɪt] *n.* 銀行團

syndicated loan [ˋsɪndɪˌketɪd ˌlon] *n.* 聯貸

lead bank [ˋlid ˌbæŋk] *n.* (聯貸案的) 主辦行

annual percentage rate (APR)
[ˋænjʊəl pəˋsɛntɪdʒ ˌret] 年利率

annual percentage rate of total finance charges
n. 總費用年百分率

不少銀行推出低利信貸，標榜「超低利率」來吸引客戶，或是推出前六期給客戶超低利率，但從第七期開始就往上調，但其實這些都不準！真正要注意的是「總費用年百分率」，因為不少銀行把不少收費隱藏在開辦費、手續費和帳戶管理費中，因此利率雖低，但林林總總加起來也很嚇人。而「總費用年百分率」是指信貸的所有支出的費用，上述的手續費、帳管費也在其中，才能真正顯示出該產品的實際利率，因此辦信貸或房貸前，唯有先行比較各家銀行的「總費用年百分率」才能破解銀行放出的煙霧彈。

markup [ˋmɑrkˌʌp] *n.* (利率的) 加碼

markup 或作 mark-up。

markdown [ˋmɑrkˌdaʊn] *n.* (利率的) 減碼

markdown 或拼成 mark-down。

payment [`pemənt] *n.* 付款

實用例句
◆ Cash **payments** at branches will be charged cash processing fee.
到分行臨櫃現金繳款將被收取處理現鈔手續費。

repayment of principal [rɪ`pemənt ɑv `prɪnsəp!] *n.* 償還本金

repayment [rɪ`pemənt] *n.* 還款

字首 re- 代表「back 返還」，和 payment (付款) 合在一起就是「還款」之意。

prepayment [pri`pemənt] *n.* 提前清償
= early repayment [`ɝlɪ rɪ`pemənt]

prepayment penalty [pri`pemənt `pɛn!tɪ] *n.* 提前清償違約金

不少銀行的信貸或是房貸，如果提前清償，會被收取一筆違約金。有人可能會問提
早把錢還給銀行還不好？這是因為辦理貸款時，不少合約都是綁約的，如分十年或
二十年來還款，銀行就有房貸的利息可以賺，如果提前清償還清，那銀行本來預定
可收取的利息收入也就沒有了，也就違反了當初的房貸合約，所以要收提前清償違
約金。

breach penalty [`britʃ `pɛn!tɪ] *n.* 違約金

insufficient funds [ˌɪnsə`fɪʃənt ˌfʌndz] *n.* 餘額不足

213

security [sɪˋkjʊrətɪ] *n.* 擔保品；保證金

實用例句

♦ Ahab has given his land as **security** for the house mortgage.
亞哈以抵押自己的土地作為房貸的擔保品。

♦ The wealthy man's shares in the firm were pledged as **security** against the loan.
這有錢人把公司的持股質押作為貸款的擔保品。

liability [͵laɪəˋbɪlətɪ] *n.* 責任

liability 這個字當「責任」時，比較常用在金融英語裡，特別是作為損壞某物而有賠償的「責任」；而 responsibility 這個字用得比較廣泛，指一般性的「責任」。

joint and several liability
[ˋdʒɔɪnt ænd ˋsɛvrəl ͵laɪəˋbɪlətɪ] *n.* 連帶保證責任

guarantor [ˋgærəntə] *n.* 保證人

surety [ˋʃʊrtɪ] *n.* 連帶保證人

英文的 surety 最接近我們中文所說的「連帶保證人」，不過意思還是有點差距。連帶保證人和一般保證人有什麼不同？簡單說，「連帶保證人」沒有「先訴抗辯權」，所謂的「先訴抗辯權」，就是指民法第七百四十五條所規定的「保證人於債權人未就主債務人之財產強制執行而無效果前，對於債權人得拒絕清償」。另外，臺灣法令規定，銀行要保證人簽「連帶保證人」的合約時，一定要「宣讀」給對方聽相關條文，不能只是先給客戶簽字和蓋章，否則該合約「無效」。

lending rate [`lɛndɪŋ ˏret] *n.* 貸款利率

fixed-rate mortgage (FRM) [`fɪkst ˏret `mɔrgɪdʒ] *n.* 固定利率房貸

variable-rate mortgage [`vɛrɪəbl ˏret `mɔrgɪdʒ]
n. 機動利率房貸；指數型房貸
= **adjustable rate mortgage (ARM)** [ə`dʒʌstəbl ˏret `mɔrgɪdʒ]

collateral [kə`lætərəl] *n.* 抵押品；擔保品

實用例句

♦ The creditor has the right to seize the **collateral** if the borrower defaults on the obligation.
如果借款人未能遵行義務的話，債權人有權沒收擔保品。

repossession [ˏripə`zɛʃən] *n.* (擔保品或抵押品的) 收回

repossession 可簡稱為 repo。

repossess [ˏripə`zɛs] *v.* (擔保品或抵押品的) 收回

house title deed [`haʊs `taɪtl ˏdid] *n.* 房屋所有權狀

foreclosure [for`kloʒɚ] *n.* 法拍；法拍屋

♦ If homeowners fail to keep up the payments, they may face **foreclosure**.
如果房屋擁有人未能持續還款,他們可能會面臨法拍。

♦ Subprime mortgages began to result in **foreclosure**.
次級房貸開始導致法拍屋。

charge-off [`tʃɑrdʒɔf] *phr.* 沖銷呆帳

go bankrupt [`bæŋkˌrʌpt] *n.* 破產
= go into bankruptcy [`bæŋkˌrʌpsɪ]
= go bust [bʌst]
= go under

♦ Leman Brothers was forced to declare itself **bankrupt**.
雷曼兄弟被迫宣告破產。

down payment [`daʊn `pemənt] *n.* 頭期款
= initial installment [ɪ`nɪʃəl ɪn`stɔlmənts]

「頭期款」也可以說成 initial installment。

arrears [ə`rɪrz] *n.* 拖欠款 (在寬限期內的未償付款項)

♦ Too many middle-class people are struggling to pay off their mortgage **arrears**.
太多中產階級正在和清償他們的房貸欠款搏鬥中。

♦ Paul was two months in **arrears** with his mortgage.
保羅拖欠了二個月的房貸未繳。

♦ Elaine fell / got into **arrears** with her mortgage.
伊蓮的房貸拖欠未繳。

usury [`juʒʊrɪ] *n.* 高利貸

♦ The interest rate of **usury** is unusually high.
高利貸的利率不尋常地高。

consultant [kən`sʌltn̩t] *n.* 顧問

financial consultant (FC) [faɪ`nænʃəl kən`sʌltn̩t] *n.* 理專
= **financial advisor** [faɪ`nænʃəl əd`vaɪzɚ]
= **financial planner** [faɪ`nænʃəl `plænɚ]
= **financial analyst** [faɪ`nænʃəl `ænl̩ɪst]

「理專」依不同的銀行而有不同的稱法，有些銀行的理專甚至叫作「客戶經理」client manager (CM)，但實質上根本不是管理整個分行的銀行經理，而只是掛的職稱較響亮而已。另外，advisor也可以作adviser。至於民眾想找有品德的好理專，不妨注意該理專的年資和經驗，看是不是只是想來過水的菜鳥或是已有長久經驗的操盤老手。再來，一名好的理專不會一昧只是推銷金融商品，而是先設法了解客戶的需求，才推薦符合客戶需求的實用商品。舉例來說，如果一名理專只是不斷和你推銷最近剛募集的基金，你就要懷疑對方是不是只是想要達成自己的扣打而已，因為新基金募集時理專通常都會被上面分派一個要達成的配額(或稱作「扣打」)。

♦ **Financial consultants** are licensed professionals trained to help their clients make wise and correct financial decisions.
理專是有證照的專家，受訓來幫助他們的客戶做出明智又正確的理財決定。

♦ **Financial planners** may increase their employment opportunities by obtaining additional certifications.
理專可以藉由獲取更多的證照來增加就業機會。

top financial consultant [`tɑp faɪ`nænʃəl kən`sʌltṇt] *n.* 頂尖理專

判斷一名理專是否為頂尖理專的指標往往非常多項，包含開戶數、拉房貸績效、個金放款、客戶資產管理規模大小、基金銷售的達成率、保費的手續費收入等。甚至很多理專還沒有變成頂尖理專就陣亡了。理專的工作壓力非常大，因為每個月、每一季和每年都有業績達成的壓力，而且除了服務舊有的客戶群，也要不斷開發新的客戶群，加上理專即使達成上面要求的基金和保險的手續費收入，也常擔心是否客戶買了推薦的商品是否真的獲利還是賠錢，舉雷曼兄弟的連動債為例，不少客戶在理專的遊說下買了之後都慘虧不少，甚至跑來分行鬧事或恐嚇理專，讓理專飽受精神壓力。

Personal Banker (PB) [`pɜsənḷ `bæŋkə] *n.* 個人理財專員

Personal banker (PB) 又有分成 PB1、PB2、PB3 三種，就定義上，各銀行有點小小的不同，但一般來說，PB1 負責的是房貸方面，但也會做到信貸；PB3 則是處理財富管理方面，負責 VIP 客戶；PB2 則是負責該行的一般等級理財客戶，畢竟資產不到三百萬的一般小戶，有些還是會買基金、保險，這些就是交給 PB2 來服務。當然，銀行最注重的就是 PB3 負責的頂級客戶階層，因為這些少數的 VIP 卻是分行主要的業績來源。

Account Officer (AO) [ə`kaʊnt `ɔfəsə] *n.* (銀行放款部的) 業務人員

AO 又有「企金」和「個金」之分，企金主要是就是對中小企業進行放款；而個金主要就是去拉房貸。日劇《半澤直樹》就是講企金人員的故事。

investment consultant [ɪn`vɛstmənt kən`sʌltṇt] *n.* 投資顧問

fund manager [`fʌnd `mænɪdʒə] *n.* 基金經理人

fund management [`fʌnd `mænɪdʒmənt] *n.* 理財
= financial planning
= wealth management
= money management

customer acquisition manager
[`kʌstəmə ,ækwə`zɪʃən `mænɪdʒə] *n.* 客戶開發經理

雖然有「經理」的頭銜，但實際上外商銀常把本國銀的專員冠上「副理」、「經理」的層級。但這些外商銀所謂的「客戶開發經理」實際上就是指去找有錢人來銀行開戶的「業務專員」而已。

Master of Business Administration (MBA) [əd,mɪnə`streʃən] *n.* 企管碩士

segmentation [,sɛgmən`teʃən] *n.* 區隔化；分級化

現在不少民營銀行對不同的客戶採取不同的對待，這就是所謂的「區隔化」。口袋麥克麥克的、貢獻度高的客戶除了有美美的專屬理財專員之外，辦交易時，不用像小戶一樣排隊，可以坐在舒服的椅子、喝著免費咖啡，邊讀著行員送來的報紙，邊等交易辦完，甚至有的銀行還提供液晶電視讓客戶慢慢看，不過一般的小戶卻往往被行員引導至自動化服務，用 ATM 或網銀自己來解決，沒有行員來伺候。因為就現實面來看，一間分行約 90% 的利潤，都來自不到 8% 的金字塔頂尖客戶群。從分行的空間配置的利用來看，就可以看出，老行庫銀行的辦理一般交易的櫃檯至少占了二分之一到三分之二的空間，但現在民營銀行的一般交易的作業面積往往小於三分之一，甚至比 ATM 區還小，其他的三分之二的空間全被理財區或尊榮理財以及放款區給占了。

refer [rɪˋfɝ] v. 轉介

實用例句

◆ The beautiful young teller **referred** her clients to a financial consultant
這正妹行員把她的客戶轉介給理專。

referral [rɪˋfɝəl] n. 轉介

實用例句

◆ The teller took lucrative kickbacks on the **referral**.
那行員藉由轉介而賺取豐厚的佣金。

quota [ˋkwotə] n. 配額；扣打

discretionary account operation
[dɪˋskrɛʃənˏɛrɪ əˋkaʊnt ˏɑpəˋreʃən] n. 代客操作

take advantage [ˋtek ədˋvæntɪdʒ] phr. 占便宜

不少不肖行員或分行會想盡辦法占客戶便宜，舉筆者自己的經驗來談，有次我去某
銀行開「臺幣活儲帳戶」，沒有想到行員多幫我辦了一個「證券戶」，但卻沒有清
楚告知，而是把開戶申請書混在開活儲帳戶的申請書中，使消費者受騙而簽名。另
外一些銀行往往在開戶申請金融卡也要收手續費，但行員會說這手續費會提撥存入
「某某基金專戶」來幫助別人，但實際上，雖然是客戶出的錢，但卻是由「銀行的
名義」捐出給慈善機構，銀行還可以抵稅和宣傳自己「贊助慈善事業」，來打好形象。
順便一提，該慈善基金會往往也是該金控自己成立的。另外常見的占便宜案例就是
客戶開戶申辦金融卡或是 Visa 金融卡時，故意騙客戶申請 combo 信用卡，來賺信
用卡的業績。

telemarketing [ˌtɛləˋmɑrkɪtɪŋ] *n.* 電話行銷；直效行銷

實用例句

♦ Because Betty works in a **telemarketing** company, she has to make lots of cold calls to potential customers.
因為貝蒂在電話行銷公司上班，她必須打好幾通陌生拜訪電話給潛在客戶。

promote [prəˋmot] *v.* 推銷；推廣

實用例句

♦ Lots of banks **promoted** overseas funds and bonds to their customers.
不少銀行推銷海外基金和債券給他們的客戶。

sales pitch [ˋselz ˋpɪtʃ] *n.* 行銷話術

銀行為了向客戶推銷金融商品，開會時常會玩「角色扮演」來演練話術。因此跟銀行打交道要很小心，當行員問您有沒有儲蓄習慣時，其實就是在推銷保險而非定存，但話術施展起來，會讓民眾誤以為是在辦理定存而非買保險。筆者在銀行工作時就曾見過一位老婆婆想要來銀行解約外幣定存才發現理專當初幫她辦的是一份綁約長達六年的「外幣保單」而非「定存」。畢竟這年頭不少理專或行員為了做業績，什麼職業道德都不顧了。

實用例句

♦ A bank teller often needs to memorize a lot of **sales pitches** so that her sales may improve.
銀行行員常需要記下很多行銷話術，這樣她的業績才有可能改善。

sales representative [`selz rɛprɪ`zɛntətɪv] *n.* 業務 (員)
= **representative** [rɛprɪ`zɛntətɪv]
= **rep** [rɛp]

英文中「業務」的說法可直接只講 representative，字面意思是「代表」，但現在也很普遍被用來指稱「業務員」，甚至可簡稱為 rep 就好。

subscribe [səb`skraɪb] *v.* (基金的) 申購 (和 to 搭配)

基金的「申購」可以用 subscribe，因為是不及物動詞，所以要和 to 搭配，形成 subscribe to 這個動詞片語。至於基金的「募集」則可以用動詞 raise。

實用例句

♦ It might be illegal to **subscribe to** funds that are not registered.
申請沒有登記的基金可能會違法。

subscription [səb`skrɪpʃən] *n.* (基金的) 申購；認購；訂購 (和 to 搭配)

申購基金都要手續費，假如是單筆的話，通常只扣兩次 (下單和贖回各一次)。但假如是定期定額，像一般銀行大都是逢六扣款，6 號、16 號、26 號。而每扣一次，就會再抽一次手續費。而且不少銀行都還會有個潛規則，一般人卻不知道，就是「強制規定最低手續費」。例如說，國 X 世 X 規定定時定額的每筆手續費至少要五十元。台 X 銀行規定要七十五元。中 X 信 X 規定至少要收一百元。這樣就造成業者宣稱的打折優惠有點做做表面功夫而已。例如不少銀行都推出 XX 定期定額專案給予四折的優惠。但真的有打到四折嗎？國內基金手續費通常是基金的 1.25%，打完四折是 0.5%。假如你用單筆下一萬元的手續費的 0.5% 是只要收五十元而已，換算下來是真的有打到「四折」。但如果你用每月定時定額自動扣款 3000 元的話，打四折變成手續費 0.5% 應該是銀行只能跟客戶收十五元手續費而已。可是因為國 X 世 X 銀行規定至少每次下單要收五十元手續費，所以實質上，你多付了三十五元。每扣一次就要多付一次三十五元。如果是跟台 X 銀行買基金，因為規定手續費至少要七十五元，所以等於台 X 多收了六十元，如果是跟中 X 信 X 買基金，就等於銀行

多收了八十五元手續費。因此實際上，銀行宣稱定時定額的優惠專案往往並沒有所宣稱的那麼「優惠」。因為銀行為了賺我們的錢，早預設了「潛規則」，只是一般人不曉得而已。

實用例句

♦ You may cancel your **subscription** to that fund at any time.
你可以隨時取消對該基金的申購。

♦ I decided not to renew my **subscription** to the newspaper.
我決定不續訂那份報紙。

fund subscription fee [`fʌnd səb`skrɪpʃən ˌfi] *n.* 基金認購手續費

fund redemption fee [`fʌnd rɪ`dɛmpʃən ˌfi] *n.* 基金贖回手續費

cross-selling [`krɔs`sɛlɪŋ] *n.* 跨售；共同行銷

實用例句

♦ The bank manager shared some **cross-selling** tips with bank tellers.
銀行經理和行員分享了一下共同行銷的小祕訣。

asymmetric information [ˌesɪ`mɛtrɪk ˌɪnfɚ`meʃən] *n.* 資訊不對稱
= **asymmetry of information** [e`sɪmɪtrɪ ɑv ˌɪnfɚ`meʃən]

「資訊不對稱」常被用來指銀行行員或理專利用其專業知識的優勢，對金融不太清楚的客戶進行不平等的銷售，因銀行理專通常知道更多相關的金融知識，而一般民眾則沒有那麼清楚，因此常被不肖理專利用「資訊不對稱」來要得團團轉。

mutual funds [`mjutʃuəl ˏfʌndz] *n.* 共同基金

共同基金是藉由發行受益憑證來聚集廣大投資者的資金，交由投資信託專業人士來代操。由於共同基金並不是投資單一股票證券，而是投資不同種類證券，有分散風險的功用。自從 2008 年發生金融海嘯，基金投資客就比較開始有「停損」(stop loss) 的觀念，以免損失慘重。

實用例句

♦ I bought my first **mutual funds** from a bank teller just because she was very beautiful and I liked her.
我的人生第一個共同基金是跟一位銀行櫃員買的，只因為她長得很美而且我很喜歡她。

hedge [hɛdʒ] *n.* 避險；避險工具；對沖

hedge funds [`hɛdʒ ˏfʌndz] *n.* 避險基金；對沖基金；套利基金

「避險基金」照字面意思就是避掉反向的損失風險，常常靠高槓桿操作或是衍生性金融商品來衝刺獲利。

venture capital fund [`vɛntʃɚ `kæpətl ˏfʌnd] *n.* 創投基金

opened-end fund [`opənd`ɛnd ˏfʌnd] *n.* 開放型基金

如果投資人購買的是開放型基金的話，可以隨時要求贖回。

closed-end fund [`klozd`ɛnd ˏfʌnd] *n.* 封閉型基金

overseas funds [`ovəˌsiz `fʌndz] *n.* 境外基金

sovereign wealth funds [`savrɪn ˌwɛlθ `fʌndz]
n. 主權基金；主權財富基金

bond fund [`band ˌfʌnd] *n.* 債券型基金

債券型基金主要投資債券，像是公司債、政府公債等，適合不追求高風險、高報酬、比較偏愛收益穩定的投資人。

equity fund [`ɛkwətɪ ˌfʌnd] *n.* 股票型基金

股票型基金，顧名思義，主要投資在股票上，因此較債券型基金的報酬大，但同時風險也大。

growth & income fund [`groθ ænd `ɪnˌkʌm ˌfʌnd] *n.* 成長收益型基金

high-yield bond fund [`haɪ`jild ˌband `fʌnd] *n.* 高收益債券基金

principal guaranteed fund [`prɪnsəpl ˌgɛrən`tid ˌfʌnd]
n. 保本型基金

「保本型基金」是一種在基金的合約到期時，最少可以保住幾成資金的基金。通常保本型基金會將大部分的資金投資在低風險、低收益的金融商品，如政府公債等，而把部分再投資在高風險、高收益的金融商品，但如果投資人提前贖回的話，就不保本而且會收取提前贖回手續費。

non-capital guaranteed fund [nɑn`kæpət̩l ˌgɛrən`tid ˌfʌnd]
n. 非保本基金

performance [pə`fɔrməns] *n.* (基金的) 績效

prospectus [prə`spɛktəs] *n.* (募集基金的) 公開說明書

net asset value [`nɛt `æsɛt `vælju] *n.* 淨值

rate of returns [ret ɑv rɪ`tɜnz] *n.* 報酬率

return on investment (ROI) [rɪ`tɜn ɑn ɪn`vɛstmənt]
n. 投資報酬率

return on assets (ROA) [rɪ`tɜn ɑn `æsɛts] *n.* 資產報酬率

tangible asset [`tændʒəb̩l `æsɛt] *n.* 有形資產

intangible asset [ɪn`tændʒəb̩l `æsɛt] *n.* 無形資產

dollar cost averaging (DCA)[`dɑlə ˌkɔst `ævərɪdʒɪŋ] *n.* 定期定額
= **dollar averaging** [`dɑlə `ævərɪdʒɪŋ]
= **periodic investment** [ˌpɪrɪ`ɑdɪk ɪn`vɛstmənt]
= **constant dollar plan**
= **pound-cost averaging** (英式英語)

實用例句

♦ The financial consultant told her customer that **dollar cost averaging** is as close to infallible investing as she can get.
這名理專告訴她的客戶說定期定額是最接近萬無一失的投資法。

♦ Although young people do not have much money, they can still invest in the stock market through **dollar cost averaging**.
雖然年輕人沒有什麼錢，他們仍然可以用定期定額來投資股市。

lump sum investment [`lʌmp ˌsʌm ɪn`vɛstmənt] *n.* 單筆下單

front-end load [`frʌnt `ɛnd ˌlod] *n.* 申購手續費

redemption fee [rɪ`dɛmpʃən ˌfi] *n.* 贖回手續費
= **back-end load**

on the hook *phr.* 被套牢
= **be tied up**

實用例句

♦ Paul was **on the hook** for the stock investment.
保羅被套牢在股市裡。

♦ Allison **is tied up** in other stocks and has no funds to buy shares of this stock.
艾利森被其他的股票套牢而沒有資金買這支股票的股份。

record [rɪˋkɔrd] v. 錄音

實用例句

♦ The bank may **record** all telephone conversations between the customer and the bank's staff.
銀行可以將所有客戶和行員的電話內容予以錄音。

exposure (to risk) [ɪkˋspoʒɚ] n. 風險承受；曝險

銀行放款給客戶卻收不回來的風險。

實用例句

♦ The regulators' job is to understand the **exposure** across these institutions.
控管員的工作就是了解這些機構的曝險。

risk [rɪsk] n. 風險

搭配用語

♦ to monitor the risk 監控風險
♦ to measure the risk 估量風險
♦ cost of risk 風險成本
♦ value at risk 風險值
♦ risk assessment 風險評估
♦ risk control 風險控管
♦ risk measurement 風險衡量
♦ risk transfer 風險移轉
♦ systemic risk 系統風險
♦ liquidity risk 流動性風險
♦ risk management 風險管理
♦ risk identification 風險辨識
♦ to diversify away the risk 分散風險

red ink [`rɛd ˌɪŋk] *n.* 赤字

實用例句

♦ This company is drowning in red ink.
這公司虧損累累。

distribution channel [ˌdɪstrəˈbjuʃən ˈtʃænl] *n.* 銷售通路

commodity [kəˈmɑdətɪ] *n.* 商品

實用例句

♦ The clever bank worker knows how to buy or sell stock, bonds, mutual funds, or any other type of financial commodity.
這聰明的行員知道如何買賣股票、債券、共同基金或任何形式的金融商品。

leverage [`lɛvərɪdʒ] *n.* 槓桿（比率）
= gearing（英式英語）

option [`ɑpʃən] *n.* 選擇權

於特定期間以約定好的價錢買賣特定數目股票的權利。

futures [`fjutʃəz] *n.* 期貨

期貨契約是一種遠期契約，約定未來的某一時間點按照特定的價格和數量等交易條件買賣約定之標的物。因此期貨並不是「實體的商品」，而是一種衍生性金融商品，但投資的標的物通常為實體的，如黃金、白銀、農作物等。

real estate [`riəl ə`stet] *n.* 不動產；房地產

estate agent [ə`stet `edʒənt] *n.* 房仲；房地產經紀人
= **real estate agent**
= **realtor** [`riəltə]

invest [ɪn`vɛst] *v.* 投資（和 **in** 搭配連用）

實用例句

◆ Bill planned to **invest** in gold.
比爾打算投資黃金。

◆ Many people rushed to **invest** in gold only to know little about gold.
很多人一窩蜂跑去投資黃金，卻對黃金一知半解。

investment [ɪn`vɛstmənt] *n.* 投資

實用例句

◆ John felt the time was right to realize his **investment** and sold his stocks.
約翰認為了結投資獲利的時機已成熟，就賣掉他所有股票。

◆ The company has made a large **investment** in the smart phone market.
這家公司大筆投資在智慧型手機市場。

◆ The **investment** banks fueled a massive bubble in investment stocks.
投資銀行在股票市場造成一個大泡沫。

spend [spɛnd] *v.* 花費

squander [`skwɑndə] *v.* 浪費

實用例句

◆ Some bankers **squandered** the profits on sports cars.
一些銀行家把獲利浪費在跑車上。

private placement [`praɪvɪt ˌplɛsmənt] *n.* 私募

法令及金融監督對私募基金較一般共同基金來的寬鬆。一般來說，私募基金操作高槓桿來賺取暴利，並且投資公司的目地並不是要長期經營而是等時機成熟再轉手賣掉賺利潤。加上私募的投資人結構並不透明，且投資私募有高門檻限制，使得社會大眾對私募基金並不了解，之前臺灣爆發臺版馬多夫詐騙案，就是私募股權基金 PEM 集團透過臺灣的銀行 (如台中商銀、華南銀、渣打及安泰銀等銀行) 向臺灣投資人進行吸金。

surplus [`sɝpləs] *n.* 盈餘

prospect [`prɑspɛkt] *n.* 展望

inflation [ɪn`fleʃən] *n.* 通貨膨脹；通膨

stagflation [ˌstæg`fleʃən] *n.* 停滯性通膨

deflation [dɪ`fleʃən] *n.* 通貨緊縮

devaluation [ˌdivæljuˋeʃən] *n.* 貨幣貶值

poverty [`pɑvətɪ] *n.* 貧窮

◆ Many Taiwanese could end up below the **poverty** line again.
不少臺灣人可能會再次落在貧窮線以下。

---

money in circulation [ˋmʌnɪ ɪn ˏsɝkjəˋleʃən] *phr.* 貨幣流通量

---

stock [stɑk] *n.* 股票
= share [ʃɛr]

◆ Fears gripped markets overnight and **stock** fell off a cliff.
恐懼抓緊了市場而股票狂跌。

---

stock price [ˋstɑk ˏpraɪs] *n.* 股價
= share price [ˋʃɛr ˏpraɪs]

---

house price [ˋhaʊs ˏpraɪs] *n.* 房價

◆ Americans have never had decline in **house prices** on a nationwide basis.
美國人從來沒有遭遇全國性房價下跌。

---

securities [sɪˋkjʊrətɪz] *n.* 證券

◆ The three rating agencies, Moody's, S&P and Fitch made billions of dollars giving high ratings to risky **securities**.
三家評比機構穆迪、標準普爾、惠譽，藉由給有風險的證券高評比而獲利數十億。

blue-chip stock [`blu͵tʃɪp `stɑk] *n.* 績優股；藍籌股

指有名牌、商譽良好、經營體質健全所發行的股票，市場認同度非常高而且每年能固定分配股利給股東的企業。像臺灣的台積電或宏達電往往就被許多投資人視為 blue-chip stock。

stock option [`stɑk `ɑpʃən] *n.* 認股權

short selling [`ʃɔrt ͵sɛlɪŋ] *n.* （股票）賣空；做空；融券

賣空的動詞形為 to sell short，當投資人預測某檔股票價格將會下跌而想拋售，可以先借入股票賣出，再以更低市價買入股票來償還之前所借的股票而獲利。

實用例句

♦ **Short selling** can be referred to as the opposite of going long. In other words, short sellers make money only when the stock plummets in price.
賣空可被稱為跟買進相反。換句話說，賣空者唯有當股市下跌才賺得到錢。

equity [`ɛkwətɪ] *n.* 股權

equity listing [`ɛkwətɪ ͵lɪstɪŋ] *n.* 股票上市

equity operation [`ɛkwətɪ ͵ɑpə`reʃən] *n.* 股票操作

energy equities [`ɛnədʒɪ `ɛkwətɪz] *n.* 能源股

stockholders' meeting [`stak,holdəz `mitɪŋ] *n.* 股東會

par value [`pɑr `vælju] *n.* 股票面額；債券面值
= par
= face value

debenture [dɪ`bɛntʃə] *n.* 公司債券 (英式英語)；信用債券

debenture 通常為長期債券，但擔保取決於發行人的信用和商譽，相信發行機構不會違約，因為信用債券沒有動產或不動產作為擔保。

treasury bill (T-Bill) [`trɛʒərɪ ,bɪl] *n.* 國庫券

央行為調控市場的供需情況，有時會發行國庫券來緊縮貨幣的供給或是政府為籌募短期資金而在市場上以競標的方式標售短期票據或債券，通常國庫券的票面金額較大而且往往在一年之內且不提供任何擔保品，而超過一年以上的債券另稱作「政府公債」。

bottom out [`bɑtəm ,aut] *v.* (股票等) 止跌回升；跌停看漲

dead cat bounce [`dɛd `kæt ,bauns] *phr.* (股票的) 迴光反照

指股票在長期低迷的情況下的短期反彈，但反彈後股票又繼續往下探底。

retail investor [`ritel ɪn`vɛstə] *n.* 散戶
= private investor [`praɪvɪt ɪn`vɛstə]
= small investor

brokerage [`brokərɪdʒ] *n.* 仲介；券商

brokerage firm [`brokərɪdʒ ˌfɝm] *n.* 仲介公司

ex-dividend [ˌɛks`dɪvəˌdɛnd] *n.* 除息

上市公司宣布配息之後，會先定出一個除息日，從除息日那天新進買入股票的投資人都不能獲得之前宣布配發的股息。

capital adequacy ratio [`kæpətḷ `ædəkwəsɪ `reʃo] *n.* 資本適足率

public bond [`pʌblɪk ˌband] *n.* 公債

government bond [`gʌvənmənt ˌband] *n.* 政府公債

convertible bond (CB) [kən`vɝtəbḷ ˌband] *n.* 可轉換公司債

可轉換公司債是公司債的一種，但不同之處在於持有人可隨時要求該公司債券轉成該公司股票，並享有配息。但部分可轉換公司債有限制不能轉成可以控制經營權的普通股，而只能轉換成特別股。

coupon [`kupɑn] *n.* 票息；優惠券

指債券按照票面利率所配發給持有債券者的利息。另外 coupon 這個字也可以指商家發給消費者的優惠券。

structured notes [`strʌktʃəd ˌnots] *n.* 連動債

「連動債」是一種「固定收益型商品」（如債券）結合「衍生性金融商品」所開創的
一種新金融產品，是透過很複雜的財務工程所產生出來的，一般民眾較難理解此衍生
性金融商品，因此在國外，銀行一般不會賣給個人戶，只賣給法人或專業投資人。但
在臺灣，連動債因為給予中間代理販售的銀行相當高的手續費抽成比例，因此不少銀
行不但賣了不少連動債給散戶，銀行自己也跳下去買了不少連動債。後來爆發金融海
嘯，雷曼兄弟宣布破產，雷曼兄弟的連動債一夕之間變成壁紙，讓投資人血本無歸。

collateralized debt obligation (CDO)
[kə`lætərəˌlaɪzd ˌdɛt ˌɑbləˈgeʃən] *n.* 擔保債權憑證

CDO 是一種以資產作抵押的證券，把不同風險等級的 MBS 再組合包裝的衍生商品。
簡單說，CDO 是多筆債務的打包混合，然後拆分成不同的利率的債券賣給投資人。

> 實用例句

 ♦ The investment banks combined thousands of mortgages and loans in
 cluding car loans, student loans along with credit card debt to create
 complex derivatives called **CDOs (Collateralized Debt Obligations)**.
 投資銀行將數以千計的房貸和貸款，包括汽車貸款、學貸和信用卡債務打包創
 造了錯綜複雜的衍生性商品叫作擔保債權憑證。

credit default swap (CDS) *n.* 信用違約交換

CDS 代表預防交換違約或破產的一種保險，這是銀行為了分散風險時而發展的一種
金融交易。CDS 的好處除了分散風險之外，在銀行眼中也有助於金融機構的資金不
被綁死而可以不斷有效運用。

實用例句

◆ AIG was selling huge quantities of derivatives which were called credit default swaps.
AIG 那時正在銷售大量的衍生性商品，稱作信用違約交換。

◆ For those investors who owed CDOs, credit default swaps worked like an insurance policy.
對於那些擁有擔保債權憑證的人來說，信用違約交換就像保單一樣。

collateralized bond obligation (CBO) 債權債券憑證

將一籃子債券打包並證券化的金融衍生商品。

mortgage backed security (MBS) *n.* 房貸抵押貸款證券

MBS 來自數千份的房貸被投資銀行包裝成 MBS 再賣給投資人。房貸組合內的房貸正常繳款收入就是投資人的配息來源。MBS 就是包裝各式房貸的衍生性金融商品。

competitive bidding [kəm`pɛtətɪv `bɪdɪŋ] *n.* 競標
= bidding war

subcontractor [ˏsʌbkən`træktə] *n.* 承包商

recapitalize [ri`kæpɪtəˏlaɪz] *v.* 增資

capitalization [ˏkæpətlə`zeʃən] *n.* 資本額

market capitalization [`mɑrkɪt ˌkæpət|ə`zeʃən] *n.* 市值
= market cap

market penetration [`mɑrkɪt ˌpɛnə`treʃən] *n.* 市場滲透率

銀行有各種的「滲透率」要達成，如信用卡滲透率、保險滲透率等。例如某家分行已開活儲戶頭的客戶當中，有多少比例是也已辦了該家銀行的信用卡？這就是該行的信用卡滲透率。講白了，銀行是賺錢的機構，客人開了戶之後，就要想辦法進行各式各樣的推銷，把「存戶」變「卡戶」、「保戶」和「基金戶」。筆者在銀行工作時，上面也常要求行員三點半之後還要打行銷電話叫客戶辦卡，來衝高該分行的信用卡滲透率。

fiscal policy [`fɪsk| `pɑləsɪ] *n.* 財政政策

指政府的財政部藉由控制稅賦增減和公共支出來影響國家經濟的政策，和「貨幣政策」不同。

monetary policy [`mɑnəˌtɛrɪ `pɑləsɪ] *n.* 貨幣政策

「貨幣政策」是央行控制貨幣來調節國內經濟的政策，如果要刺激停滯的經濟成長，央行就會降息，增加貨幣供給，人們就可以用少量的成本從銀行借來便宜的資金來投資，像是投資房地產，促成經濟成長。現在美國的聯準會就是用寬鬆貨幣政策企圖振興美國的經濟。那如果央行打算抑制通膨，就要把鈔票喪失的價值補回來，因為通膨就是物價上漲，而造成鈔票貶值，這時央行就會升息，造成從市場借入資金的成本大大增加，而造成市場的遊資減少，達到鈔票變成「物以稀為貴」，那鈔票就自然會升值，物價也就會下跌了。但各國央行怕的就是「停滯性通膨」（stagflation），staginflation 是由「通膨」(inflation) +「停滯」(stagnation) 組成的字。因為市場可能同時發生經濟停滯和通貨膨漲，如果要振興經濟，就要降息，但同時又會導致通膨；要抑制通膨，就要升息，但又會造成停滯的經濟成長。央行沒辦法同一時間降息和升息，所以「停滯性通膨」讓各國央行聞之喪膽。

slowdown [`sloˏdaun] *n.* 停滯

recession [rɪ`sɛʃən] *n.* 衰退

recession（衰退）和 depression（蕭條）不同，坊間大部分的英文單字書常混為一談，都譯為「不景氣」，但事實上 depression 比 recession 的不景氣程度嚴重許多。像美國政府堅稱二〇〇八年的金融海嘯只是 recession，而不是 depression。有些經濟學家認為，如果連續兩季都出現經濟萎縮，稱作「衰退」。衰退也就是短暫的不景氣。而經濟蕭條是經濟基本面的結構產生了巨大問題，造成長期的不景氣以及高失業率。

depression [dɪ`prɛʃən] *n.* 蕭條

depression 比 recession 嚴重很多。杜魯門曾說：「經濟衰退 (recession) 是你的鄰居丟了工作，而「經濟蕭條」(depression) 是你自己沒了工作。」美國在一九三〇年代左右爆發了 The Great Depression (大蕭條)，導致許多人失業。

meltdown [`mɛltˏdaun] *n.* (經濟的) 崩盤；瓦解
= crash [kræʃ]
= collapse [kə`læps]

jobless recovery [`dʒablɪs rɪ`kʌvərɪ] *n.* 無就業景氣型復甦

bad money drives out good 劣幣驅逐良幣

joint-stock company [ˋdʒɔɪntˋstɑk ͵kʌmpənɪ] *n.* 股份有限公司
= **stock company** [ˋstɑk ͵kʌmpənɪ]
= **incorporated company (Inc.)** [ɪnˋkɔrpə͵retɪd ͵kʌmpənɪ]
= **publicly traded company**

臺灣常將「股份有限公司」以 Ltd. 來表示，代表 limited。

parent company [ˋpɛrənt ͵kʌmpənɪ] *n.* 母公司

subsidiary company [səbˋsɪdɪ͵ɛrɪ ͵kʌmpənɪ] *n.* 子公司

BRICs [brɪks] *n.* 金磚五國（巴西、俄羅斯、印度、中國、南非）

PIIGS [pɪɪgz] *n.* 歐豬五國

歐豬五國是葡萄牙（Portugal）、義大利（Italy）、愛爾蘭（Ireland）、希臘（Greece）、西班牙（Spain）的前面第一個字首的縮寫，是把這五個負債比過高並且政府財政赤字嚴重的歐盟五個國家的貶低說法，PIGS 本來是「歐豬四國」，沒有包括愛爾蘭(Ireland)，但後來愛爾蘭也爆發嚴重的國家財務危機而加入，所以歐豬就從四國變成五國。另外也有所謂的三個新興有前景的小國，合稱為 VIP，就是指越南（Vietnam）、印尼（Indonesia）和菲律賓（Philippines）。

turnout [ˋtɝn͵aʊt] *n.* 出席人數

turnover [`tɜnˌovə] *n.* 營業額；成交量；（籃球比賽的）失誤

turnover 的意思很多，可以指股票的「成交量」，或一間公司的營業額，在 NBA 籃球比賽中，也常聽到，字面意思不就是將「控球權轉移」到敵人手中？因此 turnover 也指籃球比賽中的「失誤」之意，可簡寫成 TO。

turnover rate [`tɜnˌovə ˌret] *n.* 流動率；離職率；週轉率

regulation [ˌrɛgjəˋleʃən] *n.* 規範；規定

雖然金管會對銀行設下很多規定，但上有政策，下有對策，不少銀行根本沒有在遵守。舉「銀行櫃檯禁賣保險商品」為例，不少銀行櫃員照樣賣，只是不敢光明正大把保險 DM 放在櫃檯上，而是拿一張 L 夾包住 DM，等合適的客戶臨櫃就拿出來開始推銷保險。

deregulation [diˌrɛgjəˋleʃən] *n.* （法規的）鬆綁

lactation room [lækˋteʃən ˌrum] *n.* 哺乳室

目前臺灣的銀行大都沒有設置「哺乳室」，這是臺灣銀行業未來努力的目標之一。

presbyopia eyeglasses [ˌprɛzbɪˋopɪə ˋaɪˌglæsɪz] *n.* 老花眼鏡

financial derivatives [faɪˋnænʃəl dəˋrɪvətɪvz] *n.* 衍生性金融商品
= derivative financial instruments

實用例句

♦ Using **financial derivatives**, banks could gamble on anything. They could bet on the rise or fall of house prices.
藉由使用衍生性商品，銀行什麼都可以對賭。他們可以賭房價的上漲或下跌 。

risk diversification [ˋrɪsk dəˏvɝsəfəˋkeʃən] *n.* 分散風險

default risk [dɪˋfɔlt ˏrɪsk] *n.* 違約風險

allowance [əˋlauəns] *n.* 準備金；零用錢

consumer credit [kənˋsumə ˏkrɛdɪt] *n.* 消金

money laundering [ˋmʌnɪ ˋlɔndərɪŋ] *n.* 洗錢

實用例句

♦ **Money laundering** is an illegal activity carried out by criminals.
洗錢是罪犯製造出來的非法活動。

moral suasion [ˋmorəl ˋsweʒən] *n.* 道德勸說

hot money [ˋhɑt ˋmʌnɪ] *n.* 熱錢

◆ The central bank said **hot money** would remain a problem in major emerging markets this year.
央行聲明今年熱錢在主要新興市場仍會是個問題。

idle money [`aɪdl̩ `mʌnɪ] *n.* 游資；閒置資金

profit [`prɑfɪt] *n.* 利潤

◆ high / large / handsome / good / fat profit 很好的獲利

◆ low / small profit 很低的獲利

◆ unrealized profit 未實現的獲利

◆ a rise in profits 獲利成長

◆ a fall in profits 獲利下跌

◆ to make a profit 獲利
  = to gain profits 獲利

◆ to reap profits 收獲

credit crunch [`krɛdɪt ˌkrʌntʃ] *n.* 信用緊縮
= **credit squeeze** [`krɛdɪt ˌskwiz]
= **credit withdrawal**

credit squeeze 和 credit crunch 稍微有點不同，不同之處在於 credit squeeze 是政府為了調節經濟而干預造成的「金融緊縮」。而 credit crunch 是指一般金融機構等同業之間不願意借錢給同業或是市場而造成的信用緊縮。造成信用緊縮的原因主要是市場前景不樂觀，造成銀行怕造成呆帳而不敢放款。

investment environment [ɪn`vɛstmənt ɪn`vaɪrənmənt] *n.* 投資環境

bonus [`bonəs] *n.* 年終獎金；(保單的) 分紅

獎金有很多種。近來臺灣很流行威力彩和大樂透。據聞，如果買威力彩或大樂透中的是五百萬以上獎金的話，要到中國信託的總行來兌換。一名曾在中國信託總行工作的理專曾私下告訴筆者，當樂透得主來辦理兌換事宜時，經辦行員就會故意辦慢一點，讓理專有機會接近樂透得主企圖說服把獎金轉買保險或投資基金。可惜筆者連二百元獎金都沒有中過，無法親自一探究竟。

arbitrage [`ɑrbətrɪdʒ] *n.* 套利

tax [tæks] *n.* 稅

搭配用語

- ◆ to evade tax [ɪˋved ˏtæks] 逃漏稅
- ◆ to avoid tax 避稅
- ◆ to escape / evade tax 逃稅
- ◆ to impose tax 徵稅
- ◆ to raise / increase tax 增稅
- ◆ to reduce / lower / cut tax 減稅
- ◆ tax saving 節稅
- ◆ unitary income tax 綜合所得稅
- ◆ Profit-seeking Enterprise Income Tax 營利事業所得稅
- ◆ tax payment 繳稅

實用例句

- ◆ Jezebel was charged with evading **taxes**.
  耶洗別被控逃漏稅。
- ◆ Paul only pays 6% **tax** on his income.
  保羅只繳他收入的 6% 的稅就好了。

taxation [tæks`eʃən] *n.* 課稅

gift tax [`gɪft͵tæks] *n.* 贈與稅

Luxury Home Tax [`lʌkʃərɪ ͵hom `tæks] *n.* 豪宅稅

luxury tax [`lʌkʃərɪ ͵tæks] *n.* 奢侈稅

Palace Mansion [`pælɪs `mænʃən] *n.* 帝寶

實用例句

◆ A lot of people desire to get rich enough to be able to move into the **Palace Mansion**.
很多人想要發財致富而得以搬到帝寶。

land flips [`lænd ͵flɪps] *n.* 炒房

flip 有「炒作短線」的意思。

speculator [`spɛkjə͵letə] *n.* 投機客

incentive award [ɪn`sɛntɪv ə`wɔrd] *n.* 獎勵金

gross margin [`gros `mardʒɪn] *n.* 毛利

evaluate [ɪˋvæljuˌet] *v.* 考核

bailout [ˋbelˌaut] *n.* 紓困

名詞 bailout 是從動詞片語 bail ... out 轉化來的。

nationalize [ˋnæʃənlˌaɪz] *v.* 國有化

在金融海嘯時，美國許多金融機構因負債連連，有倒閉破產危險，接受政府大量資金紓困。被許多學者認為這些接受紓困的金融機構等同被「國有化」。但當時的小布希總統否認，說政府花了數千億美元來紓困這些金融機構，但不是企圖把這些金融機構國有化，小布希這樣表示就是怕美國人認為政府有意干預自由市場，朝社會主義前進。

實用例句

♦ Some people claim that the government should **nationalize** insolvent banks.
有些人主張政府應將無法清償的銀行國有化。

nationalization [ˌnæʃənələˋzeʃən] *n.* 國有化

lucrative [ˋlukrətɪv] *a.* 有利可圖的

takeover bid (TOB) [ˋtekˌovə ˌbɪd] *n.* 股票公開收購

merge [mɝdʒ] *v.* 併購

merger [`mɝdʒɚ] *n.* 合併

合併可以分成「創新合併」和「吸收合併」兩個類別。創新合併 (statutory consolidation) 是指舊公司因合併而消滅，而另外創立一間名稱不同的新公司。而吸收合併 (statutory merger) 為國內銀行所普遍採取的方式，分為存續行和消滅行，例如台新銀行和大安銀行合併，大安銀行為消滅行，而台新銀為存續行，所以台新銀的代號和存摺以及金融卡都延續使用，但大安銀行的存摺和金融卡則停用並需要更換成台新銀行的。

merger and acquisition (M&A) [`mɝdʒɚ ænd ˌækwəˈzɪʃən] *n.* 併購

do due diligence [`du `dju `dɪlədʒəns] *phr.* 實地審查；實地審核

專指併購案正式同意前，併購的一方派人去實地調查和審核被併購的帳冊，看有無隱藏的債務或負債比，如之前美國銀行要併購美林時，就派專員去查美林的帳。

charter [`tʃɑrtɚ] *n.* 特許證；*v.* 特許設立

auction [`ɔkʃən] *n.* 標售；*v.* 拍賣

provisional injunction [prəˈvɪʒənḷ ɪnˈdʒʌŋkʃən] *n.* 假處分

quarter [`kwɔrtɚ] *n.* 季

金融業將每三個月分為一「季 (quarter)」，一年就有四「季」。第一季就可以用 Q1 來表示，第二季 Q2，以此類推。通常業績的結算方式也會以每季來結算。

each quarterly period [`ɪtʃ `kwɔrtəlɪ `pɪrɪəd] *phr.* 每季

goodwill [`gʊd`wɪl] *n.* 商譽；信譽

toxic asset [`tɑksɪk `æsɛt] *n.* 有毒資產

liquidity [lɪ`kwɪdətɪ] *n.* 流動性

finance [`faɪnæns] *n.* 融資；財金；金融

jumbo financing [`dʒʌmbo fə`nænsɪŋ] *n.* 巨額融資

bank financing [`bæŋk fə`nænsɪŋ] *n.* 銀行融資

invisible hand [ˌɪn`vɪzəbl ˌhænd] *n.* 看不見的手

在沒有人為因素的干涉下，市場價格機能會自己調節，達到供需均衡。

money market [`mʌnɪ `mɑrkɪt] *n.* 貨幣市場

money supply [`mʌnɪ sə`plaɪ] *n.* 貨幣供給

operating standards [`ɑpəˌretɪŋ `stændədz] *n.* 作業標準

operational risk [ˌɑpəˈrɛʃənl ˌrɪsk] *n.* 作業風險

作業風險可大可小，之前國泰世華某分行爆出犯罪分子以變造的支票詐領九百多萬元就是較嚴重的一例。照理說，通常銀行接受金額較大的支票兌現時，會照會開票人，但此次事件中，犯罪分子主動假裝是開票人打電話主動通知銀行，銀行行員就因這樣上當而未按標準作業程序再打電話給開票人照會確認，因這樣的作業疏失而導致被犯罪分子得手。因此行員對標準作業程序的執行程度往往影響作業風險的高低。

blue ocean strategy [`blu `oʃən `strætədʒɪ] *n.* 藍海策略

「藍海策略」簡單說，有別於高度競爭的「紅海策略」，開創出尚未被開發的全新需求、市場或技術，並以創造出獨特和難以仿效的商品或價值來進行市場銷售。舉例而言，一般坊間的英文單字書清一色都是升大學 7,000 字或是升高中基本 1,200 單字或多益、托福等升學考試的單字書，各家出版社只會在此殺到流血的「紅海」彼此競爭，造成市場上同類型的商品太多反而讓各書商都無法從升學英文單字書賺到什麼利潤，但如果有天 A 書商開始出版比較專業領域、市場上之前沒有發行過的單字書，如《銀行英文單字書》，讓其他出版社很難仿效競爭，因為需要專業的金融知識和銀行實務工作經驗以及精深的英文功力才寫得出來，這時候我們就可以說 A 書商運用「藍海策略」來打開一片藍海市場。

Ponzi scheme [`pɑnzɪ ˌskim] *n.* 龐氏騙局；老鼠會
= pyramid scheme [`pɪrəmɪd ˌskim]

「龐氏騙局」（Ponzi scheme），是一種「地下非法吸金」模式，在臺灣也稱作「老鼠會」，利用高報酬率作為餌來吸金，再拿後加入的投資人的資金來付前面投資人的配息。最終難逃泡泡破掉的一天。例如之前美國爆發的「馬多夫 (Madoff) 詐騙案」就是一個龐氏騙局，但馬多夫在獄中也語出驚人地表示這些投資他的私募基金

的大銀行和避險基金也一定對他的行為早就心裡有數了，只是這些金融機構的態度
卻是「如果你有利用違法行為來獲取高利的話，我們也不想曉得！」這些金融機構
只要可以繼續領到高報酬的配息就好了！

performing bond [ˌpəˋfɔrmɪŋ ˌband] *n.* 履約保證

emerging markets [ɪˋmɝdʒɪŋ ˋmarkɪts] *n.* 新興市場

用來指經濟發展起飛快速的地域或國家朝已開發國家前進。第三世界的部分國家和
金磚四國也被認為可列在新興市場之內。

financial disclosure [faɪˋnænʃəl dɪsˋkloʒə] *n.* 財務揭露

Special Drawing Rights (SDRs) [ˋspɛʃəl ˋdrɔɪŋ ˌraɪts] *n.* 特別提款權

foundation [faunˋdeʃən] *n.* 基金會

「基金會」已變成富人用來合法避稅和宣傳「愛從事慈善活動」的最佳工具。筆者
注意到，報上刊載富人捐款的善舉時，幾乎都不是直接捐給那些有需要的人。真相
是，有錢人大肆宣揚他們捐款給慈善用途都是捐給「基金會」。事實上，有些「基
金會」根本是富人的財富隱身大法來源。透過捐款給基金會，富豪避免了高稅額的
遺產稅和贈與稅等稅收。也難怪光是美國，近幾年就已有數萬家以上的基金會。因
此不少高收入族也往往利用基金會來逃稅。最常見的手法就是富豪先捐款給基金會，
事後基金會又將捐款以某某名義回流給富豪，以合法掩護非法逃稅。據說，股王巴
菲特曾不小心洩露，他每年實際給美國政府的所得稅比給他的祕書還要少很多！可
見，基金會已成為富豪的避稅天堂了。

call market [`kɔl `mɑrkɪt] *n.* 短期同業拆放市場

financial examination [faɪ`nænʃəl ɪg͵zæmə`neʃən] *n.* 金融檢查

financial industry [faɪ`nænʃəl `ɪndəstrɪ] *n.* 金融界；金融業
= **financial sector** [faɪ`nænʃəl `sɛktə]
= **financial circle** [faɪ`nænʃəl `sɝkl̩]
= **financial community** [faɪ`nænʃəl kə`mjunətɪ]

financial reform [faɪ`nænʃəl rɪ`fɔrm] *n.* 金改；金融改革

financial institution [faɪ`nænʃəl ͵ɪnstə`tjuʃən] *n.* 金融機構

financial supermarket [faɪ`nænʃəl `supə͵mɑrkɪt] *n.* 金融超市

金融超市是種讓消費者到金融機構可以一次購足所需的金融商品的一種概念。例如
說到客戶不用跑到產險公司、壽險公司、投信公司，只要到銀行，就可以買機車強
制險、壽險保單和下單某檔基金。

financial instrument [faɪ`nænʃəl `ɪnstrəmənt] *n.* 金融商品
= **financial product**

financial restructuring fund [faɪ`nænʃəl rɪ`strʌktʃərɪŋ ͵fʌnd]
n. 金融重建基金

watchdog [`wɑtʃ.dɔg] *n.* 監察機構；監理機構

financial supervision [faɪˋnænʃəl ˏsupəˋvɪʒən] *n.* 金融監理

financial collapse [faɪˋnænʃəl kəˋlæps] *n.* 金融崩盤

financial tsunami [faɪˋnænʃəl tsuˋnɑmi] *n.* 金融海嘯

financial strength [faɪˋnænʃəl ˋstrɛŋθ] *n.* 財力

proof of income [ˋpruf ɑv ˋɪn.kʌm] *n.* 財力證明

已經在該銀行辦過卡的算是「卡友」，卡友辦新卡只要在申請書上的本人親簽處
裡簽名就好，除了不必再填寫個人資料外，也不必再提供「財力證明」。只有第一
次辦卡，信用卡中心還沒有客人的資料，才需要身分證影本和財力證明。之後辦卡
因為是以「卡友」身分，並以「共用額度」的方式來辦，就不用再提供財力證明
及身分證影本。除非客戶需要主動「調升刷卡額度」，例如從十萬變到二十萬的額
度，那也要附上新的財力證明。

quantitative easing [ˋkwɑntəˏtetɪv ˋizɪŋ] *n.* 量化寬鬆

所謂的「量化寬鬆」就是政府向市場提高貨幣供應的一種貨幣政策，無中生有創造
資金來刺激市場交易。講白了，就是透過印鈔票的手法來企圖刺激經濟。但天下沒
有免費的午餐，憑空創造一大堆鈔票的下場就是造成貨幣貶值，人民的財產不斷縮
水，二戰前的德國馬克和中日戰爭之後的國民政府就因政府不斷印鈔票而造成貨幣
不斷貶值，結果德國有希特勒趁機崛起而中國有共產黨趁機壯大。

moral hazard [`mɔrəl `hezəd] *n.* 道德風險

「道德風險」在金融面可以理解為：如果政府對自作自受的金融機構進行紓困，則其他公司也會有當問題發生丟給政府解決就好的錯誤心態，而再次犯下同樣的過錯。如之前雷曼兄弟出事，美國政府就擔心如果援助是否會引發道德風險的問題。

stimulus package [`stɪmjələs `pækɪdʒ] *n.* 振興經濟方案

earnings [`ɜnɪŋz] *n.* 業績
= business performance [`bɪznɪs pə`fɔrməns]

earnings 除了當「業績」外，也作「盈餘」之意。

marketing [`mɑrkɪtɪŋ] *n.* 市場行銷

marketing share [`mɑrkɪtɪŋ ʃɛr] *n.* 市占率

monopolize [mə`nɑpl͵aɪz] *v.* 壟斷；獨占

實用例句

♦ Chinatrust Commercial Bank has **monopolized** ATM banking in 7-Eleven convenience stores.
中國信託銀行已獨占在統一超商的自動櫃員機的銀行服務。

sales promotion [`selz prə`moʃən] *n.* 促銷

sales call [`selz ͵kɔl] *n.* 業務拜訪

promotion load [prə`moʃən ˌlod] *n.* 行銷費用

marketing campaign [`mɑrkɪtɪŋ kæm`pen] *n.* 促銷活動
= **promotional campaign** [prə`moʃənḷ kæm`pen]

small and medium enterprises
[`smɔl ænd `midɪəm `ɛntəˌpraɪzɪz] *n.* 中小企業

flagship store [`flæg.ʃɪp ˌstor] *n.* 旗艦店

flagship branch [`flæg.ʃɪp ˌbræntʃ] *n.* 旗艦分行

> 一些銀行會特地花大錢打造一些富麗堂皇的樣本銀行，舉國泰世華銀行為例，其營
> 業部、建國分行、篤行分行、四維分行就是它的旗艦分行，分行營業時間也較其他
> 分行來得晚，延長到晚上七點才關門，但現在已取消延時。

flagship product [`flæg.ʃɪp `prɑdʌkt] *n.* 主推商品

inventory [`ɪnvənˌtorɪ] *n.* 庫存

information disclosure [ˌɪnfə`meʃən dɪs`kloʒə] *n.* 資訊揭露

allowance for doubtful debts [ə`lauəns fɔr `dautfəl͵dɛts]

n. 備抵呆帳

= allowance for bad debts

= allowance for nonperforming debts

capital gain tax [`kæpətl̩ gen tæks] *n.* 資本利得稅

bull market [`bul ͵mɑrkɪt] *n.* 多頭市場；牛市

「牛市」是指股市一片看漲，前景一片看好。就像牛角往上揚。

bear market [`bɛr ͵mɑrkɪt] *n.* 空頭市場；熊市

「熊市」則是股市一片慘綠，股票直直落，就像熊爪往下抓一樣。

beneficiary certificate [͵bɛnə`fɪʃərɪ sə`tɪfəkɪt] *n.* 受益憑證

NOTE

附　錄

- 附錄一　克漏字必考轉承語

- 附錄二　銀行各部門和重要機構

- 附錄三　各銀行客服電話

- 附錄四　銀行每日一句

- 附錄五　郵政英文單字加強版

- 附錄六　銀行郵政日語加強版

一、克漏字必考轉承語

• in the beginning 首先

= to begin with

= to start with

= in the first place

= first

= first and foremost

實用例句

◆ **In the beginning** God created the heaven and the earth.
起初，神創造天地。

• moreover 此外

= furthermore

= in addition

= additionally

= what is more

= also

= plus

實用例句

◆ **Moreover**, the customer does not know how to use the ATM. He needs your help.
此外，這位客戶不知如何用自動櫃員機。他需要你的幫助。

• besides 更何況；況且

有補習班把「此外」的轉承語整理成一組，叫同學一起背，像是 what is more, furthermore, moreover, in addition, besides 都一起當作「此外」之意來背下來。但很遺憾地，besides 真的是「此外」的同義字嗎？但筆者在空中美語上班時，有次看到一個老外在電腦前貼了一張紙，上面寫著 besides，下面有統計數字，我就好奇問老外 Alan 為什麼這張紙會寫著 besides？ 又為什麼下面有統計數字？ Alan 就告訴我，這是他校對時，發現那些退休的高中英文老師或是文法專家寫的試題或是稿件中，把 besides 誤用的統計數字。我一看，嚇一跳，因為統計數字已

達到數十甚至快要破百了！我就說：「Besides 還會用錯？不就是 furthermore 和 moreover 的同義語嘛？」老外 Alan 就搖搖頭，我就問：「那 besides 到底是什麼意思？」Alan 就說，如果你今天邀一個女孩約會看電影。女孩可能會跟你說：「First, I have a lot of work to do; I am too busy to go out with you.」 然後她可能又會說：「And I do not feel well today.」接下來她還可能會說：「In addition, I don't like to see a movie.」但她最後可能會說：「Besides, I already have a boyfriend. I cannot go out with you.」Alan 接著告訴我：「Besides 後面接的句子就是表達 the most important thing。剛剛前面女孩找的理由都是次要的，像是她身體不適，或是她不想去看電影，都是次要的理由。最後她用 besides 時，就是在講她最重要的不能答應約會的原因。Besides 就是在引出一整段最主要和重要的重點。」Alan 這樣講，我才恍然大悟，原來 besides 不是此外之意。但中文要怎麼翻呢？其實，besides 之意就是「更何況」或「況且」之意，這樣翻最能傳神表達出原意。我們中文用「更何況」時，也是用在最主要的重點上面，通常會在句尾才講出來。因此應該用在一整段的最後一句。

▪ as a rule 一般而言

= at large
= by and large
= generally speaking
= generally

實用例句

◆ **As a rule**, working at a bank is not easy.
一般而言，在銀行工作不輕鬆。

▪ to tell the truth 事實上

= in fact
= in actuality
= in reality
= as a matter of fact
= actually

實用例句

◆ **To tell** you **the truth**, I am broke.
事實上，我破產了。

259

on the whole 大體而言

= for the most part
= overall
= all in all
= on the average

實用例句

- ◆ **On the whole**, we did a good job.
  大體而言，我們表現不錯。

to put it briefly 簡而言之；簡單說

= in short
= in a word
= simply put

實用例句

- ◆ **Simply put**, you are fired.
  簡單說，你被開除了。

for example 舉例來說

= for instance
= take N for example
= take N for instance

實用例句

- ◆ You should be a good boy. **For example**, you should not bully your younger sister.
  你應該做一個好男孩。例如說，你不應該欺負你的妹妹。

however 然而

= nevertheless
= nonetheless

實用例句

- ◆ I expected to make a lot of money. **However**, I lost all my money in the end.
  本來我期待賺很多錢。然而，我最終失掉我所有的錢。

▪ namely 也就是說；換句話說

= in other words
= that is to say
= that is

實用例句

♦ The bank decided to hire me. **That is**, I got a job at a bank.
銀行決定僱用我。也就是說，我得到一份在銀行的工作。

▪ by the way 順便一提

= incidentally

實用例句

♦ **By the way**, the ATM is out of service for the time being.
順便一提，這臺自動櫃員機暫停服務。

▪ in conclusion 總結來說；總而言之

= in summary
= to conclude
= to sum up
= to summarize

實用例句

♦ **To conclude**, we won.
總而言之，我們贏了。

▪ thus 因此

= therefore
= as a consequence
= as a result
= in consequence
= consequently

實用例句

♦ The teller is so beautiful. **Therefore**, many men tried to ask her out.
這銀行櫃員很美麗。因此，有很多男人曾試著約她出去。

二、銀行各部門和重要機構

- **business department** [`bɪznɪs dɪ`pɑrtmənt] 營業部

- **personnel department** [ˌpɝsṇ`ɛl dɪ`pɑrtmənt] 人資部
  = human resource department

- **foreign department** [`fɔrɪn dɪ`pɑrtmənt] 國外部
  = international banking department

- **information service department** [ˌɪnfə`meʃən `sɝvɪs dɪ`pɑrtmənt] 資訊部

- **trust institution** [`trʌst ˌɪnstə`tjuʃən] 信託部
  = trust department

- **credit department** [`krɛdɪt dɪ`pɑrtmənt] (銀行的) 信用部

- **branch** [bræntʃ] 分行

- **branch code** [`bræntʃ kod] 分行代碼；分行代號
  → 「分行代號」的日文為「店番 (みせばんごう)」。

- **bank code** [`bæŋk ˌkod] 銀行代碼；銀行代號

- **branch office** [`bræntʃ `ɔfɪs] 分公司

- **correspondence office** [ˌkɔrə`spɑndəns `ɔfɪs] 通訊處

- **financial holding company** [faɪ`nænʃəl `holdɪŋ `kʌmpənɪ] 金融控股公司；金控

- **securities investment trust corporation**
  [sɪ`kjurətɪz ɪn`vɛstmənt `trʌst ˌkɔrpə`reʃən] 投信公司

- **securities investment consulting corporation**
  [sɪ`kjurətɪz ɪn`vɛstmənt kən`sʌltɪŋ ˌkɔrpə`reʃən] 投顧公司
  = securities investment advisory corporation

- **the Financial Supervisory Commission (FSC)**
  [faɪ`nænʃəl ˌsupə'vaɪzərɪ kə`mɪʃən] 金管會

- **Banking Bureau** [`bæŋkɪŋ `bjuro] **銀行局**

- **Securities and Futures Bureau** [sɪ`kjurətɪz ænd `fjutʃəz `bjuro] **證券期貨局**

- **Insurance Bureau** [ɪn`ʃurəns `bjuro] **保險局**

- **Financial Examination Bureau** [faɪ`nænʃəl ɪɡˌzæməˋneʃən `bjuro] **檢察局**

- **Joint Credit Information Center** [dʒɔɪnt `krɛdɪt ˌɪnfəˋmeʃən `sɛntə] **聯徵中心**

- **Federal Reserve Board (Fed)** [`fɛdərəl rɪ`zɝv bord] **聯準會；美聯儲**

- **The Bankers Association of the Republic of China (BAROC) 銀行公會**

- **Central Deposit Insurance Corporation (CDIC) 中央存款保險公司**

- **Taiwan Academy of Banking and Finance 臺灣金融研訓院**

- **Bills Finance Companies 票券金融公司**

- **Securities Finance Companies 證券金融公司**

- **Bank for International Settlements (BIS) 國際清算行**

- **Central Bank of the Republic of China (Taiwan) (臺灣) 央行**

- **Central Deposit Insurance Corporation 中央存款保險公司**

- **Bank of Taiwan 臺灣銀行**

- **Land Bank of Taiwan 土地銀行**

- **Taiwan Cooperative Bank 合作金庫**

- **First Commercial Bank 第一商業銀行**

  → commercial [kə`mɝʃəl] adj. 商業的 ； n. (電視) 廣告

- **Hua Nan Commercial Bank** 華南商業銀行

- **Chang Hwa Commercial Bank** 彰化銀行

- **Shanghai Commercial and Savings Bank** 上海商銀

- **Taipei Fubon Commercial Bank** 台北富邦

- **Cathay United Bank** 國泰世華

- **Mega Bank** 兆豐銀行
  → mega 意思為「超級大」的意思，在《變形金剛》裡的反派角色的頭頭的名號不就是叫作 Megatron 嗎？所以如果是小寫的字首字母 m 來表示 mega bank，那就是指「超級大的銀行」而不是專指「兆豐銀行」。

- **Sunny Bank** 陽信銀行

- **Yuanta Commercial Bank** 元大銀行

- **Bank SinoPac** 永豐銀行

- **E. Sun Bank** 玉山銀行

- **Taishin International Bank** 台新銀行

- **Taiwan Shin Kong Commercial Bank** 臺灣新光商業銀行

- **Bank of Taipei** 瑞興銀行（以前叫大台北銀行）

- **Chinatrust Commercial Bank** 中國信託

- **Taiwan Business Bank** 臺灣企銀

- **KGI Bank** 凱基銀行（以前叫萬泰銀行，因併入開發金而更名）

- **Hwatai Bank** 華泰銀行

- **Ta Chong Bank** 大眾銀行

- **King's Town Bank** 京城銀行

- **Union Bank of Taiwan** 聯邦銀行

- **Macoto Bank** 誠泰銀行

- **Chinfon Bank** 慶豐銀行

- **Far Eastern International Bank** 遠東國際商銀

- **TC Bank** 大眾銀行

- **Entie commercial Bank** 安泰商業銀行

- **Jih Sun International Bank** 日盛銀行

- **Bank of Overseas Chinese** 華僑銀行

- **Citibank Taiwan** 花旗 (臺灣)

- **Development Bank of Singapore (DBS)** 星展銀行

- **Hongkong Shanghai Banking Corporation (HSBC)** 匯豐銀行

- **Standard Chartered Bank** 渣打銀行

- **Agricultural Bank of Taiwan** 農業金庫

- **Credit Departments of Farmers' Associations** 農會

- **Credit Departments of Fishermen's Associations** 漁會

- **Life Insurance Companies** 人壽保險公司

- **Property and Casualty Insurance Companies** 產物保險公司

- **the Economic Cooperation Framework Agreement (ECFA)**
  兩岸經濟合作架構協議

- **memorandum** [ˌmɛməˋrændəm] **for understanding (MOU)** 備忘錄

- **International Monetary Fund (IMF)** 國際貨幣基金
  → 一種國際金融組織，目的是促進國際貿易發展以及經濟穩定。

265

- **Bank of America (BOA)** 美國銀行

- **Lehman Brothers** 雷曼兄弟

- **American International Group (AIG)** 美國國際集團

- **American International Assurance (AIA)** 友邦保險

- **Goldman Sachs** 高盛集團

- **Merrill Lynch** 美林銀行

- **Morgan Stanley** 摩根史坦利

- **Bear Stearns** 貝爾斯登

- **Fannie Mae** 房利美

- **Freddie Mac** 房地美

- **credit-rating agency** 信評機構

- **Moody's Investors Service** 穆迪投資顧問

- **Standard and Poor's (S&P)** 標準普爾

- **Fitch Ratings** 惠譽國際信評

三、各銀行客服電話

銀行	免付費電話	市話
臺灣銀行	0800-000-258 0800-025-168	02-2375-8119
上海商銀	0800-003-111 0800-050-111	02-2391-1111
星展銀行	0800-808-889	02-6612-9889
土地銀行	0800-282-099 0800-089-369	02-2361-2543
匯豐銀行	0800-000098	02-8072-3000
彰化銀行	0800-365-889 0800-021-268	02-8181-2933
國泰世華	0800-818-001	02-2383-1000
渣打銀行	0800-051-234	02-4058-0088
遠東商銀	0800-231-788	02-8073-1166
花旗銀行	0800-012-345	02-2576-8000
台新銀行	0800-023-123 0800-000-456 0800-888-800 0800-085-858	02-2655-3355
元大銀行	0800-688-168	02-2182-1988
中國信託	0800-024-365 0800-001-234 0800-000-685	02-2745-8080
台北富邦	0800-007-889 0800-008-222 0800-099-799	02-8751-1313

銀行	免付費電話	市話
兆豐商銀	0800-056-868	02-8982-0000
王道銀行	0800-801-010	02-8752-1111
第一銀行	0800-052-888	02-2173-2999
玉山銀行	0800-301-313	02-2182-1313
華南銀行	0800-231-039	02-2181-0101
永豐銀行	0800-058-888	02-2505-9999
新光銀行	0800-081-108	02-2171-1055
日盛銀行	0800-860-888 0800-212-255	02-2923-7288
凱基銀行	0800-255-777	02-8023-9088
合作金庫	0800-033-175	04-2227-3131
陽信銀行	0800-085-134	02-2822-0122

註 由於各銀行近年來想減縮成本，因此不少銀行慢慢取消 0800 免付費電話，或是砍掉可用手機打的 0800 免付費電話，甚至在信用卡或是網站也把免付費電話給移除。因此筆者這裡提供讀者各銀行及信用卡的客服專線，如遭移除，請多見諒，書中提供的各銀行客服電話謹供讀者參考，實際請依照各銀行的揭露為準。

四、銀行每日一句

- **1/1**   I would like to open an account.
  我想要開戶。

- **1/2**   Please complete this application form.
  請填寫這張申請表。

- **1/3**   Please check the amount before you leave the counter.
  離開櫃檯前請確認金額。

- **1/4**   When will I get the credit card?
  我什麼時候會拿到信用卡？

- **1/5**   I'd like to withdraw money from my account.
  我想要從我的戶頭領錢。

- **1/6**   How much do you charge for the remittance?
  你匯款手續費收多少？

- **1/7**   Could you tell me my balance?
  能否把餘額告訴我？

- **1/8**   I suggest you open a current account.
  我建議你開一個支存戶。

- **1/9**   Your balance at the bank is 30,000 NT dollars.
  你在本行的餘額是新臺幣三萬元。

- **1/10** Sorry, the authorities concerned prohibits this kind of transaction.
  抱歉，有關當局禁止這種交易。

- **1/11** Sorry, it is against the bank's policy.
  抱歉，這違反銀行規定。

- **1/12** Please pass me your passbook.
  請給我您的存摺。

- **1/13** The savings account carries interest of 1%.
  活儲有 1% 的利息。

- **1/14** I would like to deposit 30,000 into my account.
  我想要存三萬到我的戶頭。

- **1/15** Please write down your account number.
  請寫下您的帳號。

1/16 Please fill the remittance slip.
請寫一下匯款條。

1/17 Could I have your ID card?
可以把身分證給我一下嗎？

1/18 How much would you like to deposit into your account today?
您今天想要存多少錢？

1/19 The amount I want to credit my account is ten thousand dollars.
我要存入的金額是一萬元。

1/20 How much is the interest rate?
利率是多少？

1/21 You cannot cash a crossed check directly.
你無法直接兌現劃線支票。

1/22 What is the limit for the withdrawal per day?
每天提款的限額是多少？

1/23 Could you put your signature here?
你可以簽在這裡嗎？

1/24 It is the bank's regulation.
這是銀行的規定。

1/25 Please input your PIN number.
請輸入您的密碼。

1/26 Your time deposit has not matured yet.
您的定存還沒有到期。

1/27 Will you please tell me whether you charge for checks?
請告訴我兌現支票收手續費嗎？

1/28 You cannot cash this check right now.
你現在無法兌現這張支票。

1/29 I would like some change for these bills.
我想要把這些鈔票換成零錢。

1/30 You have to deposit this check into your account first .
你必須先把這張支票存到您的帳戶。

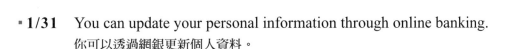

- **1/31** You can update your personal information through online banking.
  你可以透過網銀更新個人資料。

» 二月份

- **2/1** I want to make an account with this bank.
  我想要在這間銀行開戶。

- **2/2** Please fill out this form.
  請填這張表格。

- **2/3** Could I get this bill in coins?
  我可以把這張鈔票換成硬幣嗎？

- **2/4** The interest is added to your account every year.
  每年的利息都加到你的存款中。

- **2/5** Please write down the amount you want to deposit.
  請寫一下您要存的金額。

- **2/6** How much money do you want to credit with your account?
  您想要存多少錢？

- **2/7** I'd like to close my savings account.
  我要結清帳戶。

- **2/8** I need your signature at the back of this check.
  我需要你幫我在支票後面背書。

- **2/9** What type of credit card would you like to apply for?
  你想要辦什麼樣的信用卡？

- **2/10** When will I receive my ATM card?
  我什麼時候可以拿到金融卡？

- **2/11** I want to make a withdrawal.
  我想要提款。

- **2/12** How much can I withdraw from the ATM a day?
  我一天可以從自動櫃員機領多少錢？

- **2/13** I want to pay my gas bills by automatic bank transfer.
  我想要透過自動轉帳來付我的瓦斯費。

271

2/14 What is the service charge for the remittance?
轉帳的手續費是多少？

2/15 How much of the remittance do you want to convert into Euro?
你要把多少匯款換成歐元？

2/16 Could I get a cash advance?
我能預借現金嗎？

2/17 You are overdrawn.
你透支了。

2/18 Tell me the current rate for Euro, please.
請告訴我歐元的即期匯率。

2/19 The interest rate for the savings account is 4%.
儲蓄存款的利率是 4%。

2/20 Will you please cash this traveler's check?
請兌現這張旅行支票好嗎？

2/21 What kind of foreign currencies do you handle at your bank?
你們家銀行有哪些外幣？

2/22 Could you help me change this bill into coins?
你可以幫我把這鈔票換成零錢嗎？

2/23 I would like to take out a loan.
我要辦貸款。

2/24 Your deposit is exhausted.
你的存款領完了。

2/25 How much cash do you plan to deposit in your account?
你有多少錢要存入呢？

2/26 Please sign your name on the bottom line if you want to cash the che
如果想兌現支票，請在底線上簽名。

2/27 Do you have a savings account in our bank?
你在我們銀行有活儲戶頭嗎？

2/28 Here are your cash and passbook.
這是您的現金和存摺。

- **2/29** I would like to take out my mansion for a mortgage.
  我想用我的豪宅來抵押貸款。

» 三月份

- **3/1** I need to see your ID, please.
  我需要看你的身分證。

- **3/2** Please fill out this deposit slip.
  請填這張存款條。

- **3/3** Could I have this bill in coins?
  我可以把這張鈔票換成零錢嗎？

- **3/4** Can I cash a check at this bank?
  我可以在這家銀行兌現這張支票嗎？

- **3/5** This credit card has been expired.
  這張信用卡已經過期了。

- **3/6** What is the going exchange rate?
  現在的匯款是多少？

- **3/7** You are over your credit limit.
  你超過了你的信用額度。

- **3/8** I want to use your automated billing system to pay my cellphone bills.
  我想要用自動扣款來繳手機帳單。

- **3/9** The bank applies an annual interest of 2%.
  銀行採用 2% 的年利率。

- **3/10** Here is your passbook. Keep it well and inform us whenever you lose it.
  這是您的存摺。保管好存摺，遺失請通知我們。

- **3/11** Would you mind waiting for a moment?
  您介意等一會嗎？

- **3/12** Could you please endorse this check?
  可以請你在這張支票上背書嗎？

- **3/13** I would like to break this 1,000 NT dollar note.
  我想把這張一千元紙鈔換開。

▪**3/14**　Our minimum deposit for a savings account is 1,000 NT dollars.
　　　　我們儲蓄存款的最低存款額是一千元新臺幣。

▪**3/15**　What is your selling rate for RMB yuan in notes now?
　　　　你們現在人民幣現鈔的售價是多少？

▪**3/16**　Please wait a moment, I'll find out the rates of exchange for the Euro.
　　　　請等一會兒，我查一下歐元的匯率。

▪**3/17**　Your check has not matured yet.
　　　　你的支票尚未到期。

▪**3/18**　I would like to change some Euro into New Taiwan dollars.
　　　　我打算把一些歐元換成新臺幣。

▪**3/19**　What kind of currency do you want?
　　　　要哪種貨幣？

▪**3/20**　The password your just input is not correct.
　　　　您剛輸入的密碼不正確。

▪**3/21**　Would you like to draw money?
　　　　您今天要提款嗎？

▪**3/22**　Here is your money.
　　　　這是您的錢。

▪**3/23**　I want to know whether I can cash a check here.
　　　　我想知道我能否在這兌換支票。

▪**3/24**　Please key in your passbook password.
　　　　請輸入您的存摺密碼。

▪**3/25**　Would you please try inputting another password?
　　　　請您再試別的密碼看看好嗎？

▪**3/26**　I want to deposit these checks in my daughter's account.
　　　　我想把這些支票存在我女兒的戶頭上。

▪**3/27**　I forgot my account number.
　　　　我忘記我的帳號了。

▪**3/28**　I want to mortgage my mansion.
　　　　我想用我的豪宅來抵押貸款。

- **3/29** You can set up automatic bill payments from this account.
你可以從這個帳戶設定自動扣款。
- **3/30** What kind of foreign currency do you want to change?
你要兌換哪種外幣？
- **3/31** Who can I call if I have technical problems in using online banking?
如果我在使用網銀碰到技術上的問題，我可以打給誰？

≫ 四月份

- **4/1** I want to close out my savings.
我要結清我的戶頭。
- **4/2** What's the interest rate right now?
現在的利率是多少？
- **4/3** What denominations would you like?
您要哪種面額的呢？
- **4/4** What's the current exchange rate?
現在的匯率是多少？
- **4/5** I regret to inform you that you cannot pay the bill here because it is overdue.
我很遺憾告訴您您不能在這裡繳費，因為這張帳單過期。
- **4/6** I would like to make a deposit, please.
我想要存款。
- **4/7** Your credit card maxed out.
您的卡刷爆了。
- **4/8** I would like a loan against my house at Tianmu.
我想用我在天母的房子來擔保。
- **4/9** What's your selling rate for the Euro in notes today?
你們今天歐元現鈔的售價是多少？
- **4/10** I want to put some money into my account.
我想要存一些錢到我的戶頭。
- **4/11** Please tell me what the annual interest rate is.
請告訴我年利率是多少。

4/12 The PIN number you just input is not acceptable.
您剛輸入的密碼不正確。

4/13 May I have your passbook, please?
可以麻煩給我您的存摺嗎？

4/14 I would like to withdraw all my money from my account.
我要把我的存款全部提出來。

4/15 Please leave your name and telephone number.
請留下您的姓名和電話。

4/16 Please tell me your ID number.
請告訴我您的身分證字號。

4/17 Can you tell me the balance on my bank account?
你可以告訴我我的戶頭還有多少錢嗎？

4/18 Interest is paid at the rate of 1% per annum at present.
目前每年的利率是 1%。

4/19 I lost my passbook.
我的存摺遺失了。

4/20 Please show me your passport.
請給我看您的護照。

4/21 What is the name of the remittee bank?
匯入行是哪一家銀行？

4/22 Have your brought your ID card as well as your wife's ID card with you?
您有沒有帶您和您太太的身分證？

4/23 I cannot recall my account number.
我沒有辦法想起我的帳號。

4/24 I want to remit some money to Korea.
我想要匯款到韓國。

4/25 How much do you charge for the exchange?
你們外幣兌換收多少手續費？

4/26 I want to convert the money into the Euro.
我想要換歐元。

- **4/27** How long it will take to approve my loan application?
批准我的貸款要多久時間？
- **4/28** Can I still make a transfer now?
我現在還可以匯款嗎？
- **4/29** You have a balance of 100 thousand NT dollars.
您的帳戶還有十萬元的餘額。
- **4/30** The annual fee is reasonable.
這年費不貴。

» 五月份

- **5/1** How would you like your money?
要哪種面額的呢？
- **5/2** There is no extra service charge.
我們不收額外的手續費。
- **5/3** You have exceeded your credit limit.
你已經超過你的信用額度。
- **5/4** Would you please countersigh your traveler's check here?
請您在此將您的旅支複簽一下好嗎？
- **5/5** I lost my credit card.
我搞丟我的信用卡了。
- **5/6** The remittance that you just inquired about has not arrived yet.
您剛詢問的匯款還沒有匯進來。
- **5/7** What kind of credit card do you hold?
您持什麼樣的卡？
- **5/8** How much do you want to change?
您想要換多少錢？
- **5/9** You can make withdrawals at any ATM.
您可以用自動櫃員機來領錢。
- **5/10** Why don't you apply for the Internet banking?
您為什麼不申請網路銀行呢？
- **5/11** The bank can advance some money for you against your credit card.
你可以用信用卡跟銀行預借現金。

- 5/12　Please write it in numbers.
　　　　請用小寫數字來寫。

- 5/13　Your deposit is used up.
　　　　您的存款用盡了。

- 5/14　I would like to close my account .
　　　　我想要結清戶頭。

- 5/15　You have to make a monthly payment.
　　　　你必須每月付款。

- 5/16　What is the exchange rate for Hong Kong dollars?
　　　　兌換港幣的匯率是多少？

- 5/17　I want to apply for a supplementary card.
　　　　我想要辦一張副卡。

- 5/18　Your loan has been past due for a while.
　　　　您的貸款已逾期未繳一段時間了。

- 5/19　The interest rate will go down again.
　　　　利率還會再降。

- 5/20　I would like to apply for a housing loan.
　　　　我想要辦房貸。

- 5/21　Will the interest rate go up?
　　　　利率會再上升嗎？

- 5/22　I want to convert the money into the US dollars.
　　　　我想要把錢換成美金。

- 5/23　Your check cannot be cashed because it has not matured yet.
　　　　您的支票無法兌現因為它還沒有到期。

- 5/24　When the money arrives, I will give you a call.
　　　　當錢進來時，我會打電話通知。

- 5/25　Please write down your purpose of the loan.
　　　　請您寫下你辦貸款的目的。

- 5/26　We will inform you when the time deposit matures.
　　　　當定存到期，我們會通知您。

▪ **5/27** Would you please show me your exchange memo?
請您出示水單好嗎？

▪ **5/28** Please present the exchange memo.
請出示水單。

▪ **5/29** We need to look into your credit standing.
我們需要查聯徵。

▪ **5/30** The maximum amount for the loan is eight million dollars.
最多可貸八百萬元。

▪ **5/31** How to apply for phone banking?
如何申請電話語音銀行？

» 六月份

▪ **6/1** What is the fee for the exchange?
這項兌換的手續費收多少？

▪ **6/2** Do you want to apply for a cash card?
你想要辦一張現金卡嗎？

▪ **6/3** What is the going interest rate of your bank for the loan?
你們這家銀行的貸款利率是多少？

▪ **6/4** Do you want to pay by cash or do you want us to debit your account directly?
您要付現金或是要我們從帳戶直接扣款？

▪ **6/5** Please fill out this form in English.
請以英文來填寫這張表單。

▪ **6/6** Can I rent a safe deposit box here?
這裡可以租借保管箱嗎？

▪ **6/7** You can use Internet banking anytime.
你可以隨時使用網銀。

▪ **6/8** The ATM kept my ATM card.
自動櫃員機吃掉我的卡了。

▪ **6/9** The ATM will retract the card if you input wrong PIN entry three times in a roll.
如果您連續輸入密碼錯誤三次，自動提款機會吃掉你的卡。

6/10 What is the lending rate?
貸款利率是多少？

6/11 I have a payroll account with your bank.
我的薪資戶是你們家銀行。

6/12 Is the exchanged rate fixed?
匯率是固定的嗎？

6/13 Would you tell me your monthly salary?
您方便告訴我您的每月薪資嗎？

6/14 The exchange rate are constantly changing.
匯率不斷在變動。

6/15 The buying rate is 45 NT dollars per Euro.
買進匯率是每歐元四十五塊臺幣。

6/16 The selling rate is 28 NT dollars per US dollar.
賣出匯率是每美金二十八塊臺幣。

6/17 Please fill out the remittance form in triplicate.
請填寫這張一式三份的匯款單。

6/18 The interest rate varies from time to time.
利率隨時變動。

6/19 What is covered under this insurance?
這份保險有哪些是承保的？

6/20 E-banking offers 24-hour service.
網銀提供二十四小時的服務。

6/21 I would like to open a checking account.
我想要開支存戶。

6/22 Sorry, you don't have sufficient funds on your account.
抱歉，你的帳戶上沒有足夠的錢。

6/23 Do you exchange foreign currency here?
你們這裡能辦外匯嗎？

6/24 The remittance takes three days by cable.
電匯會花三天到達。

- **6/25** I will process it for you immediately.
  我立刻為您辦理。
- **6/26** Can you tell me how to fill out the withdrawal form?
  您可以告訴我如何填提款單呢？
- **6/27** You should take the exchange rate risk into account.
  你應把匯率風險也考量進來。
- **6/28** Our bank does not offer this kind of transaction, so I suggest you go to other banks to ask them.
  我們銀行沒有提供這類的服務，所以我建議您可以去其他家銀行問問看。
- **6/29** Please tell me how much your bank expects as a down payment.
  請告訴我你們銀行希望我頭期款付多少。
- **6/30** I would like to redeem my time deposit.
  我想要把我的定存轉到活儲。

» 七月份

- **7/1** My ATM card is stuck in the ATM.
  我的提款卡被自動提款機吃卡了。
- **7/2** The interest rate will go up.
  利率會往上升。
- **7/3** Do your think it is the right time to buy stock?
  你認為現在是進場買股票的好時機嗎？
- **7/4** What is the insurance premium?
  保費是多少？
- **7/5** How much do you plan to deposit this time?
  您打算這次存多少？
- **7/6** The exchange rate fluctuates every day.
  匯率每天都會變動。
- **7/7** Do you want to open an Euro account with our bank?
  您想要在我們銀行開個歐元外幣戶嗎？
- **7/8** I want to buy some Renminbi.
  我想要買人民幣。

- **7/9** Can you tell me the interest rate for a time deposit?
  您可以告訴定存的利率嗎？

- **7/10** If you would like to apply for the credit card with our bank, do you have any proof of income, such as your salary withholding certificate?
  如果您要辦我們家的信用卡，您有任何財力證明嗎？像是您的薪資扣繳憑

- **7/11** Make sure you completely understand all the terms and conditions before you put your signature on the agreement.
  在這份合約上簽名前，請確認您了解所有的條款。

- **7/12** How do you want your checks?
  您想要什麼面額的支票？

- **7/13** Our bank provides USD, JPY, EUR, and HKD accounts.
  我們銀行提供美元、日圓、歐元和港幣等外幣戶頭。

- **7/14** This kind of insurance is tax-free.
  這種保險是免稅的。

- **7/15** I requested the bank manager to waive the charge because I have been a valued customer.
  我要求銀行經理免除我的手續費，因為我是一個重要的客戶。

- **7/16** I want to report my passbook lost.
  我要掛失我的存摺。

- **7/17** The bank will charge you NT 600 dollars for the remittance fee.
  銀行會跟你收六百元臺幣的匯款手續費。

- **7/18** The customer should visit the bank in person with his identity card to conduct the transaction.
  客戶需本人攜帶身分證親自來銀行辦理交易。

- **7/19** Would you like to set up for internet banking?
  您想要申辦網路銀行嗎？

- **7/20** Through text banking, you can send text messages to the bank to request information about your balances and recent transactions.
  透過簡訊銀行，你可以透過簡訊向銀行查詢你的餘額和最近的交易明細。

- **7/21** You can access online banking at any time suitable to you.
  你能在任何您方便的時間使用網銀。
- **7/22** You can choose to renew the time deposit at maturity.
  你可以在定存到期時選擇續存。
- **7/23** You can choose to redeem the time deposit at maturity.
  你可以在定存到期時選擇轉到活儲。
- **7/24** A financial consultant may advance to a branch manager.
  一名理專也許能升到分行經理。
- **7/25** The bank manager is at a meeting.
  銀行經理在開會。
- **7/26** I would like to wire ten thousand NT dollars to my daughter.
  我想要匯一萬元臺幣給我女兒。
- **7/27** How to set up the transaction password?
  如何設定交易密碼？
- **7/28** Please contact your insurer if you have any question concerning the insurance policy.
  如果你對這張保單有任何疑問，請你聯絡你的保險公司。
- **7/29** It is ten-yuan coin.
  這是十元硬幣。
- **7/30** I would like to deposit some foreign currency into my account.
  我想要把這些外幣存到我的戶頭。
- **7/31** What online services require a transaction password?
  什麼樣的網路交易服務需要交易密碼？

》八月份

- **8/1** Please insert your ATM card up.
  請把您的金融卡朝上插入。
- **8/2** May I ask the reason why you want to close your account with our bank?
  我可以問您為什麼要取消我們銀行的戶頭呢？

8/3   I would like to open a USD account with your bank.
我想要在你們銀行開一個美金戶頭。

8/4   Interest shall be calculated on the basis of a year of 365 days for New Taiwan Dollar deposits.
新臺幣存款之利息，依一年 365 天為基礎來計息。

8/5   Sometimes interest rates rise and sometimes interest rates fall. It is hard to predict.
有時利率升，有時利率下降，這很難預測。

8/6   My friend took out a loan with an interest rate of 2%.
我的朋友申請到利率 2% 的貸款。

8/7   To open an account with most banks in Taiwan, you need to make a minimum deposit of 1,000 NT dollars.
在臺灣大部分的銀行開戶，你需要至少存一千元新臺幣。

8/8   There will be an early withdrawal penalty if you withdraw money before the agreed-upon maturity date.
如果你在還沒有到期前就提款，就會有中途解約處罰。

8/9   The certificate of deposit has a 1-year maturity and a 6 percent fixed rate of interest.
這張定存單一年到期並有 6% 的固定利率。

8/10 After you filled out your withdrawl slip, then submit it to the teller.
在你填完你的取款條後，把它交給櫃員。

8/11 If you would like to open an account with this bank, we kindly ask you to fill out the form.
如果你想在這間銀行開戶的話，我們將請您填寫這份申請書。

8/12 During Lunar New Year holiday, most banks set the daily withdrawal limit between NT$100,000 and NT$150,000.
在春節期間，大部分的銀行設定每天最高提領額在十萬到十五萬之間。

8/13 If you want to withdraw money from your account, you just need to bring your passbook, fill in a withdrawal slip and go to a teller.
如果你要從你的戶頭提款，你只需要帶你的存摺，填好提款單，找櫃員辦理就可以了。

8/14 This bank allows you to withdraw up to NT$100,000 a day from ATMs during Lunar New Year holiday.
這間銀行讓你在春節期間每天最高可提領十萬元。

8/15 This kind of banknote is not in circulation anymore.
這種鈔票已不再流通了。

8/16 Don't take out an overdraft to buy any luxury.
不要動用透支來買任何奢侈品。

8/17 How long does it take for the remittance to arrive there?
匯款到那裡需要多少時間？

8/18 The agreement you filled out in the bank will be legally binding.
你在銀行填寫的同意書在法律上是有約束力的。

8/19 Since you have altered the amount in words on the deposit slip, I have to make the deposit slip void.
因為你塗改了大寫數字的金額，所以我必須作廢這張存款單。

8/20 You should avoid overdrawing your account or your check.
你應避免戶頭透支或支票透支。

8/21 Your time deposit will mature two weeks later.
妳的定存兩週後到期。

8/22 I want to renew my time deposit.
我想要定存展期。

8/23 You should know that there is some fee for early redemption.
你應知道中途贖回要收一些費用。

8/24 A balance of NT 10,000 dollars must be maintained in order to earn interest.
必須維持一萬元的餘額才能計息。

8/25 If you terminate your time deposit before maturity, you will forfeit the promised interest.
如果你把定存提前解約，你會喪失約定好的到期利息。

8/26 Your credit card payments can be directly debited from your account every month.
您的信用卡費可每月直接從您的戶頭扣款。

8/27 Your signature on the withdrawal slip is not consistent with the specimen signature card at the bank.
你在提款單上的簽名和你在銀行留存的印鑑樣式並不一致。

8/28 If a time deposit is terminated prior to its scheduled maturity date, the interest payable on such deposit shall be calculated at a rate of 80% of the actual deposit tenors.
如果定存中途解約，應付利息將以實際的存期打八折計算。

8/29 Please hand over your valid passport.
請把你的有效護照遞給我。

8/30 This kind of coin is not in circulation anymore.
這種硬幣已不流通了。

8/31 How far back can I view my account history?
我可以看到多久以前的帳戶歷史交易紀錄呢？

» 九月份

9/1 Don't forget to take back your ATM card.
不要忘記取出您的金融卡。

9/2 Please write down the amount both in words and in figures.
請用大寫數字和小寫數字寫下金額。

9/3 ATMs will retract the cash if you don't collect the cash within 30 seconds.
如果您未能在三十秒內領出現鈔，自動櫃員機會回收紙鈔。

9/4 Using an ATM is actually pretty easy. Just insert your ATM card and follow the on-screen prompts to conduct any transaction.
使用自動提款機很簡單。只要把你的金融卡插入並照著螢幕上的指示來做交易就行了。

9/5 The bank teller will inform you of the arrival of the transfer.
行員會通知你匯款進來了。

9/6 Please key in your 6 to 12-digit chip PIN.
請輸入您的六到十二位的晶片密碼。

9/7 Your passbook was demagnetized.
你的存摺被消磁了。

- **9/8**   Let me remagnetize your passbook.
讓我把你的存摺重新上磁。

- **9/9**   Please set a four-digit password for your magnetic stripe card.
請為您的磁條卡設一個四位數的密碼。

- **9/10**   The payment is debited directly from your account.
這筆付款直接由你的帳戶扣款。

- **9/11**   The card will be locked if the cardholder has entered the wrong PIN four times in a row.
如果持卡人連續輸入錯誤密碼達四次的話，卡片就會被鎖卡。

- **9/12**   You may apply for an ATM card at any one of our branches where you can collect your ATM card.
您可以在任何一家你能來領取卡片的分行來申請金融卡。

- **9/13**   Please print your name.
請以印刷體簽您的大名。

- **9/14**   Please count your money in front of the teller.
鈔票請當面點清。

- **9/15**   Harassing tellers is against the law.
騷擾行員是犯法的。

- **9/16**   There have been a lot of telephone frauds, so please be careful.
最近有很多電話詐騙案例，因此請小心。

- **9/17**   Do you deposit the money into your own account or into someone else's account?
請問您是把錢存進自己的戶頭還是別人的戶頭？

- **9/18**   Please change your password of the ATM card at an ATM.
請在自動櫃員機上變更您的金融卡密碼。

- **9/19**   Please insert your ATM card into the card slot and enter PIN.
請把你的金融卡插入卡的插口後，並且輸入密碼。

- **9/20**   Replacement card will be issued immediately and should be received within 7-10 business days.
新卡會立即補發並應會在七到十個工作天拿到。

- **9/21**   I want to have my ATM card replaced by the bank.
我想請銀行補發金融卡。

- **9/22** Do you want to activate the funds transfer function for your ATM card?
  你想要啟用金融卡的轉帳功能嗎？

- **9/23** Interest for time deposit accounts is calculated only on a whole-month period.
  定存沒有存滿一個月不計利息。

- **9/24** How do you like your money?
  你想要哪種面額的呢？

- **9/25** Does this bank collect any service fee on checks?
  這家銀行託收支票要收手續費嗎？

- **9/26** The bonus points accumulated on your card are lifelong available.
  你刷卡累積的紅利點數一生都有效。

- **9/27** Every time you swipe your credit card to make a purchase, you collect reward points.
  每次你刷卡消費，你就獲得紅利點數。

- **9/28** Woud you like to apply for the debit card function?
  你想要申請金融卡消費扣款的功能嗎？

- **9/29** After applying for the ATM card, the card will take 5-7 working days to arrive; in the meantime, you can conduct your banking over the counter at any branch.
  在申請提款卡後，需花五到七個工作天才會送來。在此同時，你可以到任何一家分行臨櫃辦理銀行交易。

- **9/30** You may choose to deactivate the third party funds transfer or inter-bank funds transfer if you do not want to make use of the service.
  如果你不想使用跨行匯款功能，你可以選擇停用匯款給第三人的功能。

》十月份

- **10/1** After the bank accepts the endorsed check for collection, we will give you a collection receipt.
  銀行受理已背書支票的託收後，我們會給您一張託收收據。

- **10/2** To reactivate a dormant account, you must go to a bank in person with your ID card as well as your Health IC card and fill out some application forms.
  要解除靜止戶，你必須帶身分證和健保卡，本人親自到銀行辦理並填寫一些申請書。

•**10/3** Credit card skimming can occur easily in any place.
信用卡側錄很容易在任何地方發生。

•**10/4** It is vital for you to pay off the mortgage.
還清房貸對你來說是很重要的。

•**10/5** In what kind of denomination do you want your money?
您要什麼樣的面額？

•**10/6** Do you know the person you want to transfer your money to?
您匯錢的對象是您認識的嗎？

•**10/7** The remittance you asked about has not arrived yet.
您詢問的匯款還沒有到。

•**10/8** How much is the remittance?
要匯多少錢？

•**10/9** How much do you charge for the remittance?
辦理匯款要收多少手續費？

•**10/10** I would like to have a credit card from your bank.
我想要在貴行辦卡。

•**10/11** If you want to apply for a credit card, you must have a job and income.
如果您想辦張信用卡，您必須有份工作和收入。

•**10/12** If a customer schedules a recurring funds transfer and the payment date does not exist in a month, the payment will be processed on the last business day of that month.
如果客戶預約週期轉帳的日期並不在存在於該月，則轉帳交易會在那月最後一天營業日處理。

•**10/13** The credit limit is usually raised or lowered depending on your previous year's track record in terms of spending and repayment.
信用額度會按你前一年的刷卡消費和還款紀錄來調升或是調降。

•**10/14** You can earn cash rebate on your normal monthly spending. The cash rebate percentage guarantees 0.5% up to 6%.
你可以從你每月正常的消費中賺到現金回饋。保證現金回饋的利率是 0.5% 到 6%。

•**10/15** This credit card pays a full 1% cash rebate on spending.
這張信用卡會給您購物 1% 的現金回饋。

- **10/16** As long as you have a web-enabled cell phone, you can access your online banking account.
  只要你擁有可以連到網路的手機，你就能登入你的網銀帳戶。

- **10/17** Here are your passbook and ID card.
  這是您的存摺和身分證。

- **10/18** I am afraid that I cannot follow you.
  我恐怕我聽不懂您所說的。

- **10/19** Can I have your ID number?
  能給我您的身分證字號嗎？

- **10/20** Can I have your bank account number?
  能給我您的銀行帳號嗎？

- **10/21** You cannot cash your check because it is a crossed check.
  您無法兌現此支票，因為這是劃線支票。

- **10/22** The PIN number is not acceptable.
  密碼不對。

- **10/23** May I have your passport?
  能給我您的護照嗎？

- **10/24** Have a seat and wait a moment, please.
  請坐，稍等一下。

- **10/25** Our bank does not provide foreign coin exchange service.
  我們銀行不提供外幣的零錢兌換服務。

- **10/26** Do you already possess a credit card with our bank?
  您已持有我們家銀行的信用卡了嗎？

- **10/27** Can I advance 10,000 NT dollars against my credit card?
  我可以用我的信用卡預借一萬塊嗎？

- **10/28** Please keep the exchange memo carefully.
  請保管好水單。

- **10/29** Do you want to rent a safe deposit box?
  您要租保管箱嗎？

- **10/30** It requires your key and the bank's key to open a safe deposit box.
  打開保管箱要您和銀行的鑰匙。

- **10/31** Please show me your exchange memo.
  請出示你的「水單」。

» 十一月份

- **11/1** It doesn't matter.
  沒關係。

- **11/2** It is not difficult at all to use the ATM. Let me show you how to make a time deposit.
  使用自動櫃員機一點也不困難。讓我來示範如何辦理定存。

- **11/3** Could you tell me why you want to close your account?
  您能告訴我銷戶的原因嗎?

- **11/4** I filled in the wrong amount.
  我填錯金額了。

- **11/5** Do you have an account with our bank?
  您在我們銀行有戶頭嗎?

- **11/6** You've filled in a wrong passport number. Please rewrite it.
  您填的護照號碼不對,請重填。

- **11/7** The bank has to send a personal check to the drawee bank for collection.
  銀行必須先把個人支票送到付款行去託收。

- **11/8** Will there be any charges for signing up for Internet banking?
  申辦網銀有收手續費嗎?

- **11/9** You can check your credit card account balance, transaction history and reward points via Internet banking.
  您可以透過網銀查詢您的信用卡帳戶餘額、交易紀錄和紅利點數。

- **11/10** Can I access my account through online banking when I am overseas?
  當我人在國外時,我可以透過網銀使用我的帳戶嗎?

- **11/11** You can deposit cash via any ATM.
  你可以透過任何一臺 ATM 來存款。

- **11/12** What are the criteria to open an account?
  開戶要有什麼條件?

· **11/13** What are the required documentations to open a bank account?
開戶需要什麼證件？

· **11/14** How do I reactivate a dormant account?
我要如何才能解除靜止戶？

· **11/15** Buying the fund has a benefit of dispersing the risk.
買基金有分散風險的好處。

· **11/16** Please fill out and sign a safe-deposit box lease agreement.
請填寫並在這份保管箱租用同意書簽名。

· **11/17** Do you want to arrange for a loan?
您想要辦理貸款嗎？

· **11/18** What is the lending rate?
貸款利率是多少？

· **11/19** I would like to change this banknote into coins.
我想要把這張鈔票換成零錢。

· **11/20** It takes about one week to collect this check.
託收這張支票需要一星期左右的時間。

· **11/21** How long does it take to collect the check?
託收這張支票要花多久時間？

· **11/22** Please leave your name and telephone number.
請留下您的姓名和電話。

· **11/23** What are the benefits of using Internet banking?
使用網銀的好處有哪些？

· **11/24** To check your credit card account balance and transaction history via online banking, please select your credit card from the account summary.
為了透過網銀查詢您信用卡的剩餘額度和歷史交易紀錄，請從「帳戶總覽」來選擇信用卡。

· **11/25** Can I redeem my credit card reward points online?
我可以線上兌換我信用卡的紅利點數嗎？

· **11/26** Is Internet banking available 24 hours?
網銀二十四小時都可以利用嗎？

- **11/27** It is the bank's policy.

  這是銀行的規定。

- **11/28** How far back in record can I retrieve transactions for my credit account via Internet banking?

  透過網銀，我可以取得我信用卡帳戶多久以前的交易紀錄？

- **11/29** You can change your ATM card PIN at any ATM.

  您可以至任何一臺 ATM 來變更金融卡密碼。

- **11/30** I think that the Euro is overvalued.

  我認為歐元被過度高估。

» 十二月份

- **12/1** I could not make a purchase with my credit card. Could you tell me why?

  我無法刷卡消費。你可以告訴我為什麼嗎？

- **12/2** What are the service hours of this bank?

  銀行的服務時間是幾點？

- **12/3** Can I make a fund transfer any time of the day?

  我能在一天的任何時間轉帳嗎？

- **12/4** Are there any exclusion from this insurance policy?

  這張保單有沒有什麼不保事項？

- **12/5** What is the annual fee?

  年費多少？

- **12/6** What should I do if I suspect that my password has been stolen or exposed to others?

  如果我發現我的密碼被盜或是被洩露給別人時，我應該怎麼辦？

- **12/7** The headquarters of Bank of Taiwan is located in Taipei.

  臺灣銀行的總行位在臺北市。

- **12/8** I did not receive cash after making withdrawal through ATM, but my account was debited. What should I do?

  在透過 ATM 提款後，我沒有拿到現金，但已從我帳戶扣款。我該怎麼辦？

12/9 What should I do if I am not able to login to Internet banking even I have input the correct password?
即使我輸入正確的密碼也無法登入網銀時，我該怎麼辦？

12/10 What should I do if I notice discrepancies on my accounts?
如果我發現我帳戶的交易紀錄不一致時，我該怎麼辦？

12/11 What if I'm disconnected from the Internet in the middle of a transaction?
如果我正在處理交易時，中途斷線該怎麼辦？

12/12 Is there any charge for making a fund transfer to a foreign country?
匯款到國外有任何的手續費嗎？

12/13 What do I need to do in order to activate the bank card for the first time?
我第一次開卡時需要做什麼？

12/14 My card is retained in an ATM. What should I do?
我的卡片被 ATM 吃卡了。我該怎麼辦？

12/15 What is the cash withdrawal (ATM) fee?
從 ATM 提款的手續費是多少？

12/16 Can you tell me where the nearest ATM is?
你可以告訴我最近的 ATM 在哪嗎？

12/17 When will the beneficiary receive the money if I perform a fund transfer with other banks today?
若我今天在其他家銀行辦理匯款，收款人何時會收到款？

12/18 How to report loss or cancel an issued credit card?
我如何掛失或取消已發行的信用卡呢？

12/19 What is the interest rate for the savings account?
活儲的利率是多少？

12/20 What is the daily limit for cash withdrawal?
單日提款的限額是多少？

‧**12/21** Is there cut-off time for bill payment?
繳帳單有任何辦理的截止時間嗎？

‧**12/22** I want to know whether I can cash a check here.
我想知道我能否在這兌換支票。

‧**12/23** There is no extra service charge.
我們不收額外的手續費。

‧**12/24** Can I pay bills by my credit card?
我能透過信用卡來繳付帳單嗎？

‧**12/25** You have to make a minimum deposit in order to open a account.
您需要先存入一筆最低金額的存款才能開戶。

‧**12/26** What are the advantages of doing telegraphic transfer online?
透過線上來辦電匯有什麼優點？

‧**12/27** Will I continue to receive paper statements after subscribing to e-Statement service?
在我申辦電子對帳單後，我仍然會繼續收到紙本的對帳單嗎？

‧**12/28** What precautions should I take when using public PCs for online banking?
當我用公共電腦來上網銀時，我要採取什麼預防措施？

‧**12/29** How can I cancel my subscription to e-Statement service?
我要怎麼取消電子帳單？

‧**12/30** What if I have forgotten my Internet banking username or password?
如果我忘記我網銀的帳號或密碼該怎麼辦？

‧**12/31** You can receive OTP via your mobile phone.
您可以透過手機收到您的動態密碼。

五、郵政英文單字加強版

中文字義	英文	中文字義	英文
大宗函件	bulk mail	託運單	shipping note
小包	small package	國內包裹	domestic parcel
小包	small packet	國內快捷	domestic express mail service
戶籍地址	registered address	國內快捷郵件	domestic express mail
欠資郵件	postage due mail	國內傳真	domestic facsimile (fax)
欠資郵件	underpaid / unpaid mail	國際回信郵票券	international reply coupon
水陸郵路	surface transportation	國際快捷	international express mail service
代收人	addressee's agent	國際快捷郵件	international express mail
代收貨價郵件	cash on delivery (COD)	國際明信片	universal postcard
包裹	parcel	國際的	international
包裹	package	國際郵政匯票	international postal money order
外島	outlying island	寄件人	sender = addressor
市內	intra-city	密碼 / 代碼	code
市與市之間的	inter-city	掛號信	registered mail
平信	ordinary mail	掛號費	registered mail charge / fee
未來郵件	future mail	貨到付款	cash-on delivery
交寄	posting for delivery	貨到付款	collect-on delivery
交寄證明	certificate	通訊地址	correspondence address
印刷物	printed papers	報值包裹	value-declared parcel
印刷物專袋	printed papers in special bag	報值費	value-declared fee
印刷品	printer paper	報值郵件	value-declared mail
回執費	advice of delivery	普通平信郵件	surface mail
回執費	advice of delivery charge	普通郵件	regular mail
存局候領	poste restante	無收件地址郵件	unaddressed mail

中文字義	英文	中文字義	英文
存簿儲金	passbook savings	無著郵件	dead mail / undeliverable and unreturnable mail matter
存證信函	legal attest letter	便利箱	convenience boxes
收件人	addressee = recipient	發票（商業）	invoice
收件地址	delivery address	郵件延誤	delay of mail
行動郵局	mobile post office	郵件毀損	damage of mail
快捷郵件	express mail	郵件遺失	loss of mail
快捷郵件服務	express mail service (EMS)	郵局（分局）	post office branch
快遞費	express charge	郵政存簿儲金	postal passbook savings
快遞郵件	special delivery	郵政定期儲金	postal time deposit
投交收件人親收	to the addressee only	郵政匯票	postal money orders
投遞	delivery	郵政劃撥儲金	postal giro
改投	redelivered	郵政禮券	postal gift coupon
改寄	redirected	郵政簡易壽險	postal simple life insurance
郵件附執據費	duplicate receipt	郵票	(postage) stamp
定期儲金	fixed savings	郵票冊	stamp album
招領	claim	郵袋	postbag
招領掛號信	registered mail claim	郵資	postage
招領郵件	mail claim	郵遞區號	zip code
明信片	postcard	郵戳	postmark
盲人文件	literature for the blind	集郵	philately
金融卡	ATM card	傳真郵件	fax mail
保管	retention	傳真號碼	fax hotline
保價費	insurance fee	匯款手續費	remittance charge
保價郵件	insured mail	新聞紙、雜誌	newspaper and magazine
信函	letter	禁運物品	contraband

中文字義	英文	中文字義	英文
信箱；受信箱	mailbox	補付欠資	to pay postage due
查詢	inquiry	補發回執費	duplicate advice of delivery
限時掛號郵件	prompt registered mail	裝法定紙幣報值信函	legal tender inserted
限時郵件	prompt delivery mail	資費（手續費）	charge
島內	intra-island	逾期保管費	demurrage fee
特種資費	special charge	電子函件	electronic mail
特製郵簡	aerogramme and letter sheet	電子函件	e-postmail
航空附加費	air surcharge	劃撥存款單	postal giro deposit slip
航空信函	airmail letter	劃撥提款單	postal giro withdrawal slip
航空郵件	airmail	劃撥儲金	postal giro savings
航空郵路	air transportation	網路 ATM	online ATM = web ATM
航空郵簡	aerogram / aerogramme	遞送郵件	delivery of mail
廣告回信	business reply mail	號	Number = No.
市	City	樓	Floor = F
縣	County	室	Room = Rm.
鄉鎮	Township	街	Street = St.
區	District = Dist.	段	Section = sec.
村（里）	Village = Vil.	巷	Lane = Ln.
鄰	Neighborhood	弄	Alley = Aly.
路	Road = Rd.		

範例：

台北市中正區八德路一段 10 巷 5 弄 5 號之 1 樓

No.5-1, Aly. 5, Ln. 10, Sec. 1, Bade Rd., Zhongzheng Dist., Taipei City 100, Taiwan (R.O.C.)

六、銀行郵政日語加強版

者在銀行工作時，發現日本人的英語不是很好，有時跟他們溝通用英語未必有效。例如
次跟兩位日本人表達要收兌換外幣的「手續費」時，日本人聽不懂 service charge 這個
，講了半天，日本人仍聽不懂，後來心生一計，直接用日語漢字寫下「手數料」，日本
立刻了解了，因此筆者整理了銀行郵政常用的銀行日語漢字供參考。

日語漢字	中文	日語漢字	中文
通貨	貨幣	残高証明書	存款證明
農協	農會	印鑑／はんこ	印章
口座	戶頭；帳戶	実印／銀行印	原留印鑑
口座開設	開戶	朱肉	印泥
法人口座	公司戶	貸金庫	保管箱出租
口座維持費	帳管費	整理券	號碼牌
口座振替	從戶頭直接扣款轉帳	送金	匯款
自動引き落とし	自動扣款	振込み	轉帳
自動振り替え		電信送金	（海外匯款的）電匯
郵便番号	郵遞區號	利子	利息
年会費	（信用卡）年費	利率／金利	利率
無料	免費	満期	（定存）到期
暗証番号	密碼	元金	本金
口座番号	帳號	決済日	結算日
取消／	取消	小切手	支票
キャンセル		手形	票據
入金／預金	存款	不渡り	跳票；空頭（支票）
（差引）残高	餘額	紙幣	紙鈔
預金残高	存款餘額	（外国）為替	外匯；匯票
残高照会	查詢餘額	為替レート	外匯匯率
通帳／預金通帳	存摺	外貨	外幣

日語漢字	中文	日語漢字	中文
手数料	手續費	私書箱	郵政信箱
再発行手数料	補發手續費	郵便振替	郵政劃撥
固定相場制	固定匯率制	小包／荷物	包裹
変動相場制	機動匯率制	普通郵便	平信
用紙	表格文件	速達	限時
記入	填寫	書留（かきとめ）	掛號
硬貨	硬幣	書留郵便	掛號郵件
普通預金口座	活期帳戶	航空便	航空（郵件）
定期預金口座	定存帳戶	船便	海運（郵件）
当座預金口座	支存帳戶	送料	運費
預金者	存戶	郵送料金	郵寄費用
両替をする	兌換外幣	配達証明	寄送證明
外貨両替窓口	外幣兌換窗口	消印	郵戳
銀行本店	銀行總行	料金不足	欠資
銀行支店	銀行分行	手紙	書信
頭取	（銀行）經理	封筒	信封
郵便局	郵局	切手	郵票
郵便物	郵件	葉書（はがき）	明信片
郵便	郵件；郵務	収入印紙	印花
郵便配達員	郵差	差出人	寄件人
郵便ポスト	郵筒	受取人	收件人
郵便為替	郵政匯票	宛名	收信人姓名
郵便送金	郵政匯款	宛先	收件人地址
預入表	存款條	差出人の宛先	寄件人地址
振込用紙	匯款條	詐欺	詐騙
払戻票	提款單	ID カード	身分證

國家圖書館出版品預行編目資料

即選即用銀行郵局金融英文單字／楊曜檜著.
-- 四版. -- 臺北市：五南, 2019.10
　　面；　　公分
ISBN 978-957-763-618-8（平裝）

1.英語　2.銀行業　3.詞彙

805.12　　　　　　　　　108013909

1XOL

即選即用銀行郵局金融英文單字

作　　　者 ―	楊曜檜(313.7)
發 行 人 ―	楊榮川
總 經 理 ―	楊士清
總 編 輯 ―	楊秀麗
副總編輯 ―	黃文瓊
責任編輯 ―	吳雨潔
封面設計 ―	劉好音、王麗娟
出 版 者 ―	五南圖書出版股份有限公司
地　　　址：	106台北市大安區和平東路二段339號4樓
電　　　話：	(02)2705-5066　傳　　真：(02)2706-6100
網　　　址：	http://www.wunan.com.tw
電子郵件：	wunan@wunan.com.tw
劃撥帳號：	01068953
戶　　　名：	五南圖書出版股份有限公司
法律顧問	林勝安律師事務所　林勝安律師
出版日期	2013年 2 月初版一刷
	2015年10月二版一刷
	2017年 8 月三版一刷
	2018年 2 月三版二刷
	2019年10月四版一刷
定　　　價	新臺幣430元